TERRA PROMETIDA

Américo Antunes

TERRA PROMETIDA

Um herege nas minas de ouro

alameda

Grafia atualizada segundo o Acordo Ortográfico da Língua Portuguesa de 1990, que entrou em vigor no Brasil em 2009.

Edição: Haroldo Ceravolo Sereza/ Joana Monteleone
Editora assistente: Danielly de Jesus Teles
Projeto gráfico e diagramação: Danielly de Jesus Teles
Capa: Mari Rá Chacon
Assistente acadêmica: Tamara Santos
Revisão: Alexandra Collontini
Imagem da capa: *Mina de diamantes,* de Carlos Juliao (1770); *Glorificação de Nossa Senhora – Igreja de São Francisco,* de Mestre Ataíde (1804) e *Juízo Final,* de Hieronymus Bosch (1482)

CIP-BRASIL. CATALOGAÇÃO-NA-FONTE
SINDICATO NACIONAL DOS EDITORES DE LIVROS, RJ

A642t

Antunes, Américo
Terra prometida : um herege nas minas de ouro / Américo Antunes. - 1. ed. - São Paulo : Alameda, 2020.

; 21 cm.

Inclui bibliografia e índice

ISBN 978-65-86081-62-6

1. Romance brasileiro. I. Título.

20-66222 CDD: 869.3
CDU: 82-31(81)

Alameda Casa Editorial
Rua 13 de Maio, 353 – Bela Vista
CEP 01327-000 – São Paulo, SP
Tel. (11) 3012-2403
www.alamedaeditorial.com.br

Para Cândida

Sumário

Apresentação

Quando os homens da Península Ibérica foram ao mar oceano já sabiam o que queriam encontrar. Na terra sem males que habitava seus sonhos edênicos, a riqueza era confirmação de um destino que os antecedia, que vinha com o selo do desígnio do Deus cristão e do combate aos hereges. A felicidade era ao mesmo tempo uma utopia que tinha brilho de ouro e diamantes e uma paga pelo cumprimento da missão de espalhar pelo mundo a boa nova e seus valores. Sonho do *quattrocento,* esse mito ganharia carne e sangue alguns séculos depois, no palco montanhoso do coração do Brasil.

Terra prometida – Um herege nas minas de ouro é a história dessa saga. Romance histórico sobre a formação de Minas Gerais, que completou 300 anos sem muita certeza de tudo que se esconde por trás de seu nome, a narrativa recolhe características que vão além do gênero que o define. Do romance traz o gosto pela aventura, pela vida dos personagens reais e mais que reais – como o cristão-novo Álvaro Lopes –, das famílias e da genealogia, dos ofícios, das guerras e da fé. E das guerras da fé.

Já da ciência da história, o romance carrega a pesquisa intensa que se dissolve no interesse da trama, na articulação entre o destino pessoal e as forças da circunstância. Com o jeito muito próprio de viajar pelo tempo, o leitor acompanha o narrador em meio ao desdobrar dos acontecimentos. A seta do tempo, com imantada pela força e sentido dos fatos, por vezes retrocede, em outros momentos avança, mantendo o leitor seguro pelo sabor da prosa. A história ganha a alma pelo encantamento; a novela caminha no rumo sempre seguro do conhecimento. Saber com sabor.

Para os que se acostumaram a julgar que o brilho das riquezas extraídas da terra parece conter todos os motivos do território e de sua colonização violenta, *Terra prometida* avança para outras riquezas e estratégias menos destacadas. Está aqui o mundo das disputas políticas locais, das questões religiosas – sobretudo das heresias e seu combate naturalizado em horrores –, dos comércios de secos e molhados que mantiveram o garimpo e a mineração. Das lealdades e traições. Do apego à província e da relação com as grandes potências financeiras da Europa. Da escravidão e de seu cruento e estruturado arcabouço. Da opulência, mas também da miséria.

Fatos já tratados pelos acadêmicos em estudos definitivos, como a Guerra dos Emboabas, a perseguição dos cristãos-novos, a relação com a Coroa, o jogo de interesses entre regiões, as sutilezas nada gentis da formação eclesiástica, a influência de Vieira na inteligência brasileira, a voracidade do fisco, a construção de vilas e caminhos, tudo isso ganha o ar de uma fantasia, que é ainda mais espantosa por ser real. Atestado pelo testemunho direto de Álvaro Lopes – ou pelo que ele ouviu falar, essa fonte inconstante de outras verdades –, o romance guia a curiosidade sobre o passado como uma chave para nossos insolvíveis dilemas.

O jornalista Américo Antunes, romancista puro e sem a jaça da objetividade incabível em histórias maravilhosas, amplia nosso olhar sobre a idade de ouro do Brasil, muito além apenas do metal preto de Vila Rica e das pedras que brilham do Tejuco. Mas também nos compromete com os outros Eldorados que vimos se alevantar e morrer no ocaso da injustiça, da exploração sem medida e da falta de zelo com a terra e suas gentes. Esgotados os minerais, ficou o cascalho e nenhum benefício. Não parece uma história superada, e sim um desafio redivivo a cada geração, em busca de novas e necessárias heresias.

João Paulo Cunha
Jornalista

Glossário

Auto-de-fé - cerimônia pública festiva em que os réus condenados pelo Tribunal do Santo Ofício da Inquisição eram apresentados e as suas sentenças anunciadas ou executadas. Em Portugal, o primeiro *auto-de-fé* ocorreu em Lisboa em 1540.

Braço-secular - sentença de morte pronunciada pelos juízes do Tribunal da Inquisição, mas executada pelo poder secular no *auto-de-fé*, visto que a Igreja não "sujava" as mãos de sangue.

Cabala - sistema filosófico-religioso judaico que compreende preceitos e especulações de natureza mística e esotérica, em cuja doutrina o universo se afirma como emanação divina e se revela no deciframento e interpretação dos textos bíblicos.

Carta monitória - relação de práticas e atitudes consideradas heréticas pela Inquisição.

Chanuká - festa de oito dias em que os judeus comemoram a retomada de Jerusalém, liderada por Judas, da família dos Hasmoneus, conhecida como Macabeus, e a restauração do Templo profanado pelo império persa.

Cristão-novo - denominação de portugueses descendentes de judeus convertidos ao Cristianismo a partir de 1497. A distinção legal entre cristãos-novos e velhos vigorou até 1772.

Cristão-velho - portugueses que não tinham ascendência judaica.

Édito da fé - proclamação da Inquisição aos fiéis, intimando-os a confessar heresias ou denunciar anonimamente suspeitos de atentar contra a Igreja, a fé e a moral cristãs, sob pena de prisão.

Édito da graça - proclamação aos fiéis concedendo 15 ou 30 dias para que se apresentassem ao inquisidor espontaneamente, seja para confessar heresias ou denunciar suspeitos.

Efígie - boneco de pano ou madeira que era queimado em *auto-de-fé* quando o réu não fora capturado ou já falecera.

Esnoga - corruptela de sinagoga.

Estaus - sede do Tribunal do Santo Ofício da Inquisição localizado na praça do Rossio, em Lisboa, onde está hoje o Teatro Nacional Dona Maria II.

Estrela de Davi - símbolo judeu.

Familiar - oficiais clérigos ou leigos encarregados pela Inquisição de espionar os cristãos e executar as prisões de suspeitos de heresia. Os *familiares* eram remunerados com parte dos bens confiscados.

Garrote - estrangulamento.

Judiaria - bairro judeu.

Homem de nação - comerciante cristão-novo.

Marrano - porco. Adjetivo infame usado para identificar cristãos-novos que permaneciam fiéis ao judaísmo.

Mezuzá - pergaminho com passagens da *Torá* que era escondido sob o batente da porta da casa de cristãos-novos *marranos*.

Pão ázimo - pão assado sem fermento, apenas com farinha de trigo e água.

Pessach - páscoa judaica.

Purim - festa de celebração da salvação dos judeus que viviam na Pérsia pela rainha judia Esther.

Rabi - corruptela de rabino.

Sabá - corruptela de Shabat, o sábado sagrado dos judeus.

Sambenito - hábito penitencial usado pelos condenados pela Inquisição.

Sefardita - termo usado para denominar descendentes de judeus portugueses e espanhóis. De origem hebraica, a palavra vem de Sefarad, denominação da Península Ibérica.

Talmude - coletânea de livros sagrados que registram as discussões dos rabinos sobre a lei, a ética, os costumes e a história do judaísmo.

Tanakh - a bíblia hebraica que é dividida em três partes pela seguinte ordem de importância: os cinco livros de Moisés, os livros dos Profetas e os livros restantes, denominados Escritos.

Tempo da graça - período de 15 ou 30 dias para que os fiéis confessassem espontaneamente suas culpas ou denunciassem as alheias, garantindo-se o anonimato.

Torá - os cinco livros de Moisés, denominados "Pentateuco" no Velho Testamento da Bíblia dos cristãos.

Pernambuco
Olinda
Passagem de Juazeiro
Penedo
Foz do Rio São Francisco
Bahia
Cachoeira
do Paraguaçu
São Salvador
Ilhéus
Foz do Jequitinhonha
Barra do
Rio das Velhas
Porto Seguro
Inhaí
inas Gerais
Arraial do Tijuco
Vila do Príncipe
Espírito Santo
Sabará
Vila Rica
Foz do Rio Doce
Ribeirão
do Carmo
São João Del Rei
Vila Nova do
Espírito Santo
Foz do Paraíba do Sul
Rio de Janeiro
São Paulo do
Piratininga
São Sebastião
do Rio de Janeiro
Parati
São Paulo
N
O
L
S

I
RELÂMPAGOS DO PASSADO

O tempo atravessou a minha vida como um relâmpago e hoje não passo de um decrépito ancião. A mente, porém, fervilha límpida; e as lembranças – ah, as lembranças –, estalam vívidas. Concorrendo com o presente, o passado está aqui agora alumiando os céus da minha mente e além das memórias do que vivi – que não são poucas –, relampejam as que ouvi ou li desde que me entendo como gente...

Histórias de tempos muito antigos e que sobreviveram pelas bocas de pais que contaram para os filhos e daí adiante, tecendo o fio das meadas. Mesmo sabendo que cada qual põe o ponto onde quer nas histórias que conta, seja para aumentar, diminuir ou dissimular, eu sempre as guardei cuidadosamente no fundo da memória, para depois poder ajuntá-las às que vivia ou via acontecer e às que lia em livros e manuscritos secretos que copiei e acumulei ao longo de toda a minha vida.

E são todas essas histórias juntas e misturadas nos céus da minha mente inquieta que agora animam os meus dedos trêmulos, pois resolvi escrevê-las.

Confesso que muito matutei antes de decidir passar para o papel o que juntei nas vastidões do passado. Quase sempre, escrever sobre histórias antigas é encomenda de velhos pecadores já pelas horas da morte, que desejam aliviar culpas e embaralhar o juízo de Deus – e dos homens – pelas lembranças de bravuras, glórias e grandes feitos com começo, meio e fim.

Pelo menos, era assim que eu via as coisas, até concluir que o que movia o meu desejo era ordenar a mente inquieta, para fazer um acerto justo com o passado sem esconder pensamentos interditados. Daí, o juramento que faço para que da minha pena brotem apenas verdades verdadeiras, como dois e dois são quatro, sem temor às leis da Igreja Católica Apostólica Romana ou às ordenações do Reino de Portugal.

E assim começo esse manuscrito fazendo uma confissão inteira, que nunca fiz a padre confessor algum: eu, Álvaro Lopes, natural do termo de Matoim no recôncavo da Baía de Todos os Santos, mercador nessa Capitania das Minas Gerais, carrego nas veias o sangue impuro de cristão-novo misturado ao dos gentios da terra brasílica.

Não só trago a mácula do sangue amaldiçoado da raça dos judeus, como também me meti ao longo da vida em muitos dos interditos apregoados pelos papas e pelos reis, os quais narrarei em seu devido tempo...

Desde os tempos no Colégio dos Jesuítas da Bahia, onde aprendi a ler e a escrever e me entendi como gente, sei sobre o meu sangue infecto, mas disso mantive segredo, por temor ao que poderia me acontecer. Pacientemente, fui costurando a curiosidade natural dos jovens, que me persegue até hoje, à dissimulação, para me proteger e poder viver em paz.

Apesar de temer o Juízo Final de Deus-Pai Todo-Poderoso, confesso que não me arrependo de nada do que fiz, mesmo sabendo que as portas do paraíso dificilmente se abrirão para uma alma com tamanhos pecados.

Assim, transcreverei aqui histórias que alumiam segredos, corrupções e pensamentos proibidos, mas que carregam perigos e perdições até para quem as ler. Por isso, esse manuscrito já nasce moribundo, interditado a quaisquer leitores, mesmo depois que eu me for dessa vida...

Como já assinalei, escrevo para conciliar e organizar os pensamentos que fervilham nos céus da minha mente e à medida que entrelaçar as linhas e pontos das histórias às minhas confissões, eu espero ver o que se passou com mais clareza e ficar em paz com o passado.

***

Hoje é o dia 4 de outubro de 1729, dia de São Francisco de Assis. Talvez a essas horas o rei de Portugal, Dom João V, já tenha lido a carta do primeiro governador da novíssima Capitania das Minas Gerais, Dom Lourenço de Almeida, dando conta da descoberta de magníficos veios de diamante nos sertões do ouro.

Mas pelo que sei do governador, aposto que ele informou meia verdade a esse rei que exige ser chamado de *magnânimo*, mas que nada tem de generoso, como prova a sua cobiça insaciável pelas riquezas brasílicas.

À boca pequena, a plebe rude lisboeta deu-lhe o apelido de *freirático*, em razão de sua outra cobiça também insaciável: pelas curvas sensuais de freiras e noviças, com as quais fornica e gera bastardos...

Por aqui, existem muito mais diamantes do que Dom Lourenço deve ter dado ciência a el-rei. E estou certo que, se não fosse pela tagarelice do sargento-mor natural do Reino Bernardo da Fonseca Lobo, o governador teria retardado o *manifesto* do descoberto.

E por um bom tempo ainda os mineiros poderiam ter continuado extraindo os diamantes livres dos *quintos*, dos 20% de tributos devidos a um rei *freirático* que só pensa em gastar as riquezas brasílicas em opulências e luxos ou na construção de templos nababescos, como o Convento de Mafra, com o que espera aplacar a ira divina.

Mas essas são outras histórias, sobre as quais escreverei mais tarde, pois a escrita deve ter uma ordem certa como o passar do tempo; e não como os pensamentos relampejam na mente, desordenadamente...

Deixo a pena para aliviar os dedos, enquanto observo pela janela o vai-e-vem dos escravos trabalhando na reforma da capela devotada à Mãe da Virgem Maria, Santa Ana, erigida nesse pequenino Arraial do Inhaí, ao qual o destino me trouxe.

A antiga ermida com paredes de pau, telhado de folhas de palmeira e chão de terra batida, construída nos tempos da descoberta de ouro no rio Caeté-mirim, vai dando lugar a um edifício melhor aparelhado, com paredes em taipa de pilão, de barro batido em formas de paus, e com cobertura de telhas de barro cozido, modeladas nas cochas dos escravos.

É mesmo de abismar qualquer um, como, em tão pouco tempo, tantos templos formosos e tantos povoados e arraiais tenham se alevantado nesses sertões recém-conhecidos do continente brasílico!

Em 1702, quando desci pela primeira vez da Cidade de São Salvador da Baía de Todos os Santos para as minas de ouro, acompanhando o potentado e então meu senhor, o mercador de grossos negócios natural do Reino, Manuel Nunes Viana, não havia aqui nenhuma vila e a quantidade de povoados enchia pouco mais do que os dedos de uma mão.

Confesso que fiquei pasmo com tanta pobreza, fome, penúria e carestia, mas também com tantas riquezas! Embora faltasse de tudo, seja de comer ou para se cobrir, catava-se o ouro de aluvião até com as mãos nos leitos dos rios...

Na Vila de Nossa Senhora de Conceição do Sabará, a que chamavam então de Arraial de Sabará, e na hoje Vila Nova da

Rainha do Caeté, onde arranchamos a tropa, as moradas e ermidas não passavam de toscas choupanas. E a carestia era tamanha que vendemos os bois que trouxemos dos currais do rio de São Francisco a preço de muito ouro – nada menos do que cem *oitavas*[1] cada um; quer dizer, um terço do preço de um negro da África.

Disseram-me até que, três anos antes, em 1699, a disputa por uma mera cuia de milho provocava carnificina entre os mineiros esfomeados. E que os animais de carga tinham de ser vigiados dia e noite, pois se não apareceriam descarnados ao menor descuido...

Na era de hoje, quase trinta anos depois, já se contam oito vilas, dezenas de arraiais e paróquias e mais de vinte mil homens brancos e uns oitenta mil mestiços de todas as cores e qualidades, escravos da África e gentios *carijós cativos* labutando nesses sertões.

As choupanas estão dando lugar a edifícios bem construídos, com *riscos* e plantas trazidos até de Portugal e, tendo ouro ou crédito na praça, pode-se comprar de tudo, de produtos da terra aos do Reino. Também roças ou hortas dos quintais das moradas já vão dando bom sustento, embora a fome e a carestia ainda assustem aos imprevidentes.

A primeira vila fundada nestas partes do Brasil, a do Ribeirão de Nossa Senhora do Carmo, nasceu em 1711, junto com a Capitania de São Paulo e Minas do Ouro, que uniu esses sertões ainda pouco conhecidos ao termo dos paulistas.

Depois dessa primeira vila, nasceu a Vila Rica de Nossa Senhora do Pilar do Ouro Preto e depois a de Conceição de Sabará. Em seguida, vieram as vilas de Caeté, do Príncipe, de São João Del-Rei, antes Arraial do Morro, de São José Del-Rei, antiga

---

1 *Antiga unidade de medida de peso, equivalendo uma oitava a 3,586 gramas.*

Ponta do Morro, e do Pitangui, que formam agora a Capitania das Minas Gerais, separada da de São Paulo em 1720.

Mas, como já escrevi, quando aqui chegamos em 1702 não havia vila alguma e a fome dos mineiros com alforjes cheios de ouro era um grande negócio, ainda mais porque as leis do Reino pouco valiam em uma terra sem ministros do rei, muito embora a Coroa portuguesa já estivesse urdindo meios para assegurar para si o melhor quinhão das riquezas minerais que se descobriam.

Entre esses meios, o governador da Capitania do Rio de Janeiro, Artur de Sá e Meneses, a cujo mando esses sertões incultos estavam subordinados, havia proclamado um *bando*[2] em 1701 que proibia o transporte para as minas pelo caminho da Bahia de quaisquer mercadorias que não fosse o gado vacum, muar e cavalar.

Segundo esse *bando*, as demais mercadorias de que careciam os mineiros e, sobretudo o ouro aqui extraído, apenas poderiam ser transportadas pela estrada real do Rio de Janeiro. E para coibir descaminhos também por essa estrada, o governador mandou erigir nos vaus de passagem *registros* da Real Fazenda, onde provedores de rendas régias e milicianos aquartelados a tudo fiscalizavam e tributavam.

Em outro *bando*, Dom Artur de Sá tentou ainda restringir o transporte de negros da África – chamados *tapanhunos* na Língua Geral *Nheengatu* dos gentios da terra – à estrada pública do Rio de Janeiro, limitando o trânsito a 200 *peças* por ano. Além disso, ele proclamou como crime de lesa majestade – sujeito a pena de morte – a abertura de novas estradas para as minas.

Ora, os mineiros precisavam de muito mais do que da carne de gado para sobreviver, dizia o meu senhor Manuel Nunes Viana!

---

2 *Anúncio público de uma decisão do rei ou dos administradores coloniais. Os bandos eram proclamados por batidas de caixas e tambores em locais de grande movimentação nas vilas.*

Careciam não só de comida, mas de ferramentas, armas, panos e braços fortes para trabalhar nas lavras.

Assim, ele fez ouvidos moucos às ordens do governador Artur de Sá e logo tratou de estabelecer um comércio rico e regular de tudo que fosse necessário para abastecer os povos desses sertões, de víveres e frutos da terra a produtos e finas iguarias do Reino, bem como escravos *tapanhunos*...

De São Salvador, descíamos com a tropa de mulas e burros carregada de caixas de açúcar, barris de água ardente, e sacos de farinha de pau de mandioca, milho e feijão; caixas de bacalhau e queijos e pipas de vinhos do Reino; panos e vestimentas; fumo de corda curtido em melaço e rapé; armas, pólvora e ferramentas; bem como comboios de escravos.

Quando encontrávamos o rio de São Francisco, fazíamos escambos de parte das carregações da tropa por sal e peixe seco, enquanto os vaqueiros do meu senhor reuniam as boiadas nos currais e separavam o gado de corte, que completaria a carga destinada aos mineiros.

Chegando às minas, logo assentávamos praça nos arraiais mais ricos e depois de tudo vendido, sempre com grandíssimos lucros, voltávamos para a Bahia com o ouro cambiado, na maioria das vezes recebendo mais ouro ainda para escoltar aventureiros enriquecidos. E no ano seguinte, estávamos de volta com a tropa ainda mais recheada de toda sorte de produtos e escravos...

Hoje, o comércio principal das minas é com a Cidade de São Sebastião do Rio de Janeiro, pelo *caminho novo* da estrada real que foi aberta por Garcia Rodrigues Paes, um dos filhos do famoso paulista Fernão Dias Paes Leme que em 1674 o acompanhou na jornada em busca da serra das esmeraldas, a *Sabarabuçu*, junto com o irmão bastardo José Dias e o cunhado Manuel de Borba Gato.

Mas esse *caminho novo* só sucedeu o da Bahia há muito pouco tempo, coisa dos últimos cinco anos. Até então, Nunes Viana e os *homens de nação* e de negócios de São Salvador reinaram absolutos sobre o comércio das minas.

Sem contar o que lhe rende a mercancia, as lavras de ouro que explora e as fazendas de gado que acumulou como regente das *sesmarias*[3] de Dona Isabel Gomes de Brito no rio de São Francisco, eu calculo que o meu senhor tenha guardado hoje uma fortuna de pelo menos 150 *arrobas*[4] em moedas e barras de ouro.

Um tesouro, diga-se a verdade, merecido e amealhado com muito labor desde que ele começou a servir a Dona Isabel. Herdeira do Morgadio da Casa da Ponte criado pelo pai, o famoso mestre-de-campo Antônio Guedes de Brito, a nobre senhora recebera 160 *léguas*[5] quadradas de *sesmarias* ao longo do grande rio, desde o Morro do Chapéu, no sertão da Bahia, até o rio das Velhas, na agora Capitania das Minas Gerais.

Assim, como seu procurador e regente, Nunes Viana não só alimpou as *sesmarias* dos gentios bárbaros, como as aforou a lavradores, plantando ainda as suas próprias fazendas.

Tamanhas riquezas só poderiam mesmo despertar invejas e o meu senhor foi, com certeza, um dos *homens bons*[6] mais perse-

---

3 *Glebas de terra concedidas aos súditos. Pelo sistema de sesmaria adotado pela Coroa portuguesa a partir de 1375, o sesmeiro era concessionário e não proprietário da terra.*

4 *Unidade de peso equivalente a 15 quilos. Portanto, o tesouro de Nunes Viana seria de 2,2 toneladas de ouro.*

5 *Como uma légua equivale a seis quilômetros, as sesmarias do Morgadio da Casa da Ponte tinham 960 quilômetros quadrados.*

6 *Senhores de terras e escravos ou aqueles dedicados a atividades consideradas nobres, como médico, mestre ou eclesiástico, aos quais eram assegurados os direitos de* súditos do rei.

guidos e injustiçados no continente brasílico. Mas com a coragem que nunca lhe faltou, ele sempre enfrentou de cabeça erguida os que o acusavam de tumultuar os sertões e de enriquecer a custa dos descaminhos e do contrabando, apesar de nunca ter se furtado a prestar graciosamente serviços solicitados pelos reis...

Acusam meu antigo senhor de potentado cruel e facinoroso, de velhaco contrabandista e herege. Eu o conheço desde os tempos que chegou à Cidade da Bahia, vindo do Reino, e posso testemunhar que ele sempre foi um homem de bem, cordial e generoso, sobretudo no trato com os fregueses.

Que ele tenha enfrentado, com bravura e mão de ferro, gentios bárbaros e negros fugidos, eu sei e atesto que é verdade, mas se não fosse assim, como impor a ordem nos sertões do São Francisco, naquelas terras sem lei? Do mesmo modo, se não fosse por ele os paulistas ainda estariam vagando sua soberba e tirania por essas minas...

Arengar que ele supliciava os seus inimigos lançando-os às piranhas carniceiras ou que apressava a morte de *homens bons* adoentados que o procuravam em suas fazendas, envenenando-os lentamente para surrupiar as suas fortunas, como também caluniavam, nunca vi e me recuso a acreditar.

Outra maldade maior ainda, que os seus inimigos espalharam pelo vento, é a de que Nunes Viana mandou estripar a filha Maricota e decepar a cabeça do mancebo que a deflorou. Conheço toda a sua prole e testemunho que isso não passa também de mais uma sórdida mentira!

Quem alimenta essas calúnias o faz por despeito, para manchar a sua honra e merecida fortuna, e para obscurecer a caridade com que ele sempre tratou os mais pobres. Aos miseráveis de qualquer raça ou cor que ainda hoje manda acolher em suas fazendas, o meu senhor sempre garantiu teto, alimento e proteção das armas de seus homens e *tapanhunos,* ofertando ainda para quem necessitar, graciosamente, a cura para os males do corpo e da alma, por meio das rezas, poções e ervas que seus negros *mandingueiros* trouxeram da África...

Não sou crente em *mandingas,* feitiços ou adivinhações, mas Nunes Viana sempre acreditou piamente na força das rezas milagrosas e das poções mágicas que os seus *mandingueiros* ministram. E o fato verdadeiro, que atesto nesse manuscrito, é que o meu senhor sempre pareceu ter mesmo o corpo fechado.

Ele nunca foi ferido nos duelos e guerras em que pelejou e escapou como que por encanto das tocaias que lhe armaram; e que não foram poucas...

Contra tantas intrigas, invejas e maledicências, mais valem os atos de reconhecimento de sua majestade. Pela vitória na guerra contra os bárbaros e pela pacificação do rio de São Francisco, el-rei Dom Pedro II, pai de Dom João V, concedeu-lhe em 1703 a patente de mestre-de-campo, cujo símbolo é um bastão incrustado com fios de ouro que ele ostenta orgulhosamente em dias solenes.

E há pouco mais de um ano recebi correspondência pela tropa que seguia da Cidade da Bahia para o Arraial do Tijuco, em que o senhor Nunes Viana relatava, exultante, que recebera carta régia de Dom João V, de abril de 1727, concedendo-lhe o hábito de Cavaleiro da Ordem de Cristo.

A *mercê*[7] de fidalguia, que só é concedida aos senhores de alto costado e sangue puríssimo, e com a qual ele sempre sonhou, veio acompanhada de uma polpuda *tença,* uma pensão vitalícia que tornou letra morta a acusação de que correria em suas veias o sangue infecto de cristão-novo.

---

7 *Benefício, graça concedida pelo rei como recompensa por algum trabalho ou serviço.*

Junto com o hábito de Cristo, meu senhor recebeu do rei o cargo de *alcaide-mor*[8] da Vila de Maragogipe, no recôncavo da Baía de Todos os Santos, e a permissão para distribuir parte de sua pensão às filhas Maria Olinda e Quitéria Perigrina, que vivem internas no Convento de São Domingos das Donas da Vila de Santarém, em Portugal.

Seu filho, o moço Miguel, que hoje cuida das suas fazendas no São Francisco e na Bahia, foi também honrado por Dom João V com o hábito de Cavaleiro da Ordem de Cristo e outra *tença* vitalícia.

Mas pelo bem da verdade, que jurei confessar por inteiro neste manuscrito, o meu senhor pouco disfarçava aos mais chegados, como eu, certa reverência pela heresia dos judeus. Há muitos anos atrás, escutei conversas suas com o cristão-novo Miguel de Mendonça Valladolid, um *homem de nação* senhor de grosso comércio por toda costa brasílica, desde a Bahia à Colônia de Sacramento no rio da Prata, nas partes do Sul do Brasil.

Afamado em São Salvador por professar os preceitos filosóficos e místicos da doutrina da "Cabala" dos judeus, lembro-me que o senhor Miguel pregava mais ou menos o seguinte:

– No êxodo do Egito começou a nossa libertação, quando o Senhor abriu as águas do Mar Vermelho para a passagem dos judeus que fugiam dos exércitos do faraó e falou a Moisés no Monte Sinai, entregando ao profeta as tábuas das Leis Divinas e da salvação dos homens. Os livros da "Tanakh" revelam a Palavra Dele em letras e números sagrados, de que somos o povo eleito e muito em breve Messias, o Consagrado, irá restaurar Israel e o Reino de Davi, trazendo paz e concórdia para o mundo. O resto não passa de porcaria de cristãos idólatras, como blasfemar que o Deus

8 *Prefeito, administrador.*

Único teve um filho do ventre de uma rapariga virgem, e adorar a cruz em que o embusteiro foi crucificado pelos romanos...

Para minha surpresa, Nunes Viana não desdisse as heresias e aquiesceu à pregação com a cabeça, em silêncio reverente. Sei que percebeu que eu estava por perto, mas não me repreendeu e nunca falou sobre o que se passou naquele dia. Então, não posso garantir se o meu senhor tinha mesmo queda pela fé judaica, que guardava escondida, ou se apenas trapaceou com a mudez reverente para tirar proveito da irmanação secreta com o rico mercador.

Mas o fato é que a investigação de *genere* aberta pela Santa Inquisição na Vila de Viana do Castelo da freguesia de Santa Maria Mayor, onde ele nasceu na província do Minho, no Norte de Portugal, não encontrou a mácula do sangue infecto da raça dos judeus em suas veias.

Tanto o pai, que se chamava Antônio Nunes, quanto a mãe, Antônia Marinho, eram cristãos-velhos, como o eram também os seus avôs e bisavôs minhotos, atestaram os investigadores.

Apesar disso, o que se calunia correntemente é que foi o seu ouro, farto e cintilante, que corrompeu a investigação do Santo Ofício, limpando a mancha impura do sangue judeu e permitindo que o rei lhe concedesse a *mercê* do hábito de Cavaleiro da Ordem de Cristo...

Se a acusação de pertencer à raça de cristãos-novos *marranos*, cristãos por fora, judeus por dentro, pouco incomodava o meu senhor, a de que descendia da ralé dos oficiais mecânicos fazia faltar-lhe a razão.

O seu pai era um pobre artesão *picheleiro* de vasilhas de folhas-de-flandres, com a qual se tira o vinho das pipas, e Nunes Viana se envergonhava do seu ofício mecânico, reagindo com violência a quem, por deboche ou escárnio, o lembrasse dessa origem, indigna para um fidalgo. Quando moço, de espada em punho, logo desafiava para um duelo...

A fama de espadachim ágil e de corpo fechado, aliás, o acompanha desde os tempos que aportou na Bahia, e foi devido a ela que caiu nas graças do governador-geral Dom João de Lencastre; o quê não se sucederia com outros ministros do rei...

A verdade, que testemunho, é a de que Dom João de Lencastre não só o protegeu em seus primeiros anos no Brasil, como o ajudou a se tornar um dos homens mais poderosos da Bahia e dos sertões do São Francisco, ao indicá-lo a Dona Isabel Gomes de Brito para a regência do Morgado da Casa da Ponte.

Nas ideias, o potentado sempre comungou com o padrinho governador e ministro principal do rei para o Estado do Brasil entre 1694 e 1702, para quem as minas de ouro não pertenciam à Capitania do Rio de Janeiro ou à antiga São Vicente, dos paulistas, mas sim à do Espírito Santo, que é de jurisdição da Bahia.

Em 1700, Dom João de Lencastre até mandou que se abrisse uma estrada pública da cabeça daquela capitania, a Vila Nova do Espírito Santo, até as minas de ouro recém-descobertas. Porém, os conselheiros do rei não deram ouvidos aos reclames de senhorio do Espírito Santo e da Bahia sobre as minas e o que eles acabaram por fazer foi proibir a abertura da dita estrada.

Na correspondência que recebi pela tropa baiense, o senhor Nunes Viana enfatizava orgulhosamente as suas últimas conquistas, sobretudo as *mercês* de Cavaleiro da Ordem de Cristo para si e o filho, mas lamuriava o cansaço que a velhice lhe causava e o excesso de peso...

Não estranhei essas queixas, pois o meu antigo senhor sempre foi de resmungar. Mas se ele sentia-se velho e cansado, imagine eu, que tenho quase 20 anos a mais!

O excesso de peso também não era novidade. De baixa estatura, corpo atarracado e cara arredondada sob cabelos revoltos, em que se destacavam olhos escuros penetrantes e uma boca delicada, mas cujo tom de voz firme e ressoante intimidava qualquer um, o moço Nunes Viana já insinuava uma ligeira barriga quando o conheci em São Salvador nos idos de 1690; e que só crescia à medida que os anos se passavam.

Pela tropa da Bahia, ele me mandou de presente um belíssimo exemplar da obra *Compêndio narrativo do peregrino da América,* da lavra de um protegido seu, o presbítero Nuno Marques Pereira. O livro narra a história de uma peregrinação às minas de ouro e é dedicado ao cavaleiro Manuel Nunes Viana, que mandou imprimi-lo às próprias custas e com todo primor em uma tipografia lisboeta...

II
O COLÉGIO DOS JESUÍTAS

Escrevi até o óleo da lamparina se acabar e tive uma noite de cão, entrecortada por sonhos e pesadelos. Ora assistia indiferente ao lado do senhor Nunes Viana, de seu fiel escudeiro *Bigode* e de seus *mandingueiros*, o suplício de negros quilombolas e gentios *cativos* que se afogavam em uma lagoa escura com mãos e pés agrilhoados, ora era eu que me afogava com os punhos amarrados, em meio a caveiras que borbulhavam, expelindo pelos orifícios gazes que pegavam fogo.

Apesar da noite infernal, acordei surpreendentemente bem disposto, embora temendo que os *súcubos* e *íncubos* demônios tivessem enfeitiçado os meus sonhos e a minha mente, Deus me salve!

Para espantar o medo, tomei de uma só vez uma caneca de leite de vaca, gordo e quente, e comi com vontade paçoca de carne seca; bocados de um saboroso mingau de farinha da terra pilada com rapadura, chamado *jacuba*; e fatias de broa de milho que só a Maria da Mina, negra *ladina*[1] que me serve há mais de 30 anos, sabe fazer tão bem!

Pela janela, os primeiros raios de sol anunciam o novo dia e trazem consigo, agrilhoados e em fila, os *tapanhunos* que continuarão na labuta das obras da Capela de Sant'Ana sob o estalar do

---

1 *Termo que designava um escravo africano falante do português.*

chicote de tiras de couro com nós e metais amarrados nas pontas, o terrível *bacalhau.*

Os meus dedos já estão coçando também. É hora de retomar o fio da meada...

Sou filho temporão e bastardo de Nuno Fernandes, o moço, e neto de Nuno Fernandes, o velho, senhor do engenho de Jacaracanga no termo de Matoim do recôncavo baiano. Como sua mãe, irmãos e sobrinhos cristão-novos, o meu avô foi devassado pela Inquisição de Portugal na primeira visitação que o Santo Ofício fez à Bahia em 1591. O velho Nuno se safou daquela vez, mas 19 anos depois ele seria detido por um falso *familiar* espia da Inquisição na Bahia e levado enjaulado para Lisboa.

Não me lembro do meu pai, que era mestre de açúcar no engenho do pai homônimo e morreu quando eu tinha tenra idade. Tampouco me lembro da minha mãe, Ana, pois fui tomado pela minha parentalha e recolhido ao Colégio dos Meninos de Jesus, digo dos Jesuítas da Bahia, onde cheguei às portas da ordenação.

Quando me tornei gente e tomei ciência da mácula judia, muito assuntei até descobrir que a minha mãe era *negra da terra,* batizada com o nome de Ana, em homenagem a minha bisavó Ana Rodrigues, e que servira na casa-grande do Engenho de Matoim.

Após a morte do meu pai e o meu recolhimento ao colégio, ela teria fugido para os seus – gentio da nação dos *Paiaiás* que habitava o recôncavo e fora expulso para os confins dos sertões da Bahia, junto às cabeceiras do rio Paraguaçu. Além disso, nada mais consegui saber sobre a minha mãe...

Sendo filho bastardo portador da nódoa de sangue infecto de cristão-novo, por parte do pai, e de mestiço, por parte da mãe gentia, temia submeter-me à habilitação de *genere,* a investigação de limpeza de sangue *puritati sanguini* que a Companhia de Jesus faz antes de ordenar os noviços. Como a investigação vai até a quinta geração, a impureza inteira do meu sangue judeu e de *falso branco* seria facilmente revelada, eu suspeitava com terror.

Tempos depois, descobri que muitos cristãos-novos conseguem ordenar-se e tornam-se bons padres e até bispos e arcebispos. Para isso, basta ter testemunhos de cristãos-velhos jurando a pureza do sangue dos noviços, de seus pais, avós, bisavós e trisavôs, tanto paternos quanto maternos, com a mão direita sobre as "Sagradas Escrituras".

Com influências e compadrios e, sobretudo grossos cabedais, tudo isso se consegue, seja subornando os clérigos e juízes das justificações de *genere,* seja corrompendo testemunhas, escrivães, secretários ou *meirinhos*[2] responsáveis pelos processos...

A meu favor, contava com a força e cabedais de parentes poderosos, *homens bons* na governança da Câmara do Senado da Cidade de São Salvador, como o primo Diogo Muniz Telles, rebento de Dona Leonor Antunes, irmã do meu avô.

Apesar disso, resolvi não correr riscos e, quando chegou perto da hora de prestar os votos, tomei coragem e solicitei dispensa ao então provincial da Ordem dos Jesuítas, o mestre Simão de Vasconcelos.

Embora relutante, o piedoso padre aquiesceu à minha súplica e até permitiu que eu continuasse residindo no colégio, talvez em razão dos bons préstimos que eu – como contador e caixeiro – servia à dispensa e mantinha as suas contas sempre em dia...

Seja como for, Deus Nosso Senhor escreve mesmo certo por linhas tortas, porque hoje vejo com clareza que não tinha nenhuma vocação para ser um soldado de Cristo, como são chamados os

---

2 *Funcionário da justiça.*

jesuítas. Teria sido um pastor instruído, porém de pouca convicção e em dúvida quanto aos mistérios da fé cristã...

Mas que eu gostava da vida no Colégio dos Jesuítas, isso gostava... E como gostava!

Para mim, o mundo girava em torno das vastidões daquele colégio e Casa de Deus incrustada na cidade alta de São Salvador pelos jesuítas quando aqui chegaram com o primeiro governador-geral Tomé de Souza em 1549. Com o governador, veio um engenhoso mestre da fortaleza e obras, chamado Luís Dias, que alevantou as primeiras edificações de pedra e cal da cidade alta e, junto da praça-forte, o Colégio dos Meninos de Jesus.

Com saudades, lembro-me dos grandes dormitórios nas alas dos alunos e noviços, das celas dos padres e das salas de aula e de estudos gerais, com vistas para o mar da Baía de Todos os Santos e o porto da cidade baixa.

Da dispensa, da qual mais tarde tornei-me caixeiro e contador, era capaz de caminhar de olhos fechados até a cozinha, o refeitório e daí até a biblioteca, a farmácia dos padres e as pequenas celas disciplinares e de castigos, que serviam tanto de cárcere para alunos faltosos, quanto para réus de crimes contra a fé que aguardavam navio para Lisboa. Distinguia cada lugar pelos seus encantos ou cheiros peculiares, como os do terreiro de Jesus, onde tinham vez as brincadeiras e jogos com os colegas nas horas livres.

Era noviço no colégio quando o provincial Simão de Vasconcelos decidiu construir uma nova igreja dos jesuítas, provocando alvoroço e murmurinhos na cidade, sobretudo entre os freis franciscanos e beneditinos, que mal conseguiam dissimular a inveja e despeito.

Mas o provincial era um sacerdote determinado e eu, admirado, o vi então fazer subir a sequência altiva de pilastras dóricas do novo templo, os altares da sacristia, revestidos de um mármore muito bonito, nunca antes visto na Bahia, que ele mandara trazer da Itália...

Também uma obra de arte, o teto da igreja foi ganhando o formato de uma grande abóbada, toda revestida em madeira de lei lindamente trabalhada pelos escravos e mestres carpinteiros.

Mais extasiado fiquei ainda ao ver se alevantar, atrás da sacristia, a nova biblioteca do colégio. A acanhada sala guarda-livros e de leitura tornava-se então um espaço amplo e arejado; este sim, capaz de abrigar a contendo os mais de três mil livros e milhares de cartas, documentos, manuscritos, mapas e roteiros que remontam à era da fundação da Companhia de Jesus pelo santo Ignácio de Loyola em 1534.

Quando foi celebrada a inauguração da nova Casa de Deus em 1672, o padre Simão não estava mais entre nós. E para honrar a sua santa memória e grande obra, os jesuítas se esmeraram nos preparativos para realizar a mais bela missa já celebrada nesse continente brasílico e que tive o privilégio de assistir emocionado, com os olhos marejados e o peito estufado de orgulho.

Nem mesmo a pompa da abertura do ano letivo do colégio, no dia de São Brás, três de fevereiro, pode ser comparada àquela que se viu naquele ano de 1672, assistida por todas as gentes da cidade, a começar pelo governador, que chegou à nova igreja em trajes de gala e sob um pálio.

A ele, seguiam-se os juízes da Relação, o ouvidor-geral, o comandante das milícias, os vereadores e oficiais da Câmara de São Salvador, os *homens bons*, suas senhoras, damas e donzelas e os eclesiásticos das demais ordens religiosas, enquanto a plebe rude abria passagem ao cortejo magnífico e extasiava-se em frente ao novo templo de Deus.

Fora essas celebrações especiais, cuja pompa se repetia com menor vulto nas procissões e missas da Quaresma, da Páscoa e do Nascimento de Jesus ou nos dias santificados e aos domingos, a verdade nua e crua é que a rotina no colégio era dura. Começava sempre às quatro horas da matina, quando éramos acordados pelos padres disciplinários e seguíamos sonolentos, depois do asseio do corpo, para a leitura diária dos "Salmos".

Às seis horas, já estávamos no refeitório para o desjejum e às sete horas em ponto nas salas de aulas, onde os novatos eram iniciados nas Humanidades e os mestres nos ensinavam Teologia, Filosofia e Artes, recorrendo aos clássicos do filósofo grego Aristóteles e dos romanos Cícero e Virgílio, dos santos padres João Crisóstomo e Basílio, e do grande doutor da Igreja, São Tomás de Aquino.

As belezas da nossa língua-mãe divina, o português, eu aprendi nos estudos da "Arte da Gramática", de Manuel Álvares. Tive aulas de Latim e de Espanhol e também da Língua Geral dos gentios da terra, sobretudo no estudo do livro "Arte de gramática da língua mais usada na costa do Brasil", escrito pelo padre José de Anchieta para instruir os jesuítas e facilitar as *missões* de catequese.

Já a ciência dos números, que me encanta até hoje, eu aprendi a admirar nas aulas de Aritmética e no estudo de clássicos de outro filósofo grego, Platão, para quem sem a Matemática o homem não seria homem.

E até um pouco de Astronomia eu pude aprender no colégio, nas aulas de um padre francês, de nome Jacob Cocleo, que traçou com precisão um dos primeiros roteiros do caminho da Bahia para as minas de ouro, como comprovei com os próprios olhos, espantado, anos depois...

Sempre fui bom aluno, mas confesso que já no terceiro ano pouco suportava a rotina das enfadonhas aulas matinais. O que gostava mesmo era das ceias do desjejum, do almoço e da janta, quando fazíamos as refeições ouvindo a leitura de cartas e epístolas de jesuítas missionários em feitorias portuguesas em Goa, nas Índias; em Macau, na China; em São Paulo de Luanda, em Angola; e até em Cipango do Japão.

Despachadas de Roma pelos superiores da Companhia de Jesus, as correspondências chegavam a cada frota do Reino que aportava em São Salvador e assim sabíamos que durante meses teríamos novas frescas sobre o labor dos irmãos missionários para elevar o nome de Deus Todo-Poderoso e para converter ao Cristianismo os povos ímpios e pagãos de todos os continentes.

Além das leituras das cartas, gostava também de me perder na imensidão de livros e manuscritos guardados na biblioteca. Li não sei quantas obras de pensadores e filósofos, como as de Aristóteles, Plínio, Tito Lívio e Horácio, bem como "Os Lusíadas", de Luis Vaz de Camões, e "Las Guerras Civiles de Granada", de Ginés Péres de Hita.

Entre os manuscritos, embeveci-me com "História do Brasil", do frei franciscano Vicente de Salvador, "História da província Santa Cruz a que vulgarmente chamamos Brasil", de Pero Magalhães de Gandavo, e "Crônicas da Companhia de Jesus", do provincial Simão de Vasconcelos, que versavam sobre as fertilidades das terras brasílicas e as temperanças dos seus ares bafejados pela providência divina, bem como com os sermões do padre Antônio Vieira.

Logo descobri que a biblioteca guardava também livros proibidos, surpreendentemente salvos das fogueiras do Tribunal do Santo Ofício. Embora relacionadas na lista de livros interditados, o "Index Librorum Prohibitorum", as obras estavam ali muito mal-escondidas, quase que às minhas vistas; e confesso que eu não só li, como reli e copiei partes de algumas delas, como os 15 livros das "Metamorfoses", do poeta latino Ovídio, e de "Eufrosina", uma comédia do lusitano Jorge Ferreira de Vasconcelos.

Ingênuo como eu era, no início não achei que a mera leitura desses livros heréticos constituísse grave transgressão às leis da Santa Madre Igreja e às do Reino. Quem me alertou para isso foi o colega Pedro de Braga, apelidado por nós de *Fuinha,* por ter o rosto afilado e espichado para frente como um bicho-preguiça, e que também era um ávido frequentador da biblioteca.

Tremi de medo e culpa por não sei quanto tempo, mas acabou que a curiosidade prevaleceu e retomei as leituras interditadas, confiando tanto na boa reputação de aluno estudioso que desfrutava entre os mestres jesuítas, quanto pelo fato de ser pouco dado às peraltices e travessuras que todo menino comete; além, é claro, de já ser bom intérprete das artes da dissimulação...

Apesar disso, não escapei aos castigos dos padres disciplinários devido à minha timidez. Muito retraído, sempre escafedia sorrateiro ao chamado para as aulas de canto do coro do colégio ou para as "Ladainhas", escondendo-me em qualquer lugar, até ser encontrado e disciplinado...

Rezar a "Ave Maria" e recitar a "Salve-Rainha" de joelhos sobre bagos de milho ou feijão, eu confesso que não era castigo que me amedrontasse, mas a batida da palmatória nas mãos, até as palmas ficarem vermelhas e sangrarem, não suportava...

Nessas horas, colegas sempre acorriam para me consolar e a verdade é que fiz bons e leais amigos entre os alunos e noviços do colégio.

Alguns, como o Pedro de Braga, tornaram-se missionários em outras partes do Brasil e até nas Índias e na África. Outros, como o meu xará, o Álvaro Gil, vulgo *Boca de Ovo* por sempre andar com os beiços amarelados pela gema de ovos que sorvia com gula, deixaram o colégio sem prestar os votos, tornando-se tratantes e mercadores. Com *Boca de Ovo*, que serviu na Bahia no negócio de compra e venda de *peças tapanhunos* no porto de São Salvador por muitos anos, eu mantenho correspondência até hoje...

Quando tínhamos idade maior, creio que uns 14 ou 15 anos, *Boca de Ovo* e eu tornamo-nos aprendizes e depois assistentes, caixeiros e contadores dos *livros de razão* e de contas da dispensa do colégio. Com o tempo, passamos a negociar também com tratantes e mercadores de São Salvador e do recôncavo, que fornecem quase tudo que mantém cheia a dispensa e bem-servidos os padres, os noviços e os alunos. E assim, eu e ele aprimoramos o gosto pelos números e pelas contas e o bom jeito para os negócios que me acompanha desde então...

Se hoje dou graças a Deus-Pai por ter tido o colégio como lar e família, confesso que muito cedo me encantei com o burburinho da plebe rude na cidade alta de São Salvador. Aos poucos e sempre escondido dos padres, fui descobrindo o mundo além do colégio e do terreiro de Jesus. Em meio às gentes, caminhava pela rua da Misericórdia até a Santa Casa e seguia para a praça da Casa de Câmara e Cadeia e da Casa del-Rei.

Ali, eu me esquecia da vida, absorvido pelo movimento das gentes em torno dos tabuleiros das negras que vendem de tudo, de bolos *beijus* de mandioca, balas *alféloas* de açúcar e melaço ou frutos da terra, a quitutes, paçocas e nacos de carne de baleia, e pelo vai-e-vem do engenhoso guindaste que os jesuítas fizeram para transportar as cargas que chegam ao porto na cidade baixa.

— Não há coisa melhor nessa vida do que comer esses nacos de carne de baleia, xará! Já vi uma bicha dessa maior que a embarcação que a rebocava para a Ponta de Armação das Baleias na ilha de Itaparica. Dizem que os mestres de facões e faquinhas e negros açougueiros gastaram três dias para destrinchar a fera! Podes crer meu amigo... Depois que eu me for do maldito colégio, vou ser um homem do mar, um capitão de embarcação baleeira - sonhava invariavelmente Álvaro Gil, lambuzando-se na gordura que escorria dos nacos de carne que comia com avidez e esbaldando-se em talagadas de água ardente.

— Fales baixo, *Boca de Ovo*! E modere o que dizes meu amigo. Não caias na tentação da gula e não blasfemes contra o Colégio dos Jesuítas. Se uma negra dessas der com a língua nos ouvidos dos padres, estamos mais que lascados – eu retrucava também invariavelmente.

***

Como as incertezas quanto à verdadeira fé, que ajudaram a livrar-me das obrigações do sacerdócio, anoto aqui que os tempos de colégio em São Salvador semearam outras dúvidas que também me afligem o coração e a velha mente até hoje. Uma delas, sobre servidão, escravidão e cativeiro; a outra sobre a diferença de natureza dos gentios da terra e dos negros da África...

Para os filósofos antigos, como Aristóteles, certos homens são menos do que outros e estes meio-homens, por sua natureza inferior, tornam-se próprios para a escravidão. Porém, São Tomás de Aquino discordou e ensinou que os homens não se dividem entre os de natureza superior e inferior; que a razão da escravidão é a da utilidade "porquanto é útil ao escravo ser governado por um homem mais prudente, e é útil a este último ser auxiliado pelo escravo", ele escreveu na "Súmula Teológica II", que copio aqui.

No colégio, os mestres jesuítas ensinavam ainda que tanto os *tapanhunos*, quanto os gentios são da descendência de Cam – o filho ingrato que envergonhou o patriarca Noé ao encontrá-lo nu e desacordado pelo excesso de vinho após o Grande Dilúvio, e não cobrir as suas vergonhas.

Ao recobrar os sentidos depois da bebedeira, o patriarca, que salvou a linhagem dos homens, decidiu punir o filho, amaldiçoando-o "servo dos servos", mas lembrou-se que Cam recebera a benção de Deus e não poderia ser punido.

Calhou então a Noé amaldiçoar por todos os tempos um dos filhos de Cam, proferindo as palavras que estão no livro "Gênesis" das "Sagradas Escrituras" e que aqui transcrevo: "Maldito Canaã! Que seja para os irmãos o escravo dos escravos".

Assim, marcados pela chaga da servidão eterna, Canaã e os seus foram obrigados a fugir de Israel para o Egito e a Etiópia, de onde se espalharam por todos os continentes.

Mas o padre Manoel da Nóbrega, que chegou ao continente brasílico com o primeiro governador Tomé de Souza em 1549, pregava que os gentios da terra, embora da descendência amaldiçoada de Canaã, são dotados de alma, espírito, inteligência e discernimento.

Por isso, devem viver em liberdade, desde que sejam salvos da maldição do paganismo e das bestialidades do canibalismo, da poligamia, da nudez e da sodomia, por meio da catequese e conversão à fé cristã e à boa moral.

Grande obreiro da Companhia de Jesus no Brasil, o mestre Manoel da Nóbrega tratou de praticar os seus ensinamentos em *missões* de catequese dos gentios e a sua pregação ecoou tão forte em Roma que ela acabou por prevalecer nas leis da Igreja, nos conformes do *Breve Commissum Nobis* proclamado em 1639, que declarou livres os gentios americanos e condenou à excomunhão os que os escravizassem.

Diante do *breve* papal, a Coroa portuguesa acabaria também por proibir o *trato* dos gentios, mas abrindo uma exceção para aplacar a ira dos moradores das terras brasílicas: desde que em *guerra justa*, provocada pelos próprios bárbaros, permitiu-se o cativeiro dos gentios vencidos, como, aliás, fazem corriqueiramente ainda hoje, sobretudo os paulistas.

Já sobre os *tapanhunos*, prevalece por inteiro a maldição do patriarca Noé, tanto nas leis da Igreja quanto do Reino. *Lente* iluminada dos jesuítas que também muito pelejou contra a escravidão dos *negros da terra*, o padre Antônio Vieira pregava que a transmigração dos negros da África para o cativeiro no Brasil é o caminho para a sua libertação do paganismo e da barbárie, pois permite que sejam instruídos na fé cristã e possam viver aqui seguros da Salvação Eterna.

E o sábio padre Vieira dizia mais, que os negros etíopes convertidos à verdadeira fé são os mais gloriosos entre todos os devotos de Nossa Senhora Mãe de Deus e do Rosário, por viverem no cativeiro na América em imitação perfeita à Paixão de Cristo e aos Seus Martírios.

Quem sou eu para contraditar o que pregaram o padre Vieira e outras *lentes* versadas nas palavras de Deus, mas não consigo entender porque os *negros da terra* têm natureza livre, se convertidos à verdadeira fé, e os negros da África não, embora ambos tenham alma, espírito, inteligência e discernimento.

Porque a Igreja de Roma condena o cativeiro dos gentios, mas permite e usufrui da escravidão dos *tapanhunos*?

Essas indagações me remoem por dentro há muitos anos e por mais que leia e puxe pela mente não consigo respostas. Hoje, sei que há *lentes* iluminadas na Igreja que condenam a escravidão de uns e de outros, recorrendo ao mesmo livro "Gênesis", onde está escrito, com todas as letras, que os homens nascem iguais, criados à imagem e semelhança de Deus, ou às palavras de São Francisco de Assis sobre a santidade de todas as criaturas.

No entanto, essas vozes são solitárias e o que prevalece na lei da Igreja é que o *trato* escravo dos negros da África tem a benção divina, até mesmo porque não cabe a quem negocia uma mercadoria inquirir ao vendedor sobre a origem do que comprou...

Recorrendo à sua lida de muitos anos no *trato* negreiro em Angola, *Boca de Ovo* sempre teve, porém, uma resposta bem mais prática para as minhas indagações teológicas. Lembro-me de suas palavras ainda hoje:

— Deixa de bobagens, Álvaro! O que conta mesmo é que não há comércio mais rico que se faça hoje no mundo do que esse que se faz com as *peças* africanas. Nem a cana de açúcar e o ouro, juntos, rendem tamanhas fortunas!

Seja como for, fato é que não encontrei ainda resposta que me satisfaça por inteiro, mas se o enigma das naturezas dos negros e dos gentios continua sem quem o decifre, a vida na mercancia foi me ensinando que as índoles humanas independem do defeito da cor da pele, da nódoa de sangue infecto, da impureza da fé ou da descendência amaldiçoada do patriarca Noé...

Aprendi que homens brancos, pretos ou mestiços; cristãos-velhos, novos ou *marranos*; judeus, mouros, calvinistas ou luteranos; escravos, servos, pobres, ricos ou remediados manifestam índoles e qualidades boas ou más: alguns virtuosos, honestos, inteligentes ou honrados; muitos tolos, ingênuos, ignorantes, dissimulados ou soberbos; e tantos outros desonestos, corruptos, ladrões, bandidos ou simplesmente assassinos.

Como muitas vezes tudo isso se manifesta junto e misturado em uns e outros, não é fácil fazer a separação do joio do trigo, mesmo com todas as luzes de Deus Nosso Senhor...

III
NEGÓCIOS PROIBIDOS

Há quase um mês chove sem parar! A estação das águas chegou como nunca tinha visto nessas bandas do Inhaí, que mui apropriadamente quer dizer água que corre ou enxurrada, na língua dos gentios, e aos fortes aguaceiros sucede-se a chuva fininha que não para, dia e noite, como se o mundo fosse acabar...

Estamos ilhados no arraial e as notícias escassearam também, pois ao Norte os viajantes dizem que o caminho que leva à barra do rio das Velhas e à Bahia virou um lamaçal só. Já ao Sul, na estrada pública que leva ao Arraial do Tijuco e à Vila Rica, é a cheia do rio Caeté-mirim que não dá trégua, e nem com muita coragem pode-se fazer a passagem do vau, sobretudo porque os *tapanhunos* e os animais vêm encurvados pelas cargas.

Como todos os anos na estação de chuvas, as lavras estão paradas e sem proveito algum, pois a cata do ouro e do diamante só se faz remexendo o cascalho do leito dos córregos e ribeirões, que estão agora sempre cheios. Assim, durante as invernadas, que começam em outubro e vão até março, os mineiros ficam sem o que fazer e entregues ao ócio, empregando suas escravarias e *cativos* nas roças de milho, feijão e mandioca.

Mas nem isso os escravos estão podendo fazer nesse final de 1729, porque a chuvarada não dá trégua e a terra está toda encharcada; o que se planta, não brota.

Nunca vi tanta água caindo do céu! Parece até castigo divino...

A minha casa de morada é humilde, mas está resistindo bravamente ao aguaceiro graças à cobertura de telhas de barro cozido, modeladas nas cochas, que mandei assentar sobre paredes de taipa de pilão muito firmes e certinhas.

Graças a Deus, o porão onde guardo boa parte dos frutos de uma vida de mercancias também está resistindo à chuvarada. Apesar de escavado na terra sob a casa e com oito *pés*[1] de fundura, o porão tem forro de pedras juntadas com argamassa de óleo de baleia e a água só está minando, garante Isidoro da Guiné, o negro que o construiu e me serve há quase 30 anos, como a Maria da Mina.

Já a horta e o pequeno pomar situados além do pátio de pedras onde ficam os cômodos dos escravos, a casa de fornos e o galinheiro estão de dar pena! Como vejo todos os dias da varanda atrás da casa, a chuvarada desfez os canteiros, mas a Maria ainda tem esperança de que se possam colher as prometidas couves, chuchus e abóboras e os primeiros frutos de árvores de espinho, laranjas e limões, bem como goiabas, bananas da terra e marmelos que plantei...

Mas o que mais me amofina na invernada das águas é a umidade e a catinga de mofo que não há arejo que espane! Não vem uma brisa que seja para ventilar os cômodos da casa, para espanar o bolor, aliviar o calor melado e abafado e espantar a tosse catarrenta, de encher a escarradeira em uma noite só.

Mestre no trato das gripes e *febres palustres*, terças e quartãs da *carneirada,*[2] da *bexiga*[3] e da *peste amarela* e dos males tísicos da

1 *Um pé equivale a 30,48 centímetros.*

2 *Denominação antiga da malária, doença infectocontagiosa trazida pelos europeus e que dizimou boa parte das populações indígenas.*

3 *Varíola, também trazida pelos europeus.*

peste branca,[4] o médico Diogo Corrêa do Valle sempre me manda de Vila Rica uma sortida botica, mas nem as poções milagrosas do bom cristão-novo têm sido capazes de abrandar o meu desconforto.

Se não bastasse a tosse sem fim, a estação chuvosa tira-me o apetite e emperra os meus velhos ossos. Devido à umidade e ao mofo, há mais de três semanas eu sequer tenho coragem de descer ao porão. Só de pensar em descer, as minhas juntas doem e rangem como as tábuas da escada e o quê eu preciso de lá, mando a Maria ou o Isidoro trazerem...

Ao desassossego dos males do corpo, junta-se a irritação com a profusão de insetos fugindo da chuva. Todas as noites as chamas das lamparinas, velas e candeeiros dançam pelos vôos suicidas de vespas, mariposas, mosquitos e besouros que infestam e infernam onde há luz acesa na casa...

— Sinhô Álvaro, desculpe incomodá... Mas é que tem um moço pedindo pra ter com o sinhô – Maria sussurrou, entreabrindo ressabiada a porta dos aposentos e interrompendo os meus devaneios.

Observei-a de soslaio com um olhar de censura, fingindo raiva, e retruquei:

— Mas mulher, que chateação! Eu não disse pra tu e pro Isidoro que não era pra me importunar? Falas pro tal homem que estou acamado e que não posso receber ninguém...

— Eu... Eu... Falei sim sinhô... Que o sinhô tá muito perrengue... Mas o moço insistiu... Disse que veio de muito longe, lá das bandas de Ouro Preto... E que traz uma carta urgente, da parte de um senhor de nome Inácio... Eu acho... O moço falou que não pode voltar sem ter com o sinhô – ela gaguejou.

---

4 *Tuberculose, idem.*

— De Vila Rica? Carta do senhor Inácio? Santo Deus, Maria!... Então a coisa é grave! Pois sim... Vou recebê-lo... Mas como esse homem conseguiu atravessar o vau do rio Caeté-mirim? – eu perguntei curioso, esforçando-me para levantar do catre.

— O moço disse que teve de arranchar na banda do lado de lá do rio, de modo a esperar a água baixar. Só hoje é que deu pra atravessa o vau... Mesmo assim com muito custo, ele disse, pois a correnteza tá ainda muito forte... O moço tá que nem um frangão molhado... Isso tá...

— E qual é a graça do moço?

— Manuel... Filipe... E tal... Sei o resto não... Tá acompanhado de um negro *ladino* bem forte e apessoado...

— Tá bom, Maria... Mas vais logo tirar o tal Manuel Filipe da chuva e levas pra esquentar na beira do fogão... Podes dar o de comer, pois o homem deve estar varado de fome. Ah... Se ele quiser, podes servir água ardente... Pro negro também – eu ordenei.

"Salve Senhor Álvaro Lopes.

Apresento a Vossa Senhoria o moço Manuel Filipe Oliveira, agente de confiança e de muitíssima lealdade a mim e, por conseguinte, ao senhor também. Ele é filho de um compadre e está ao meu serviço, em Vila Rica e na empresa da Boa Vista do Paraopeba, sobre a qual já lhe escrevi, e que não para de crescer, graças a Deus. Manuel tem ordens para aguardar a vossa resposta, de boca ou escrita, e trazer a encomenda que peço a vós.

É certo que el-rei em Lisboa já recebeu a correspondência do governador Dom Lourenço de Almeida em que ele faz o manifesto da descoberta de diamantes na Comarca do Serro do Frio. Na frota que chega do Reino no ano vindouro, o amigo Dom Lourenço espera receber instruções e ordens do rei e do Conselho Ultramarino sobre a maneira melhor e mais certa de trabalhar os novos serviços. Ele me confidenciou que o novo ouvidor-geral da Vila do Príncipe, o senhor Antônio Ferreira do Vale e Mello, é que deverá cuidar da arrematação das lavras. Dom Lourenço estuda cobrar uma taxa de captação em réis[5] *para a Real Fazenda, por escravo empregado na extração de diamantes, como se faz nas lavras de ouro. Por hora isso não é certo, pois há de se ver o que el-rei ordenará. Mas, como Vossa Senhoria sabe, Dom Lourenço é irmão do primeiro patriarca da Igreja de Lisboa, Dom Tomás de Almeida. Então, creio piamente que o que ele pensa fazer vingará nessas novas minas.*

Acuso o recebimento do lote de 1.174 diamantes, com 1.981 quilates,[6] *enviado em julho passado, cujo crédito está anotado e pagarei, no tempo de sempre e no preço apalavrado, em moedas de ouro, ao portador que o senhor mandar. Sei que o prazo é muitíssimo apertado, mas encomendo que me remeta outro lote pelo portador desta carta, ou até no mais tardar em março próximo, para que eu remeta na frota que sai do Rio de Janeiro para Lisboa em maio.*

O mais, Manuel Filipe contará de boca. Vossa Senhoria pode confiar.

Vila Rica, aos dois dias de novembro do ano da Graça de Nosso Senhor Jesus Cristo de 1729.

Do leal amigo, sempre ao vosso dispor,

I. S. F."

---

5 *Real,* antigo padrão monetário português.

6 *Unidade de peso usado para os diamantes, equivalente a 200 mg ou a 1/5 de grama.*

Depois de certificar que a carta estava lacrada com a cera e o brasão intactos do senhor Inácio de Souza Ferreira e de conferir a autenticidade da sua assinatura, li e reli cada palavra com apreensão.

Como é de conhecimento em toda a Capitania das Minas Gerais, o régulo de Vila Rica tem relações muito próximas com o governador Dom Lourenço – e até sociedade com ele, eu tenho cá com os meus botões. Mas por fiar em demasia nessa amizade, ele passara a correr riscos desmedidos, como alevantar uma fábrica clandestina de fundição de barras de ouro e de moedas na paragem da Boa Vista do Paraopeba.

Embora tal empresa seja crime de lesa majestade, sujeito a pena de morte e confisco dos bens do delinquente, nos conformes das ordenações do Reino, o senhor Inácio pouco segredo faz dela junto aos homens de negócio com quem mercancia.

Eu mesmo fui convidado por ele a associar-me ao negócio, mas não me meti com a empresa, por temor aos riscos de tal empreitada. Apesar disso, há uns três anos remeto-lhe diamantes regularmente e certo é que o senhor Inácio nunca faltou com o apalavrado entre nós...

Por segurança, como aprendi ao longo de toda a minha vida como caixeiro e contador, o bom mercador não deve bisbilhotar a finalidade que será dada àquilo que vende, mas pela liberdade que me deu o próprio régulo, fui logo perguntando ao seu emissário:

— Mas acabei de remeter um lote de pedras, muito boas, pro Vosso Senhorio! Os rios estão cheios e as lavras paradas... Temo não poder atendê-lo... O senhor Inácio disse o quanto está a precisar?

— Meu sinhô mandou dizer que é o que vosso senhor tiver ao dispor... Que não esteja compromissado com outros tratos... Ma se o sinhô não tiver lote livre, Dom Inácio pede que envie as pedras depois, a tempo de mandar conduzir para o Rio de Janeiro...

É que ele tem portador na frota que vai pra Lisboa no ano que vem – Manuel Filipe reiterou o que o seu senhor escrevera, enquanto se aquecia a beira do fogão.

— Vou apurar... Verei se posso acudir... Mas mesmo que seja pouco, será muito para tu levares apenas com o negro... As estradas estão infestadas de ciganos e de bandoleiros mesmo com esse tempo dos infernos – eu adverti, admirado pelo Inácio de Souza ter dado tamanha incumbência a um moço tão franzino.

— Benza Deus, Dom Álvaro! Mas não é caso pro sinhô se preocupar não, porque não há tocaia cigana que me assuste e tenho boa escolta do outro lado do rio, muito bem armada... Vim até a vossa morada só com o Tião pra modo de ganhar tempo. Devo estar de volta a Vila Rica antes das celebrações do nascimento de Nosso Senhor Jesus Cristo; como prometi pro meu senhor – ele contou.

— Então, está bem, vou ver no que posso acudir... Mas agora que já correu a notícia dessas minas de diamantes, o vosso senhor não vê risco em despachar uma partida justo na primeira frota que vai para o Reino? – eu perguntei curioso.

— Não estou a par disso não, mas Dom Inácio mandou dizer que o sinhô não tem com o que se aperrear... O portador é um bom padre, muitíssimo respeitado nas bandas do Rio de Janeiro. Além do mais, as pedras só vão passar pelo Reino... Vão mesmo é para um mercador de outro país do lado de lá do mar oceano, que não sei a graça...

— Pois bem, vou ver o que é possível e amanhã cedo, na primeira hora após o dia clarear, tu partes para Vila Rica... A Maria vai arrumar um pouso quente e seco pra tu e o negro pernoitarem aqui – eu falei.

— Num... Num carece não Dom Álvaro, pois tenho pouso na casa de um conhecido no Inhaí, filho do falecido Tomé Ribeiro, fundador desse arraial... Só preciso da encomenda e de uma boa matula pra levar pros homens que ficaram na beira do Caeté-mirim. Amanhã, estarei aqui na primeira hora – ele disse.

— Nada disso! Ordeno que pernoites na minha casa... A Maria vai providenciar as tuas comodidades e do negro e não regateies nos mantimentos que precisares para a volta... Podes sim visitar o Sérvulo do Tomé, mas cuidado com a língua! Nada de comentar sobre o que tu vieste fazer aqui. Quando ele perguntar, responda que só trouxeste uma carta e uns remédios para mim... Sou velho e perrengue... Todos sabem...

— Minha boca é um túmulo, Dom Álvaro! E é por isso que meu sinhô Inácio confiou que eu viesse ter convosco – ele afirmou ofendido, abaixando os olhos.

— Não avexe Filipe, que confio no teu juramento ao padrinho Dom Inácio... Ordeno que tu pernoites aqui apenas por discrição e segurança dos negócios que tenho com Vosso Senhorio... Ah... A Maria mostrará onde tu vai arranchar... – eu reiterei a ordem, dispensando-o.

"Senhor Inácio de Souza Ferreira,

Folgo em saber que os negócios de Vossa Senhoria vão bem e crescendo no Paraopeba. Boas novas também quanto ao que o nosso governador pretende fazer nessas novíssimas minas. Que Deus ilumine Dom Lourenço.

Pelo vosso portador, Manuel Filipe Oliveira, segue a encomenda solicitada, de 744 grãos de muito boa qualidade e semeadura, que é o que disponho livre por hora.

Que Vossa Senhoria faça bom proveito.

Arraial do Inhaí, aos vinte e dois dias do mês de novembro de 1729, dia de Santa Cecília.

A. L."

Despachei Manuel Filipe no dia seguinte no meio da manhã, não sem antes instruí-lo sobre as informações que por zelo ante os perigos da escrita, sempre omito em minhas correspondências: grãos são os diamantes, cujo peso do lote deu exatos 1.210 *quilates*. Mandei também que ele informasse ao seu senhor Inácio de Souza que o preço do quilate era o apalavrado para a última remessa, com pagamento em prazo de um ano, pouco mais, pouco menos, a juros de dez por cento, como é o de costume entre nós.

Junto com a correspondência, entreguei-lhe o cano de bambu arrolhado com o próprio miolo e lacrado com cera de abelha, depois de recheá-lo com as pedras graúdas – um lote e tanto, mui belo de se ver!

Pedi ainda ao moço que transmitisse ao seu senhor a promessa de que iria providenciar mais um lote de diamantes tão logo a chuva estiasse; e que o mandaria no mais tardar em meados de abril do ano vindouro de 1730.

Na conversa que tivemos antes dele partir, indaguei sobre a empresa da Boa Vista do Paraopeba e não disfarcei o meu espanto quando Manuel Filipe contou que mais de cem homens livres, alforriados ou escravos já trabalhavam na fundição de moedas e barras de ouro!

Segundo ele, a fábrica, cuja paragem eu não sei bem onde fica, mas imagino que em altas serranias próximas ao rio Paraopeba, que tem foz no rio de São Francisco, é muito engenhosa e bem protegida. Suas edificações, todas de pedra, são protegidas por estacadas e açudes que dão passagem apenas por estreitas pontes vigiadas dia e noite por homens armados, o moço relatou, acrescentando que o seu senhor encomendara até canhões para reforçar as defesas.

Contou-me o moço que o régulo de Vila Rica fez também um severo regimento para os que lá labutam, proibindo a beberagem de vinhos e de água ardente, os jogos e até segredos entre eles, além de outras normas que todos têm de seguir, sob pena de açoites e prisão. Para aquele que descumprir o regimento por inteiro ou fugir da fábrica, a pena é a morte, afiançou-me Manuel Filipe.

Para mim, só a cumplicidade do governador Dom Lourenço de Almeida pode explicar a audácia do régulo de Vila Rica em abrir um negócio clandestino de tal monta, quase que debaixo das barbas de um rei que só tem olhos para aumentar os seus *quintos* e rendas.

Confesso que eu temo, muitíssimo, pelos perigos que todos nós estamos correndo, pois são muitos os mercadores, como eu, que têm negócios com o senhor Inácio de Souza ou com os seus sócios, a quem entregam o ouro em pó para a fundição das barras e a cunhagem de moedas, mediante pagamento de taxas módicas, bem inferiores ao *quinto*.

O ouro sai de fato limpo da fábrica da Bela Vista do Paraopeba, e até selado como se tivesse sido quintado regiamente nas Casas de Fundição da Real Fazenda. Mas com tanta gente já sabendo do negócio, o segredo do senhor Inácio escorre como água morro abaixo e já não são poucos os que sabem da empresa clandestina, até na Bahia!

É verdade que tem o primeiro patriarca de Lisboa, Dom Tomás de Almeida, a acoitar e proteger na Corte em Lisboa o irmão governador da Capitania das Minas Gerais e este ao régulo de Vila Rica. Mas só Deus sabe até quando isso perdurará...

Quando Manuel Filipe disse que o senhor Inácio pretende armar ainda mais a defesa da sua empresa com a venda dos diamantes, deduzi que o destino das pedras só poderia ser Amsterdã, cidade da República das Sete Províncias Unidas dos Países

Baixos,[7] e o destinatário Dom Antônio Rodrigues Pereira, um riquíssimo cristão-novo português perseguido pela Inquisição que fugiu para a província da Holanda e que têm negócios com muitos mercadores nas minas e no Brasil.

Como se sabe, Amsterdã é um dos melhores lugares do mundo para o negócio dos diamantes e para o comércio de armamentos de grandíssima precisão e qualidade, de mosquetes de pederneira com sabre-baioneta e arcabuzes a espingardas e até pistolas e canhões de fabricação inglesa.

Como é público e notório também, é permitido aos judeus seguirem livremente a Lei de Moisés em Amsterdã, onde há sinagogas, colégio e até uma escola de rabinos. Por isso, cristãos-novos perseguidos pelo Santo Ofício na Espanha e em Portugal, como Dom Antônio Rodrigues, assentaram praça na cidade, hoje alcunhada de Jerusalém do Ocidente...

Com os cabedais que conseguiu levar do Reino, Dom Antônio, que já era um mercador de grossas fazendas, tornou-se banqueiro, dilatando ainda mais os seus negócios por todo o mundo.

Fui apresentado ao banqueiro de Amsterdã por cartas de mercadores e *homens de nação* da Bahia e nos últimos anos enviei-lhe dois lotes de diamantes, o primeiro em 1727...

Embora nunca tenhamos nos avistado, pois nessas terras brasílicas ele nunca pisou os pés e nem eu nas de lá, as cartas que trocamos e os negócios que fizemos permitem-me afirmar que tornamo-nos bons e leais amigos.

***

7 *Atual Holanda, estado que começou a se formar em 1579 na guerra de independência contra o Sacro Império Romano-Germânico então sob reinado da Espanha.*

De todas as riquezas do Brasil, o diamante é, com toda certeza, o mais fácil de remeter escondido para Portugal e de lá para outros reinos da Europa, pois guarda imenso valor em sua pequenez e é fácil de acoitar em qualquer lugar. Um bom jeito é o de se meter as pequeninas pedras bem costuradas na bainha das roupas ou sob o forro de chapéus, como fazem muitos portadores. Melhor ainda se for um padre de reputação ilibada, como diz ter como emissário o régulo Inácio de Souza...

É de costume muito corrente também acoitar o diamante ou o ouro em pó em crucifixos e santos de madeira ocos. Mas os agentes que trabalham para mim não aconselham fazer assim, pois dizem que tal descaminho já é muito conhecido, sendo até alcunhado de "santos de pau-oco" pelos fiscais e milicianos dos *registros* nas estradas e dos *trapiches* nas alfândegas nos portos.

Já o uso da bainha das roupas para esconder os pequeninos diamantes é seguro, por ser o costume ainda muito pouco conhecido, garantem os meus agentes...

Mas se nada disso servir ou convier para levar escondido o ouro ou o diamante, não há nada que o dinheiro não compre, como, aliás, acontece nas investigações de pureza do sangue. Com muito dinheiro, pode se comprar o silêncio de capitães e pilotos de navios, de almotacés,[8] provedores das rendas reais e até de ministros poderosos do conselho e quiçá do próprio rei...

Sobre tais corrupções contumazes bem ensinou o santo padre Antônio Vieira em seu afamado sermão do "Bom Ladrão", que fez na Igreja da Misericórdia de Lisboa, e que transcrevo aqui:

"Não são só ladrões, diz o santo, os que cortam bolsas ou espreitam os que se vão banhar, para lhes colher a roupa: os ladrões que

8 *Inspetores de pesos e medidas.*

mais própria e dignamente merecem este título são aqueles a quem os reis encomendam os exércitos e legiões, ou o governo das províncias, ou a administração das cidades, os quais já com manha, já com força, roubam e despojam os povos. Os outros ladrões roubam um homem: estes roubam cidades e reinos; os outros furtam debaixo do seu risco: estes sem temor, nem perigo; os outros, se furtam, são enforcados: estes furtam e enforcam."

Talvez seja por causa desses ensinamentos do padre Vieira que o rei Dom João V mantenha os seus olhos postos dia e noite na vigilância da minas, a começar sobre os clérigos. Aqui, sua majestade proibiu a instalação das ordens religiosas, como as que florescem na Bahia e por todas as partes do Brasil.

Além disso, desde os idos de 1709 o rei *freirático* tem expedido cartas régias reiterando ordens aos governadores para despejar das minas padres sem emprego, que não têm paróquias onde pregar e são suspeitos de contrabando e defraudação dos *quintos*.

Alguns foram expulsos, é verdade, mas não são poucos os que conseguem alevantar paróquias nesses sertões, onde a cada dia se descobre uma nova lavra, em torno da qual logo surge uma capela num piscar de olhos. Nem bem instalada a Casa de Deus, lá estão eles se aproveitando das imunidades eclesiásticas para cuidar tão somente de seus negócios e traficâncias.

Distantes das leis da Igreja de Roma e da boa moral cristã, os padres sequer escondem as vidas dissolutas de opulências e escândalos, amancebando-se com *negras da terra* ou da África, com quem enchem as moradas de filhos bastardos.

Tanto nesses sertões quanto nas vilas e cidades da costa brasílica, há padres ainda mais atrevidos que não têm medo de apregoar no púlpito das igrejas o direito dos fiéis à defraudação dos *quintos*, visto que para eles o ouro, a prata e as pedras preciosas são dádiva de Deus Nosso Senhor Misericordioso...

Mas seja uma graça divina concedida a todos os homens ou não, fato é que não são poucos os mineiros que se fiam beatamente nessas pregações para sonegar os *quintos* do rei...

IV
A INQUISIÇÃO NA BAHIA

Os manuscritos da primeira visitação do Santo Ofício da Inquisição de Lisboa à Bahia, iniciada em 1591, foram os mais tristes entre tantos outros que li no Colégio dos Jesuítas. Pelo bem da verdade, anoto que foi o colega Pedro de Braga, o *Fuinha,* que encontrou os cadernos de denunciações e confissões colhidas pelo inquiridor visitante, um fidalgo e deputado do Santo Ofício de Évora de nome Heitor Furtado de Mendonça, que chegara a São Salvador na nau do governador-geral Dom Francisco de Souza.

No calhamaço de papéis amarelados descobertos pelo amigo na biblioteca do colégio, onde o visitador instalara a mesa inquisitória, eu iria tropeçar cada vez mais apavorado nos nomes não só do meu avô Nuno Fernandes, mas também de seus pais, irmãos e sobrinhos...

Obcecado pela descoberta, passei a surrupiar os cadernos da biblioteca e copiei as partes das denunciações e confissões referentes aos meus antepassados, escondendo-as sob o fundo falso de um baú que tenho até hoje.

Apesar do medo, muito assuntei também sobre os cristãos-novos e suas crenças junto aos mestres do colégio e, assim, passados quase sessenta anos, basta puxar pela mente e recorrer aos meus manuscritos para lembrar as histórias que eu passo a registrar, começando pelas confissões da mãe de meu avô.

Dona Ana Rodrigues se apresentou ao visitador nos 30 dias concedidos no édito da graça, afixado nas portas das igrejas de Salvador e do recôncavo baiano, para que os fiéis, de livre vontade, confessassem as heresias relacionadas na *carta monitória* da Inquisição ou denunciassem suspeitos de as cometerem.

Tanto o édito da graça quanto a *carta monitória* haviam sido anunciados com estardalhaço durante a missa solene de apresentação de Dom Heitor Furtado ao povo da Bahia, cuja pompa estremecera os moradores da cidade, sobretudo os cristãos-novos.

Após os 30 dias de graça, o visitador proclamaria o édito da fé, pelo qual os fiéis ficavam obrigados a comparecer à mesa inquisitória, sob pena de prisão, e o mesmo procedimento adotado na Cidade da Bahia foi estendido depois aos moradores do recôncavo, onde Dona Ana vivia no Engenho de Matoim.

Conforme os manuscritos, a matriarca dos Antunes foi inquirida quatro vezes pelo todo-poderoso Dom Heitor Furtado.

Certamente já sabendo que fora denunciada, porém sem saber por quem, pois o segredo da identidade dos denunciantes é juramento sagrado nos processos do Santo Ofício, a velha senhora, que contava então com mais de 80 anos, se apresentou espontaneamente no *tempo da graça* e foi inquirida pela primeira vez em janeiro de 1592.

Após admitir ser cristã-nova natural do Reino, nascida na Vila de Covilhã, que se situa aos pés da Serra da Estrela, e viúva do mercador Heitor Antunes, ela confessou de livre vontade não comer peixes sem escamas, como cação e arraia, apenas por lhe fazer mal ao estômago, mas sem saber que isso era interdito alimentar da lei judaica.

Confessou também sempre mandar jogar a água dos potes fora quando morria alguém e que guardava jejum de carnes nos oito dias após a morte de um familiar, mas por costume, ignorante de que se tratava de rito judaico.

Entre outras apostasias enumeradas na *carta monitória*, Dona Ana Rodrigues confessou também ter enterrado o corpo do marido em terra virgem, pranteando e recitando orações ao defunto, sentada no chão atrás da porta; e que sempre usava como juramento "pelo mundo que tem a alma do meu pai, meu marido ou filho", quando queria afirmar alguma coisa.

Já no extenso rol de denunciações contra ela, constava a de nunca varrer a poeira da casa-grande do Engenho de Matoim pela porta da frente, pois sob o seu batente Dona Ana esconderia o "Mezuzá", um pergaminho com passagens recortadas da "Torá" – os cinco livros da lei dos judeus do profeta Moisés, denominados "Pentateuco" na Bíblia cristã.

A velha matriarca dos Antunes foi também acusada pelos delatores de guardar em jejum os três dias que antecedem a festa do *Purim,* quando os hebreus celebram a salvação dos irmãos que viviam na Pérsia,[1] cuja sentença de morte fora suspensa pelo rei Xerxes a pedido da rainha Ester. E de sempre jejuar aos sábados durante o *sabá* dos judeus, além de preparar o *pão* ázimo para a páscoa judia, chamada *Pessach* em hebraico.

Ao fim das inquirições e tantas denunciações, Dom Heitor Furtado já estava convencido das culpas de Dona Ana Rodrigues, exortando-a a fazer confissão inteira – de que era judia, vivia na Lei de Moisés e ensinava o judaísmo à sua prole.

Se confessasse as heresias, o visitador prometia-lhe a misericórdia divina, da Santa Madre Igreja e da Inquisição, mas a matriarca não o fez e insistiu em jurar a sua inocência; o que eu atesto por ter lido nos manuscritos da visitação à Bahia.

1 *O império persa tinha como centro irradiador o atual Irã.*

Diante disso, o inquisidor decidiu despachá-la para julgamento do Tribunal do Santo Ofício e mandou prendê-la em abril de 1593 no Colégio dos Jesuítas, onde ela aguardou o transporte para Lisboa. Enjaulada no convés de uma nau, a velha senhora seguiria para Portugal quarenta dias depois, tendo como destino os cárceres do *estaus* da Inquisição de Lisboa na praça do Rossio.

Como Dona Ana, o filho Nuno Fernandes também se apresentou espontaneamente ao visitador nos *tempos da graça* do recôncavo baiano, confessando na primeira inquirição que no dia da morte de sua irmã Violante Antunes fez jejum de carne por luto e nojo, sem saber que era rito judaico.

O meu avô confessou ainda ter lido os livros "Diana", romance do espanhol Jorge de Monte Mayor, e "Eufrozina", de Jorge Ferreira, mesmo ciente de que eram obras proibidas no "Index" da Inquisição; e que lera "Metamorfoses", de Ovídio, mas esse sem saber que era livro interditado.

Na segunda inquirição, ocorrida no mesmo mês de fevereiro de 1592, Nuno Fernandes se apresentou outra vez de livre vontade e engrossou o rol de suas heresias. Confessou que mandava seus criados e escravos trabalharem aos domingos, mas que assim o fazia porque era costume entre os senhores de engenho, e que se banhava e vestia camisas limpas todos os dias por asseio, alegando desconhecer que fazer isso nas noites de sexta-feira é cerimônia de preparação para a celebração do *sabá*.

Como li nos manuscritos, as confissões do meu avô parecem ter agradado Dom Heitor Furtado, tanto é que ele não recebeu pena maior do que a proibição de ausentar-se da Capitania da Bahia enquanto a visitação perdurasse. Mas como a mãe Ana Rodrigues, o seu irmão Álvaro Lopes, de quem herdei o nome, e as irmãs Leonor e Beatriz Antunes não teriam a mesma sorte.

Meu tio-avô Álvaro Lopes foi denunciado e acusado de cometer um extenso rol de apostasias judaicas, como o sacrilégio de desrespeitar o Crucifixo – que os judeus dizem ser idolatria dos cristãos –, de negar que Jesus Cristo é filho de Deus Nosso Senhor e de ainda esperar a vinda do Messias Salvador, como aguardam os judeus.

Por sua vez, as irmãs Leonor e Beatriz Antunes seriam acusadas de judiarem tal e qual a velha mãe e de também doutrinarem a sua prole, sendo os processos contra elas trasladados para Lisboa, para julgamento pelos juízes do tribunal.

Nos manuscritos das denunciações e confissões, tropecei ainda nos nomes dos seguintes netos da matriarca: Ana Alcoforada, Valentim, Custódia e Felipa de Faria, Lucas, Isabel e Beatriz Telles. Destes sete Antunes do Matoim, apenas sobre Ana Alcoforada, filha de outra irmã de meu avô, Dona Isabel Antunes, já falecida no tempo da primeira visitação, recaiu a convicção do inquisidor de que seguia a Lei de Moisés, sendo o seu processo também remetido para o Reino.

Além das heresias contra a verdadeira fé, nos papéis guardados na biblioteca deparei com todo tipo de afronta à boa moral cristã. Li não sei quantas confissões de bigamia, de sodomias tanto de machos quanto de fêmeas, de padres solicitadores de mancebos e donzelinhas nos confessionários, e de feiticeiros, *mandingueiros* e hereges menores.

No entanto, a verdade inteira é que as maiores suspeitas do inquisidor Dom Heitor Furtado recaíram mesmo sobre os cristãos-novos e, entre estes, sobretudo os Antunes de Matoim.

Sobre as sentenças dos juízes do tribunal em Lisboa, o que mais sei é por ouvir dizer, pois muito pouco encontrei manuscrito no colégio na Bahia. Embora enjaulada e entrevada sobre um catre, consta que a octogenária matriarca Ana Rodrigues sobreviveu às inclemências dos mares na longa travessia do Oceano Atlântico até Portugal, mas não resistiria às masmorras da Inquisição, onde faleceu em outubro de 1593, dias após o desembarque na ribeira das naus no rio Tejo.

Apesar de morta, os inquisidores prosseguiram na *devassa* da sua vida desde os tempos que vivera no Reino até o traslado da família para o Brasil em 1557, acompanhando o governador-geral Mem de Sá.

Durante as investigações, a vida do marido Heitor Antunes, que era braço direito do dito governador, seria também revirada por inteiro, tendo como fio da meada as denúncias colhidas contra ele – 15 anos após a sua morte! – pelo visitador Heitor Furtado, entre as quais a de que era *rabi* e possuía um rolo do livro sagrado dos judeus, o "Torá", escrito em hebraico.

Como se contava amiúde também, o meu avô Nuno Fernandes e os genros cristão-velhos Sebastião de Faria e Henrique Muniz Telles, maridos de Dona Beatriz e Leonor, recorreram ao Tribunal do Santo Ofício contra todas as acusações à matriarca e aos seus filhos e netos, relacionando nomes de delatores suspeitos, seja por inveja ou por serem desafetos da família, seja por estarem mais interessados em salvar-se de suas próprias heresias.

Nos recursos ao tribunal, os genros relacionavam ainda nomes de dezenas de *homens bons* e principais da Bahia que estavam dispostos a atestar com a mão direita sobre as "Sagradas Escrituras" a fé da matriarca e da família na Santíssima Trindade, do Pai, do Filho e do Espírito Santo, na Virgem Maria, em todos os santos e na Santa Madre Igreja.

Mas tudo isso foi em vão... Os inquisidores não só confirmaram a sentença contra Dona Ana Rodrigues e o confisco de seus bens como ordenaram que os ossos da falecida fossem desenterrados do cemitério. Queimada em *efígie* em um *auto-de-fé* em 1604, ela foi amaldiçoada e teve o seu nome infamando por todos os tempos, até o Juízo Final.

Um ano antes dos restos mortais da matriarca virarem pó nas fogueiras da Inquisição, as suas duas filhas, Beatriz e Leonor, já haviam sido humilhadas em um *auto-de-fé*. Conta-se que ambas foram condenadas ao *braço secular*, mas para se livrarem da morte na fogueira, elas acabaram por confessar e abjurar as heresias judaicas e se reconciliaram com a verdadeira fé cristã jurando sobre os "Evangelhos", como exigem os inquisidores para a suspensão da pena capital.

As duas tiveram as sentenças convertidas em prisão perpétua e na obrigação de uso do hábito penitencial, o *sambenito*, pelo resto da vida... Dois anos depois, porém, Beatriz, Leonor e a sobrinha Ana Alcoforada, que também estava presa nos cárceres do *estaus* em Lisboa, seriam absolvidas com o perdão concedido pelo papa Clemente VIII aos *marranos* condenados pela Inquisição.

Embora graça de Deus Nosso Senhor, a anistia de 1605 custou muito dinheiro aos cristãos-novos portugueses: um milhão e setecentos mil *cruzados* em tributos a serem pagos ao rei Filipe I da Espanha, que reinava em Portugal e suas possessões, pois eram tempos da união das duas coroas ibéricas.

Apesar do perdão do papa, a Inquisição continuou firme e forte, tanto que em 1610 o meu avô Nuno Fernandes se veria enredado em seus tentáculos outra vez, agora pelas mãos de um *familiar* encarregado pelo visitador Heitor Furtado de espiar a conduta dos baienses.

Denunciado por proferir impropérios contra Jesus Cristo, ele foi preso pelo dito *familiar* e embarcado a ferros para Lisboa, onde permaneceu nas masmorras do *estaus,* enquanto aguardava a *devassa* dos inquisidores.

Como já anotei, muito pouco encontrei no colégio sobre as sentenças, mas o fato é que o meu avô retornou à Bahia e teve os seus bens restituídos. De geração em geração, conta-se que ele fora denunciado ao *familiar* pelo vigário da sua capela na fazenda Jacaracanga, termo de Matoim, onde o meu pai foi mestre de engenho e eu nasci.

Quanto ao homem que o prendeu, de nome Gaspar, dizem que não passava de um falso *familiar*, visto que nunca tivera a procuração para servir à Inquisição atestada pelo tribunal de Lisboa; daí a razão da libertação de Nuno Fernandes...

***

Por ter me apresentado os manuscritos das denunciações e confissões que encontrou no colégio, Pedro de Braga foi o único amigo com quem partilhei o que lia e ouvia sobre a Inquisição naqueles tempos e, desde então, guardo o que descobri escondido a sete chaves no fundo da memória.

A cada nova descoberta, estávamos lá ele e eu no terreiro de Jesus, na biblioteca ou em qualquer canto do colégio, a cochichar sobre a verdadeira fé, o Santo Ofício e a sina dos portadores da mácula de sangue infecto. Recordo-me de alguns diálogos com o Pedro *Fuinha* que agora relampejam na minha mente:

— Não temas, Álvaro, o Tribunal do Santo Ofício está com os dias contados! Muito em breve advirá o Quinto Império do Mundo, um Reino de mil anos de paz e harmonia entre os homens de todas as raças e credos, sob os auspícios do papa, o Vigário de Cristo, e dos reis de Portugal – sussurrava *Fuinha*, então fervoroso discípulo do velho padre Antônio Vieira, a quem auxiliava como um dos escrivães da sua obra sobre o Quinto Império, que sucederá o dos assírios, dos persas, dos gregos e dos romanos.

— Sei não, Pedro... A Inquisição não tem peias e renasce das cinzas, como a Fênix. Até o pobre padre Vieira foi acusado de herege e apóstata, de ter o sangue impuro de judeu... Encarceram o santo homem em Coimbra e o tribunal o condenou, proibindo-o das suas artes mais preciosas, que é o dom da fala e das letras...

— Sim, mas ao assumir a regência do trono em 1667, o infante Dom Pedro concedeu-lhe o perdão e logo depois o próprio papa livrou-o de qualquer jurisdição da Inquisição de Portugal. Aliás, se tu não sabes, o padre Vieira foi perseguido por proteger os cristãos-novos – ele retrucou.

— Claro que sei! Conheço os escritos do padre e li muitas vezes o sermão "Proposta ao rei Dom João IV", em que ele defende os cristãos-novos...

— Pois é... Então, tu sabes que como conselheiro do pai de Dom Pedro, o rei Dom João IV, que libertou-nos do jugo da Espanha e restaurou a Coroa portuguesa em 1640, o padre Vieira logrou que os *homens de nação* refugiados em outros reinos pudessem voltar para Portugal. Como tu deves lembrar também, ele defendeu até que os judeus pudessem ter sinagogas em Lisboa, como é permitido em Roma – *Fuinha* emendou.

— Lembro, sim, meu irmão... Mas o que estou tentando dizer é que a maldita Inquisição renasce e viceja como erva daninha, é resistente e traiçoeira...

— Mas está com os dias contados... Ou descrês do Quinto Império do Mundo? – ele me cortou, perguntando de chofre.

— Rezo pelo seu advento... Mas até pelo meu sangue impuro, o mais prudente é sempre temer a Inquisição... Além disso, não tenho as vossas luzes, o santo padre a me iluminar...

— Isso se resolve de pronto, Álvaro! Quando eu for à chácara do colégio, tu irás comigo e escutarás as palavras iluminadas da boca do próprio padre Vieira – Pedro prometeu.

Outro diálogo, que relampeja também em minha mente, ocorreu no dia em que li sobre o destino da matriarca Dona Ana Rodrigues, dos filhos Álvaro, Leonor e Beatriz e da neta Ana. Indignado, eu desabafei:

— Tenho comigo, *Fuinha,* que a Inquisição usa da fé apenas para insuflar os ódios entre os povos e enricar, por meio do confisco de bens e fazendas dos cristãos-novos. Ela se alimenta tão somente da inveja e da delação vil, julgando por ouvir dizer e lançando irmãos contra irmãos, filhos contra pais, vizinhos contra vizinhos. E seus instrumentos são os açoites e as torturas atrozes dos réus; o banimento e o degredo para as galés; ou o *garrote* e as chamas das fogueiras. Filha de Satanás, a Inquisição contraria tudo o que pregou Nosso Salvador Jesus Cristo...

— Fales baixo e acalma-te, irmão Álvaro... Mas... O padre Vieira sempre diz que a tentação do confisco é o que verdadeiramente move o Santo Ofício, que, afinal, fica com dois terços do que surrupia dos hereges e *homens de nação*... No entanto, não podemos esquecer que é dever da Santa Madre Igreja zelar pela palavra de Deus e pela retidão e boa moral do rebanho cristão, nos conformes dos cânones do Concílio de Nicéia do ano de 325 da era de Cristo, da união da Cristandade e da divindade de Jesus de Nazaré. Divindade, aliás, repudiada pelos seguidores da Lei de Moisés que O condenaram à morte – *Fuinha* soprou, mordendo em seguida.

— Como?... Mas tu sabes muito bem que Jesus Cristo foi crucificado pelos romanos – eu rebati revoltado.

— Sim, mas por petição do sumo sacerdote do Templo de Jerusalém, José de Caifás, que entregou Nosso Senhor aos romanos, conforme decisão do tribunal supremo dos judeus, o Sinédrio... São João e São Mateus registram nos "Evangelhos" que foi Caifás que apresentou a petição do Sinédrio ao governador romano, Pôncio Pilatos, para que Jesus de Nazaré fosse detido e crucificado... Essa é a verdade...

— Mas daí acusar todos os judeus de deicidas é faltar com a verdade inteira, *Fuinha*!

— Acalma-te irmão! Não se trata de uma acusação contra todos os judeus... – Pedro de Braga tentou contemporizar.

— Estou calmo! Mas sei não... Entre os nossos próprios irmãos jesuítas, prevalece a culpa de todos os judeus pelo martírio de Jesus Cristo. Só de lembrar as pregações do nosso professor João Antônio Andreoni contra os judeus, tremo de medo! E olha que o mestre italiano veio para a Bahia com o padre Vieira...

— Sim... Já assisti o nosso querido professor Andreoni refugando os ensinamentos do padre Vieira sobre os judeus...

— Então, *Fuinha*, o que repito sem medo de faltar com a verdade é que a Inquisição vai contra tudo o que o pregou Nosso Salvador... E entre suas vítimas não estão apenas infiéis cristãos-novos, judeus, mouros, luteranos e calvinistas ou feiticeiros e pagãos... Estão os próprios cristãos! Basta lembrar os cristãos cátaros da França, trucidados pelos exércitos *papais* porque se diziam purificados e pregavam a vida na pobreza, como ensinou Jesus Cristo e os apóstolos; longe dos luxos e das riquezas terrenas...

— Mas os cátaros não reconheciam a autoridade do papa e da Santa Madre Igreja – Pedro rebateu.

— Sei disso! Afinal, eles criticavam exatamente os desvios da Igreja, apelidando-a de prostituta da Babilônia... Alcunha, aliás, usada por muitos seguidores de Martinho Lutero e João Calvino que também cismaram contra os *papistas* e os desvios e luxos da Igreja, o comércio de indulgências e de relíquias sagradas... – eu provoquei.

— Não blasfemes contra a Santa Madre Igreja, irmão! Esfries a cabeça e tentas separar o joio do trigo. A verdade é que o Santo Ofício desvirtuou-se pelos reis de Castela e Aragão, Dom Fernando e Dona Isabel, e do inquisidor-mor nomeado por eles, o frade dominicano Tomás de Torquemada – *Fuinha* ponderou.

— O desvirtuamento vem de séculos antes disso, Pedro! Nasce da pregação de padres, como Gregório de Nissa, que denunciam todos os judeus como "assassinos do Senhor" desde o Concílio de Nicéia. Pregações essas ratificadas de tempos em tempos, como no IV Concílio de Latrão em 1215... – eu insisti convicto.

— Escuta com paciência, Álvaro! O que digo é que a raiz dos males da Inquisição que conhecemos hoje floresceu mesmo com a expulsão dos judeus da Espanha em 1492, após a vitória do rei Fernando e da rainha Isabel sobre a última fortaleza dos mouros em Granada. E prosseguiu frutificando em Portugal para onde milhares de judeus espanhóis fugiram, sendo depois obrigados a converterem-se ao Cristianismo pelo rei Dom Manuel I em 1497, daí surgindo os cristãos-novos. Mas, como ensina o padre Vieira, Portugal mais perdeu do que ganhou, pois muitos judeus conseguiram escapar e levaram para outros reinos as suas luzes, artes, ciências, habilidades mecânicas e prosperidades, bem como riquezas...

— Sei...

— Aliás, antes do nosso mestre, outras *lentes* da Santa Madre Igreja já alertavam para os males da Inquisição! Quando o Tribunal do Santo Ofício foi autorizado a se instalar em Portugal em 1536, ninguém menos do que o bispo de Lisboa, Dom Ferdinando Coutinho, reagiu com firmeza, denunciando que a Inquisição se guiaria tão somente pelos interesses terrenos e pelos confiscos de bens; e que todas as testemunhas seriam compradas – Pedro *Fuinha* ensinou.

— Mas muito antes disso os judeus já eram perseguidos! Da França, foram expulsos em 1306... Em outros reinos, foram confinados em *judiarias* nas vilas e impedidos de ocupar cargos públicos, sob a acusação de serem gente maliciosa, que vive com pouco trabalho e muitos enganos e usuras dos cristãos. Foram até obrigados a usar distintivos infamantes costurados nas roupas, como a *estrela de Davi* – eu rebati e continuei a falar, sem dar chance de ser interrompido:

— E pelas suas luzes e prosperidade na mercancia e em seus ofícios eles foram atacados sob a acusação mentirosa de pactuar com o anticristo, de raptar e matar meninos, de usar o sangue e o coração dos inocentes em rituais demoníacos e de magia negra, e até de transmitir a *peste negra*! Instigada por invejosos e por padres, sobretudo da Ordem dos Dominicanos de Torquemada, a plebe rude e ignara iria então à desforra contra os judeus, como em Sevilha, Toledo e Navarra ou em Lisboa em 1506, quando sinagogas, escolas e casas da *judiaria* foram saqueadas e queimadas e mais de dois mil cristãos-novos foram trucidados...

— Sei e lamento tudo isso, Álvaro, mas insisto: o desvirtuamento da obrigação da Santa Madre Igreja de zelar pela verdadeira fé cristã frutificou na Espanha com a Inquisição! Daí em diante, ela vicejou como erva daninha, como tu disseste, por meio dos decretos de expulsão; da conversão forçada dos judeus; da perseguição aos cristãos-novos; e das inquirições, prisões, confiscos e *autos-de-fé*... Mas graças a Deus Misericordioso, tudo isso em breve terá fim com o advento do Quinto Império, amém! – Pedro de Braga insistiu, fazendo o sinal da Cruz.

Lembro-me que esse foi um dos nossos últimos diálogos, pois ele logo partiria para Roma e de lá para *missões* ao redor do mundo, como sonhava. Por isso, não tive a benção de ouvir do padre Vieira as profecias sobre o Quinto Império de paz e concórdia entre os homens e tampouco pude indagar-lhe sobre o enigma da natureza da escravidão dos *tapanhunos*...

Em julho de 1697, o santo padre faleceu aos 89 anos na chácara dos jesuítas em São Cristovão. Três dias antes do encontro de padre Vieira com Nosso Senhor Deus do Céu, eu havia visto um facho de luz brilhante percorrer o firmamento e desaparecer nas águas da Baía de Todos os Santos...

Talvez fosse um sinal do advento do Quinto Império, eu logo pensei ao saber do triste passamento do mestre, lamentando, porém, que Pedro *Fuinha* não estivesse comigo para interpretar a luz celestial.

Mas mesmo que fosse um sinal de novos tempos, por via das dúvidas resolvi manter escondida na algibeira a *carta monitória* de heresias relacionadas pela Inquisição, entre as quais transcrevo algumas nesse manuscrito: praguejar que Maria Mãe de Jesus não era virgem quando concebeu Cristo, que Ele não é filho de Deus-Pai e nem ressuscitou depois da morte, que a Santíssima Trindade é uma mentira e que os homens não ressuscitarão no final dos tempos.

Entre outros interditos que revelam a fé oculta dos *marranos*, anoto: nunca pronunciar o nome de Cristo; rejeitar carnes de porco, coelhos e aves afogadas e de peixes com pele de couro; e sempre tomar banho e vestir roupa limpa nas sextas-feiras, às vésperas do *sabá*.

Em segredo, alguns *marranos* dão também nomes judeus aos filhos machos e promovem o corte cerimonial do prepúcio do pênis dos pobres meninos, para celebrar a aliança sagrada com o Deus Único.

Embora conheça a *carta monitória* de cor, trago sempre escondida comigo cópia dos interditos, a servir de amuleto de proteção contra o mau-olhado de invejosos ou de *familiares* da Inquisição que infestam as minas.

V
O ENGENHO DE MATOIM

Apesar de a curiosidade sobre os cristãos-novos do Matoim atormentar a minha mente todo santo dia desde que Pedro *Fuinha* encontrou os manuscritos das confissões e denunciações na biblioteca do Colégio dos Jesuítas, eu apenas fui conhecer o engenho da família infamada pela Inquisição quando já era homem feito. Nasci na fazenda Jacaracanga, que pertence ao termo de Matoim, mas fui levado ingênuo para São Salvador e não poderia mesmo guardar nada na memória...

Lembro-me que tinha pouco mais de 25 anos e já era há muito tempo caixeiro e contador quando a reitoria do colégio me confiou uma viagem à Vila de Nossa Senhora do Rosário do Porto de Cachoeira do Paraguaçu, para supervisionar os *livros de razão* das obras do seminário que o mestre jesuíta Alexandre Gusmão estava alevantando na paragem de Belém de Cachoeira, às margens do rio.

Sob o pretexto de aproveitar a viagem ao recôncavo baiano para mercanciar secos e molhados para a dispensa do colégio diretamente nas roças e a preços melhores, eu tive então permissão para visitar algumas fazendas e engenhos, entre os quais os que pertenceram ao patriarca Heitor Antunes e aos seus descendentes.

E a emoção foi tanta quando lá cheguei que a memória relampeja como se eu estivesse vendo tudo de novo agora, mais de cinquenta anos depois!

Ao chegar num pequeno barco pelo mar do recôncavo na baía de Aratu, estarreci com a grandeza do Engenho do Matoim, que mais parecia uma portentosa vila fabril em meio à mata fechada, cujo porto – onde estavam atracadas duas grandes barcaças – pontuava majestoso na praia ensolarada.

Para além da alvíssima praia, logo se destacavam, imponentes, a casa de moendas, cuja engrenagem rodada por juntas de bois moía e extraia o suculento caldo da cana; a casa de caldeiras, onde o caldo da cana fervia em grandes tachos de cobre até o ponto de quase endurecer; a casa de purgar o melaço; o edifício da caixaria, onde se pesava e embalava o açúcar; os paióis de cana e de lenha; e as casas de trabalhadores e senzalas de escravos.

Ao desembarcar no porto, apresentei-me ao administrador, de nome Jorge; um mameluco como eu, que logo suspeitei que descendesse do senhor Jorge Antunes – o irmão mais velho do meu avô Nuno Fernandes, que herdara o Engenho do Matoim do patriarca dos Antunes, Dom Heitor, anos antes da visitação do Santo Ofício à Bahia em 1591.

Como o engenho não pertencia mais à família, resolvi omitir a suspeita sobre o nosso possível parentesco e bastou mostrar a carta de apresentação do reitor do colégio para que o administrador se curvasse em salamaleques. Pacientemente, Jorge me mostrou e explicou o funcionamento das fábricas do engenho, onde espantei com a multidão de oficiais mestres de açúcar, caldeireiros, purgadores, ferreiros, feitores e escravos carpinteiros, pedreiros, lenhadores e carregadores.

Segundo o administrador, os oficiais e escravos labutavam dia e noite, chegando a trabalhar até 17 horas por dia, sem parar, durante as safras de cana, que são duas por ano! E os riscos eram muito grandes, ele contou. Por qualquer descuido ou cochilo, mulheres *moedeiras* – as preferidas para enfiar as varas de cana na moenda – poderiam ter partes dos braços decepadas...

Na casa de caldeiras, o risco era o de o escravo se queimar ao lançar a lenha nas fornalhas ou de cair nos grandes tachos onde o caldo de cana fervia.

— Há coisa de uns meses se foi no tacho um caldeireiro *ladino* dos melhores que já se viu no Matoim. Ao mexer o caldo fervente, o homem desequilibrou-se e caiu no tacho – Jorge lamentou, enquanto me mostrava o funcionamento da fábrica.

Entre os oficiais mecânicos do engenho, vi brancos, mestiços e até homens pretos, mas o administrador contou-me que estes últimos eram forros, recebendo *jornal* por dia de trabalho, como os outros mestres.

Já entre os escravos, quase todos eram homens e mulheres pretas, mas eu avistei uns poucos gentios *cativos*. Segundo o administrador, os *negros da terra* não se adaptavam muito bem ao cultivo da cana-de-açúcar e muito menos à rotina intensa da fábrica do engenho; daí a preferência dos senhores pelos africanos.

Quanto aos serviços de criadagem do senhor e da família, sejam de mucamas, amas-de-leite, lavadeiras e cozinheiras ou de pajens e jardineiros, ele revelou que a preferência recaia sobre os *crioulos*, os filhos e filhas de negros da África nascidos no Brasil, por já falarem a língua e conhecerem os costumes da terra...

Após a visita às fábricas do engenho, Jorge me conduziu ao sopé do outeiro onde despontava a magnífica casa-grande do Matoim, de três andares e solidamente construída em alvenaria de pedra e cal, tijolos e telhas de barro cozido, em meio a vistosos jardins, hortas e pomares.

Embora a família estivesse em São Salvador, o encarregado mostrou-me orgulhoso as dependências da casa-grande. No primeiro andar, que está assentado em torno de um pátio retangular, guardavam-se as caixas do açúcar em um amplo depósito, enquanto que no segundo andar contei admirado sete quartos e salões estupendos, destinados apenas aos hóspedes!

Reservado à família, o terceiro andar da vivenda dispunha também de amplas salas, quartos, cozinha e dispensa, ostentando varandas interiores belamente adornadas por uma galeria de arcos apoiada em colunas toscanas.

Neste último andar havia ainda uma singela capela em invocação a Nossa Senhora do Rosário, em que sobressaia uma primorosa imagem da Santíssima Trindade pintada no forro, sob a qual rezei a "Ave Maria" ao lado do administrador.

No dia seguinte, após regatear o preço das caixas de açúcar, sacos de farinha da terra e peixe seco que levaria para o colégio, eu pedi ao Jorge que me guiasse até o Engenho da Freguesia, que dista coisa de uma *légua* e *meia* do de Matoim e que pertencera ao cristão-velho Sebastião Faria, marido da minha tia-avó Beatriz, que fora penitenciada pelo Tribunal da Inquisição em Lisboa ao lado da irmã Leonor...

Ao longo da estrada até a Freguesia, pude observar a pujança de roças de mandioca, milho e feijão e dos canaviais a perder de vista que, conforme relatava o administrador, substituíram as matas fechadas de angelins, angicos, aroeiras, ipês, maçarandubas e jenipapos, entre outras árvores frondosas.

— Primeiro, se faz a *coivara* à moda dos índios, alimpando com fogo as matas das terras baixas próximas de ribeiros ou de mangues, que são as melhores! Formados os *massapés*, abrem-se então na terra escura regos com as enxadas "Pai Adão", pra modo de que a água possa correr e manter a terra úmida e fértil; e espalham-se os brotinhos da cana-caiana, que é a que mais se usa, pelo bom rendimento que dá. Seis meses depois é só cortar a cana, alimpar a vara das folhas três vezes com o facão, e fazer o carreto nos carros de boi para o paiol do engenho – simplificava Jorge, contabilizando pelo menos cem lavradores e escravos apenas na labuta das *coivaras* e formação dos *massapés,* no cultivo, corte e transporte da cana.

Pelo muito que proseamos e paramos ao longo da estrada, lembro-me que a caminhada pouco rendeu e só chegamos à Freguesia por volta do meio-dia, onde me deparei com outro engenho ainda mais grandioso. Rente à praia, despontava o seu grande porto, onde *tapanhunos* carregadores estavam acabando de armar grandes barcaças e uma nau mercante com caixas de açúcar.

Passamos primeiro pelo moinho – na Freguesia, lembro-me que movido a roda d'água e não juntas de boi, como em Matoim –, pelas casas de ferver, purgar e embalar o açúcar até chegarmos ao imponente sobrado de três andares, de frente para a praia, à qual se ajuntava, parede com parede, uma capela em invocação a Nossa Senhora da Conceição da Freguesia, ricamente paramentada com dois belos consistórios, sacristia, átrio e campanário.

Como era um sábado e a família também se encontrava em São Salvador, o carrancudo administrador de nome Sebastião, conhecido do Jorge, só permitiu que eu visitasse os edifícios fabris e a capela, por mais que eu insistisse em visitar a casa-grande, mostrando a carta do reitor.

Assim, tive de me contentar em admirar a vivenda da Freguesia apenas por fora e que, pelo que se contava na Cidade da Bahia, era a mais nobre entre todas as casas-grandes de engenhos do Brasil. Embora Sebastião não tenha deixado sequer espiar, ele confirmou que a casa contava com nada menos do que 55 cômodos, sendo o interior ricamente decorado com painéis de azulejos trazidos de Portugal, mobiliário, faqueiros de prata e baixelas de porcelana importadas das Índias e até da China.

Depois da Freguesia, pretendia visitar o Engenho de Jacaracanga, que pertencera ao meu avô e onde nasci, mas Jorge me dissuadiu, alegando que não daria tempo, pois só chegaríamos lá à noite e eu voltaria para São Salvador no dia seguinte; o que muito lamentei...

Por onde passei nos engenhos, agucei o olhar sempre em busca de sinais de heresias judaicas de seus antigos moradores, observando batentes de porta sob os quais poderia ter sido escondido o "Mezuzá" em um nicho ou uma parede marcada com a *Estrela de Davi* que indicasse o edifício onde os *marranos* faziam *esnoga*. Andei também pelos matos em busca de um cemitério judaico escondido, mas nada encontrei.

Se havia sinais de heresias, talvez tenham se perdido quando os holandeses tomaram São Salvador em 1624 e atearam fogo em muitos engenhos, entre os quais o do Matoim e o da Freguesia, que estão entre os primeiros de todo o recôncavo baiano. Jorge me mostrou, inclusive, edificações que foram reconstruídas e ruínas das que foram abandonadas...

Hoje, estou convencido de que a minha busca só poderia mesmo ter sido inglória... Muito antes dos holandeses das Províncias Unidas dos Países Baixos invadirem a Bahia, quaisquer vestígios de heresias judaicas já deveriam ter sido apagados pelo meu avô Nuno Fernandes e pelos seus cunhados Sebastião Faria e Henrique Muniz Telles.

Prova disso é que o quadro com a imagem difamante da matriarca Dona Ana Rodrigues, ladeada por monstros e demônios, que o Santo Ofício mandara afixar na capela do Matoim, lá permanecera por pouco tempo. Na segunda visitação da Inquisição à Bahia em 1618, um mameluco foi até denunciado por tê-lo roubado e destruído...

A suspeita de mando do crime recaiu sobre o senhor Henrique Telles, mas o marido da penitenciada Dona Leonor Antunes figurava entre os principais *homens bons* da Bahia e acabou inocentado pelo segundo visitador Marcos Teixeira.

Aliás, o meu avô e os cristãos-velhos Henrique Telles e Sebastião Faria fizeram mesmo tudo o que podiam e não podiam para impedir a condenação e o confisco de bens das esposas e da matriarca Dona Ana Rodrigues.

Como já escrevi, eles recorreram ao próprio Tribunal do Santo Ofício em Lisboa... Além disso, Henrique e Sebastião seriam suspeitos de mandantes do atentado a tiros de espingarda que quase tirou a vida do primeiro visitador Heitor Furtado antes de sua partida para a Capitania de Pernambuco em 1593, onde ele faria nova inquirição e até *auto-de-fé* pelas ladeiras de Olinda.

Dom Heitor Furtado salvou-se ileso de dois atentados, mas as suspeitas do crime de encomenda recaíram sobre eles...

Seja verdade ou não terem sido mandantes dos atentados, o fato é que os dois *homens bons* nunca se conformavam com as condenações e os cristãos-novos do Matoim se precaveram como puderam depois das visitações da Inquisição, seja apagando quaisquer vestígios de costumes judaizantes, seja substituindo o maldito sobrenome Antunes pelos Telles, Faria, Lopes, Fernandes, Bethencourt ou Sá de cristãos-velhos...

***

No tempo em que as riquezas minerais do sertão não eram ainda conhecidas, a cana-de-açúcar trazida da Ilha da Madeira sucedeu o rendoso pau de tinta vermelha, o pau-brasil, e logo se tornou o ouro branco do Brasil, fazendo riquezas e engrossando cabedais, sobretudo nas capitanias da Bahia, Pernambuco e Rio de Janeiro. No recôncavo, a cana chegou após o governador-geral Mem de Sá ter alimpado a terra dos gentios bárbaros e os engenhos do rio Matoim foram os primeiros a prosperar.

Nos manuscritos antigos que li no colégio, consta que Mem de Sá, que foi o terceiro governador-geral do Brasil entre 1557 e 1572, civilizou o recôncavo com a destruição de nada menos do que 130 aldeias, o cativeiro e a expulsão dos gentios da terra, entre os quais os da nação *Paiaiás* de minha mãe. Com a terra pacificada, ele pode então dividir e distribuir *sesmarias* aos *homens bons*, tendo o cristão-novo Heitor Antunes recebido a sua parte no rio de Matoim.

Mercador que viera do Reino com Mem de Sá junto com a esposa Ana Rodrigues e os filhos pequenos, o patriarca dos Antunes dispunha de grossos cabedais e logo fez cintilar o ouro branco da cana-de-açúcar da Bahia, aproveitando-se dos ares quentes e dos férteis *massapés* que se formavam ao longo do rio Matoim. Enquanto os canaviais floresciam, ele e os filhos Jorge, Álvaro e Nuno alevantavam os engenhos, cuja grandeza eu pude atestar quase cem anos depois.

Pelo que li nas denunciações da primeira visitação da Inquisição, Heitor Antunes não renegava o sangue judeu, gabando-se até de descender da dinastia dos sacerdotes Macabeus, que restaurara o Templo de Jerusalém profanado pelos selêucidas da Pérsia com a consagração do culto a Zeus, um dos deuses gregos.

O patriarca dos Antunes jurava possuir, inclusive, certidão da sua nobre ascendência e, entre as celebrações judaicas, teria especial predileção pela *Chanuká* – festa de oito dias em que se comemora a restauração do templo por Judas, o precursor da dinastia macabeia que reinou sobre a Judeia por várias gerações, até a conquista dos romanos...

Na Bahia, porém, Macabeu virou sinônimo de heresia judaica, sendo as mulheres Antunes logo alcunhadas pela plebe rude de Macabeias do Matoim.

Nos manuscritos das denunciações guardados no colégio constava que Heitor Antunes erigira uma sinagoga no Engenho do Matoim, onde lia os rolos da "Torá" e fazia às vezes de *rabi* durante as *esnogas* com os cristãos-novos do recôncavo.

Mas sejam as origens nobres e as denunciações verdadeiras ou não, encontrei no colégio manuscritos que comprovam que pelos bons serviços prestados à Coroa portuguesa, o patriarca recebera a alta distinção de cavaleiro da casa do rei, uma *mercê* de fidalguia concedida apenas aos senhores de sangue puro!

Na condição de *homem bom* da Bahia e fidalgo do rei, caberia a Dom Heitor Antunes testemunhar sobre os bons serviços prestados pelo terceiro governador do Brasil à Coroa. Entre os préstimos de Mem de Sá, ele enalteceu em carta ao rei Dom Sebastião a pacificação pela guerra dos bárbaros do recôncavo e das capitanias de Ilhéus, Porto Seguro e Espírito Santo, bem como a expulsão de hereges franceses, que intentavam criar uma França Antártica no Brasil, e a fundação da Cidade de São Sebastião do Rio de Janeiro, para proteger a Baía da Guanabara.

Apesar disso, o patriarca dos Antunes acabaria difamado pelo Santo Ofício, como foi também o caso de centenas de outros cristãos-novos que elevaram o Reino de Portugal com a riqueza do ouro branco.

Entre as visitações e devassas que encontrei, outra rumorosa envolveu quase uma centena de *marranos* baienses denunciados por heresia e cooperação com os invasores holandeses: a grande inquirição aberta pelo bispo Dom Pedro Sampaio em 1646.

Membro do conselho-geral do Santo Ofício de Lisboa, o bispo da Bahia arrogou-se poderes para devassar a vida dos moradores, ordenando que comparecessem ao Colégio dos Jesuítas, onde ele instalara mesa inquisitória, para delatar cristãos-novos suspeitos de judaizar ou de colaborar com os inimigos dos Países Baixos, que então reinavam em Pernambuco.

Os moradores que não se apresentaram ao bispo no *tempo da graça* foram levados a força pelos milicianos ao colégio, sob ameaças de açoites e prisão; o que resultou em denunciações e condenações apenas por medo e sem qualquer prova, como posso atestar por ter lido os manuscritos da humilhante inquirição que, por isso, rendeu a Dom Pedro o ódio dos baienses e a alcunha de *O Duro*.

Pelo que li, houve de fato cristãos-novos que colaboraram com os holandeses, como houve também cristãos-velhos traidores, a exemplo do vira-casaca Domingos Fernandes Calabar, que entregou os seus patrícios pernambucanos aos inimigos. Mas ao contrário do que julgou *O Duro*, foram poucos cristãos-novos que colaboraram e hoje até entendo porque alguns assim o fizeram...

Como se sabe, os holandeses permitiam que os *marranos* seguissem a Lei de Moisés publicamente nos tempos da conquista da Capitania de Pernambuco; como, aliás, era costume nas Províncias Unidas dos Países Baixos desde que Martinho Lutero abriu cisma contra a Igreja de Roma, e que as províncias unidas entraram em guerra contra o domínio do Sacro Império Romano-Germânico.

Assim, se Amsterdã da Holanda fora o destino de milhares de *sefarditas* que fugiam da Inquisição, Olinda também o seria sob a governança do príncipe Maurício de Nassau, que permitiu que os cristãos-novos se reunissem em congregações, alevantassem sinagoga e até erigissem um cemitério para enterrar seus mortos ao modo judeu.

De nome hebraico "Kahal Kadash Zur Israel", a sinagoga Santa Comunidade Rochedo de Israel floresceria na Cidade Maurícia fundada pelo príncipe na Ilha de Antônio Vaz, persistindo durante boa parte da conquista holandesa, que foi de 1630 a 1654.

Mas se a liberdade religiosa poderia por si só ter sido uma boa justificativa para a colaboração dos *marranos*, eu reitero que poucos cristãos-novos baienses a fizeram e, ao contrário do que julgou o bispo, eles lutaram bravamente pela expulsão do inimigo.

Quando era aluno no colégio ainda se ouviam na Bahia os ecos da malfadada inquirição. Dizia-se que o bispo Dom Pedro Sampaio agira a mando e em conluio com o então governador Antônio Teles da Silva. Mercador de grosso *trato* na praça de São Salvador, ele teria estimulado os mexericos heréticos e as suspeições de traição dos cristãos-novos como pretextos para eliminar a concorrência...

Assim, ao fim e a cabo a grande inquirição de Dom Pedro Sampaio teria servido mesmo para favorecer, de um lado, os grossos negócios do próprio governador e de seus apadrinhados e, de outro, os do Santo Ofício, por meio das rendas obtidas com o confisco dos bens dos cristãos-novos baienses...

Na Capitania de Pernambuco fato é, porém, que a fé judaica só seria interditada outra vez com a reconquista em 1654, sendo concedido aos judeus, por acordo arrancado dos portugueses pelos holandeses, exíguo prazo para desfazerem de seus bens e partirem.

Moradas, engenhos, caixas de açúcar e toda sorte de mercadorias seriam então arrematadas por espertos compradores cristãos-velhos pelos preços que arbitravam, restando aos judaizantes retornarem aos Países Baixos ou errarem pelos mares em busca de outra terra prometida.

De volta a Amsterdã, o lusitano Isaac Aboab da Fonseca, que fora o primeiro rabino da sinagoga de Pernambuco, seria um dos fundadores do grande templo judeu da cidade em 1675, onde se fala correntemente ainda hoje tanto o hebraico quanto o português.

Já no Norte das Américas, os cristãos-novos que fugiram de Pernambuco batizariam de Nova Amsterdã[1] à comunidade judaica e feitoria de comércio que fizeram prosperar em uma pequena ilha pertencente ao Reino da Inglaterra...

Como nos tempos bíblicos, a sina dos judeus parece ser a de continuar vagando pelo mundo, sobretudo depois que os romanos destruíram pela última vez o Templo de Jerusalém no ano 70 da era de Nosso Senhor Jesus Cristo. E a verdade inteira é que, por onde passaram, eles semearam riquezas com suas luzes, ofícios e tino para a mercancia que todos as colhem ainda hoje, sejam cristãos-novos ou velhos!

Como pude constatar com os meus próprios olhos, o Engenho de Matoim é uma prova cabal dos bons serviços prestados pelos cristãos-novos para o bem de Portugal. Fruto do que eles plantaram, o recôncavo vai hoje todo povoado de dilatados canaviais pelos rios Matoim e Paraguaçu, contando-se nada menos do que 150 engenhos a carrear dia e noite ouro branco para a grandeza do Reino...

Antes disso, quando o Brasil era ainda chamado de Santa Cruz ou terra dos papagaios, os cristãos-novos muito já haviam labutado para assegurar para a Coroa portuguesa a posse do território conquistado.

Em 1501, caberia ao cristão-novo Fernão de Loronha a formação do consórcio de *homens de nação* que financiou a expedição de reconhecimento da costa brasílica pelo navegador Américo Vespúcio, cujo nome batiza as Américas.

---

1 *Atual cidade de Nova Iorque, nos Estados Unidos.*

Coube ainda ao consórcio de Fernão de Loronha arrematar o monopólio de exploração e comércio das terras brasílicas por dez anos, levando para Lisboa, pela primeira vez, gentios *cativos* e carregações de pau-brasil – o pau de tinta *ibirapiranga* da língua geral, que logo ganharia fama na Europa por dele se extrair o corante que dá aos tecidos a vibrante cor avermelhada.

E seria dada pelo rei Dom Manuel I ao cristão-novo, por fim, a *mercê* de posse da Capitania do Mar da Ilha de São João da Quaresma,[2] que hoje carrega o seu nome e cuja praça fortificada no Atlântico muito ajudou na vigia e defesa da costa do Brasil dos ataques de piratas franceses, ingleses e holandeses.

Mas se o labor de Fernão de Loronha teve o mérito reconhecido, isso não foi mais possível depois da instalação do Tribunal do Santo Ofício em Portugal em 1536, como é prova o que sucedeu ao patriarca e à matriarca dos Antunes do Matoim e aos seus filhos e netos.

Afinal, a Inquisição guia-se tão somente pelos interesses terrenos, como já denunciava naquela era o bispo de Lisboa Dom Ferdinando Coutinho e depois o padre Antônio Vieira. Assim, onde houver riquezas aflorando pela labuta de homens de negócios, lá estarão a Inquisição e os seus *familiares* espionando e devassando vidas, sobretudo de cristãos-novos e *marranos*...

Primeiro foi o pau-brasil, depois a cana-de-açúcar e agora o ouro e o diamante... Enquanto não advir o bem-aventurado Quinto Império do Mundo anunciado pelo padre Vieira, resta aos cristãos-novos do Brasil e dessas minas a salvação apenas pelas artes da dissimulação.

2 *Ilha de Fernando de Noronha.*

VI
DA BAHIA ÀS MINAS

A tropa do meu senhor Manuel Nunes Viana partiria da Cidade da Bahia para as minas de ouro às matinas do dia 10 de janeiro do ano 1702 da era de Nosso Senhor Jesus Cristo, dia de São Gonçalo do Amarante. Riquíssima, ela iria armada com sete lotes de sete animais de carga cada um, e os tocadores; duas dúzias de *boçais*[1] que mal sabiam falar a nossa língua e os feitores; uma escolta armada de 15 homens a cavalo; quatro guias batedores; e dois cozinheiros.

A esse mundaréu de gentes e animais, somava-se o escudeiro do meu senhor, o *Bigode,* à frente dos *mandingueiros* e da banda de pretos trombeteiros e tocadores de caixa que anunciaria a chegada da tropa em cada fazenda ou povoação, além de mim e do meu ajudante Chico Paredes, que é hoje meu agente de confiança em São Salvador.

A longa jornada de mais de dois meses até as minas começaria no armazém de Nunes Viana em frente ao porto, de onde mal se podia divisar a Cidade de São Salvador ao alto, por trás da murada.

Lembro-me que tentei guardar na memória cada detalhe da cidade que deixaria para traz, como se nunca mais fosse ver suas

---

1 *Adjetivo usado para os negros recém-trazidos da África e que ainda não dominavam o português.*

magníficas igrejas, mosteiros e conventos agasalhados atrás dos muros, os paços e edifícios da administração régia, os sobrados de dois ou três andares que a engrandeciam como a segunda maior praça do Reino português, superada apenas por Lisboa.

Naquela era, São Salvador já contava com 30 mil almas vivendo em cinco bairros que eu conhecia na palma da mão: o das portas do Carmo, onde fiz morada e casa de comércio depois que deixei o Colégio dos Jesuítas, o das portas de São Bento, o de Nossa Senhora d'Ajuda, o de São Francisco e o do terreiro de Jesus, junto à praça da Casa Del-Rei.

Se do porto pouco se pode ver da grandeza de São Salvador, a vista da cidadela fortificada no alto do morro é impressionante para quem chega pelo mar, dizem todos os estrangeiros, para quem ela parece ainda mais inexpugnável diante das defesas que pontuam a costa, como os fortins do Mar, de São Pedro, de Monserrate, da Largatixa, da Santa Maria, de Santo Antônio da Barra e do Além-do-Carmo, além das baterias de São Paulo da Gamboa e do Rio Vermelho.

Assim, observando São Salvador do mar da baía, logo se entende porque a Coroa portuguesa resolveu fazer ali a cabeça do Brasil, embora as ditas defesas nem sempre tenham sido de eficaz serventia, como mostrou o vitorioso assalto dos holandeses em 1624.

A ligação entre a cidade baixa e a cidade alta se dá por estreitas ruas, vielas e ladeiras empinadas que, apesar de calçadas, não permitem o trânsito de carruagens e de carroças; e até as mulas e os cavalos têm dificuldade para transitar por elas. Por isso, quase tudo que chega pelo porto é transportado para a cidade alta nos ombros dos escravos ou no guindaste dos jesuítas.

Já os mercadores e homens de negócio de *grosso trato* fazem o vai-e-vem dos sobrados na cidade alta aos armazéns e lojas na baixa em liteiras, cadeirinhas ou *serpentinas* carregadas pelos *tapanhunos*, cada qual mais ricamente apetrechada que a outra. E quem tem dinheiro pode até alugar uma liteira para vencer comodamente as tortuosas ladeiras...

Para a armação da tropa do meu senhor, eu havia me desdobrado dias a fio nas compras fiadas – com a garantia do seu nome, é claro – das carregações de tudo o que se tinha notícia que os mineiros careciam: farinha da terra de mandioca, feijão, arroz e toucinho; azeite, vinho, vinagre, bacalhau e queijos do Alentejo; casacas de pano fino e ordinário, calções e gibões, camisas de linho, ceroulas, meias e vestes de seda; sapatos de cordovão, chapéus finos e ordinários; e até pentes e bocetas de casca de tartaruga, adornadas com prata, para guardar o tabaco, que os gentios chamam de *pitima*.

Amarradas às cangalhas das mulas, as bruacas, baús e balaios iriam também carregadas de pistolas, espingardas, *clavinas*, facas, facões e canivetes, pólvora e chumbo, além de toda sorte de ferramentas de ferro importadas.

Em São Salvador, Nunes Viana tratou ainda com um capitão de naus *negreiras* cristão-novo, o José da Costa, o lote de 24 *tapanhunos*. Graças à intermediação do xará *Boca de Ovo*, o meu senhor acabaria apalavrando com o capitão bons preços pelas *peças*, pois o *marrano* tentara compensar a mortandade de escravos na travessia desde a Costa da Mina[2] arrancando o seu couro.

Já na feira de Santo Antônio de Capuame, que se situa na paragem do Camaçari ao Norte, na *sesmaria* dos Garcia D'Ávila, do Morgado da Casa da Torre, ele comprara parte das mulas e montarias. Para essa rica feira, que fica a pouco mais de cinco léguas de

---

2 *A Costa da Mina situava-se nos territórios dos atuais Tongo e Benin.*

São Salvador, chegam os animais cargueiros e cavalos criados nos sertões da Bahia, vindos principalmente do termo da hoje Vila de Santo Antônio de Jacobina e da passagem de Juazeiro.

Além das mulas e cavalos andadores, Nunes Viana mandou que eu comprasse em Capuame as equipagens necessárias à tropa: selas, cangalhas, pelegos, ferraduras e arreios. Lá, adquiri também por bons preços, melhores até do que em Salvador, víveres para o sustento dos homens, bem como redes de algodão, odres, botas e vestes de couro, para nos proteger da vegetação áspera dos sertões.

Nos dias santos, a feira oferece todo tipo de diversão e embolei-me com a plebe rude para assistir jogos de argola, touradas e corridas de cavalo. A beberagem, que muitas vezes descamba em pancadaria, duelo e morte, corria solta e por todos os lados podia se comprar os serviços de fogosas putas mestiças, pretas, índias e até brancas, ao gosto e ao preço que o freguês estivesse disposto a pagar.

Dizem que agora, em terras da Capitania de São Paulo, na Vila de Nossa Senhora da Ponte de Sorocaba, já há uma feira que rivaliza com a de Capuame. As mulas e cavalos vêm do Arraial de Viamão, que se situa nos confins das partes do Sul do Brasil, e dista mais de 250 léguas daquela vila paulista...

Quando voltei a São Salvador e terminei a armação da tropa, estarreci! Apenas as mulas carregariam mais de 500 arrobas de mercadorias, sem contar o que os escravos levariam nos ombros. A essa carga, se juntaria ainda caixas de açúcar, sal e peixe seco, além da boiada que Nunes Viana mandara ordens aos seus vaqueiros para juntar nos currais do rio de São Francisco!

Exceto o gado *vacum*, nenhuma outra das carregações da tropa poderia ser transportada pelo caminho da Bahia, conforme *bando* do governador da Capitania do Rio de Janeiro, Artur de Sá e Meneses, sobre o qual já escrevi.

— Esse interdito de nada vale, Álvaro! Se não se puder passar às minas os víveres, produtos e os negros, como os mineiros abonados com tanto ouro poderão alimentar o bucho, cobrir as vergonhas e ter braços para minerar? – lembro-me do meu senhor perguntar e responder esfregando as mãos de satisfação, ao antever os lucros que teria.

De fato, o risco valia a pena: eu calculava que ele poderia ganhar em ouro, à vista, dez vezes o preço do carregamento da tropa, que comprara fiado nas praças da Bahia! E essa já era a segunda ou terceira carregação que o meu senhor levava para as minas desde que se tivera notícia da descoberta do ouro...

***

A madrugada do dia de nossa partida foi um alvoroço só! Duas horas da manhã, eu e Chico já estávamos de pé, supervisionando os finalmentea, enquanto os cozinheiros faziam um reforçado desjejum de feijão com farinha da terra, toucinho e angu de milho. Em frente ao armazém, os tocadores arriavam os animais, enquanto os feitores dividiam os negros nas últimas diligências de organização da tralha: as guarnições para o dia a dia da viagem e as bagagens, de um lado; as carregações de venda, de outro.

A tudo isso eu e o meu ajudante Chico Paredes acompanhávamos atentos, conferindo cada coisa com o que estava anotado nos *livros de razão* da tropa.

Só lá pelas cinco horas da matina a faina terminou; graças a Deus um pouco antes do senhor Nunes Viana chegar ao armazém montado em seu alazão e acompanhado pelo *Bigode*, pelos *mandingueiros* e pela banda de trombeteiros e tocadores de caixa que sempre trazia consigo.

Depois de vistoriar o que fizemos, ele se deu por satisfeito e ordenou a partida da tropa, que começou muito lentamente pela confusão de montarias, mulas e animais de reserva e *tapanhunos* a pé que se punham em marcha.

Logo que a tropa esticou, trotei um pouco à frente até um promontório, de onde pude aquilatar o seu tamanho admirado: Nunes Viana vinha empinado na sela, com a espada longa e a pistola na cintura e uma espingarda no ombro, puxando a escolta armada e os trombeteiros, seguido pelos feitores e os escravos.

Depois, vinham os animais de carga, guiados pelo sineiro da mula madrinha, os seus tocadores, os demais homens e os cavalos de montaria de muda, pelo menos uma para cada cavaleiro.

Éramos uns 70 homens sem nenhuma fêmea a nos acompanhar, e mais de cem animais! Na famosa barra que o rio das Velhas faz no rio de São Francisco, a tropa seria engrossada ainda pelos vaqueiros, mais uns 12 homens pelo menos, suas montarias e a grande boiada.

Uma portentosa tropa, a maior já despachada para as minas, não se cansava de exultar o meu senhor. E se na saída da Cidade da Bahia ela já impressionava, atraindo os olhares e apupos da meninada e dos homens e mulheres que acorreram às ruas da cidade baixa para vê-la passar, mais assombro fará ao entrar soberba no nosso destino, o Arraial do Sabará, eu ruminei também com o peito cheio de orgulho naquele dia...

Até a Vila de Cachoeira do Paraguaçu, a tropa gastou pouco mais de dois dias de jornada, trotando por umas 12 léguas para rodear o mar do recôncavo. Nessa vila, de onde se avista a grande serra da qual o rio Paraguaçu despenca, Nunes Viana comprou ainda uma boa quantidade de caixas de açúcar, varas de fumo *pitima* em corda e barris de água ardente.

Confiante nos seus *mandingueiros*, o meu senhor havia dispensado a assistência de um capelão para a viagem e até mesmo a benção de um padre na partida de São Salvador, mas resolvi prevenir-me... Com a sua permissão, ausentei-me então dos negócios nos dias que a tropa permaneceu na vila e fui visitar o velho jesuíta Alexandre Gusmão no seminário que levantara em Belém da Cachoeira e do qual eu supervisionara os *livros de razão*.

Escritor e professor com quem muito pude aprender no Colégio dos Jesuítas, o padre contava então 74 anos e vivia recolhido no seminário que fundara... Na capela recém-inaugurada, cuja torre fora recamada por belas louças do Oriente, ele me advertiu sobre os perigos da viagem para as minas e me abençoou, orando para que eu não caísse na tentação da cobiça que o ouro mete na cabeça dos homens.

Retornei à Cachoeira só tarde da noite e ao raiar do sol a tropa recomeçou a marcha, tendo pela frente a difícil subida da serra da qual o rio Paraguaçu despenca. Com os animais tão carregados, pelejamos dois dias para vencer as escarpas e atingir a chapada, de onde seguimos a picada com destino à povoação de Santo Antônio de João Amaro, que dista 25 léguas da Vila de Cachoeira.

Até esse pouso, que fica também às margens do rio Paraguaçu, gastamos mais quatro dias em jornada à paulista, caminhando em fila do alvorecer até o meio-dia. E enquanto o meu senhor fazia a cobrança das terras de Dona Isabel Gomes de Brito aforadas por ele aos lavradores por dez mil *réis*/ano, nós aproveitamos para descansar os animais em João Amaro, reabastecendo-nos para outra larga jornada, de 43 léguas, no rumo da Tranqueira e do pouso dos crioulos do rio de Contas.

Se pouco tenho a anotar sobre João Amaro, muito me encantei com as paragens de Tranqueira e dos Crioulos, aonde a tropa chegou depois de duros dias de jornada por ásperos terrenos, penando com a vegetação espinhenta e a escassez de água boa, apesar de viajarmos no tempo das chuvas.

Segundo me disseram, a curiosa paragem dos Crioulos era assim batizada porque negros da África ali arrancharam depois de subir o rio de Contas, fugindo do navio *negreiro* que havia encalhado perto da sua na foz no mar brasílico.

Embora Nunes Viana proibisse que se desse de beber água ardente aos homens e que engolissem a fumaça da *pitima* ou do *pando*[3] – um fumo natural de Angola muito estimado pelas ilusões que traz à mente de quem o bebe –, no pouso dos Crioulos ele permitiu as cantorias e folguedos.

Por não conhecer as línguas dos *tapanhunos,* não sabia o que as suas cantigas diziam, mas relampejam agora na mente as vozes ora tristes, ora alegres, embaladas pelos sopros e batidos de caixas dos músicos da banda de meu senhor.

Ali, o caminho da Bahia para as minas se divide em dois e depois do reabastecimento da tropa, prosseguimos em marcha paulista do alvorecer ao sol a pino pelo mais antigo e cumprido, que vai à direita de quem vem de São Salvador.

Assim, teríamos pela frente 54 léguas na jornada até o arraial fundado pelo capitão paulista Matias Cardoso de Almeida, passando antes pelo pouso de Malhada – uma paragem situada em frente à barra que o rio Carinhanha faz no de São Francisco.

Só vendo a grandeza do São Francisco em Malhada dá para entender porque os gentios da terra deram-lhe o nome de *Opara,* que quer dizer rio-mar. O *Bigode* já havia me falado do mundão de água doce cortando o sertão, mas eu duvidava até ver com os meus próprios olhos!

E a verdade inteira é que fiquei abobalhado como nunca antes na minha vida quando chegamos ao rio-mar e eu deparei com a

3 *Maconha.*

imensidão de águas correndo para o Norte, tendo de espremer os olhos para mirar a barra do rio Carinhanha na margem ocidental.

Uma beleza só que já havia encantado até o meu senhor, pois nos arredores da barra do Carinhanha, onde se calunia que afoga os inimigos em uma lagoa de águas escuras, ele tem hoje uma de suas mais valiosas fazendas, a do Escuro...

Ali, Nunes Viana permitiu que arranchássemos antes de continuar a jornada rumo ao arraial do capitão paulista. E foi ali também que todos puderam assear os corpos comodamente pela primeira vez, depois de um mês de viagem desde Salvador.

Dois dias depois, prosseguimos a jornada margeando a banda oriental do São Francisco até Matias Cardoso, aonde chegamos quando se completaram 35 dias de viagem desde Salvador. Lá, a tropa estacionaria alguns dias, pois o meu senhor faria escambo de carregações por partidas de sal e peixe seco.

Quando arranchamos no arraial em 1702, o capitão paulista estava com o filho Januário no mato dentro do Caeté, onde Nunes Viana já explorava lavras de ouro com o primo e sócio xará, Manoel Rodrigues Soares. Portanto, não o conheci, mas curioso como sou, logo comecei a assuntar sobre o capitão que fora um dos principais da grande bandeira de Fernão Dias Paes Leme...

Para minha surpresa, ele não era muito bem falado no seu próprio arraial. Para conquistar aquele sertão do *Opara*, Matias Cardoso, seu irmão Manuel Francisco e o cunhado Antônio Gonçalves Figueira não mediram guerras, violências e engodos para dominar e amansar os gentios e subjugar os inimigos, dizia-se à boca pequena.

— O capitão é pura maldade, meu sinhô! Duas léguas do arraial rio acima, o maligno alimenta um berçário de piranhas com os corpos dos que não se submetem à sua tirania. Seus *negros da terra* picam os dedos e furam a barriga até o sangue e as tripas dos inimigos saltarem fora. E os lançam nas águas sangrando, para as piranhas, que cheiram longe o sangue, fazerem o trabalho delas! Mal sobram as carcaças dos pobres homens – cochichou-me um mameluco paulista.

Recordo que foi naquela era que ouvi pela primeira vez as calúnias que atingiram o meu senhor anos depois: enganar e lançar inimigos nas águas fundas de lagoas cheias de piranhas carniceiras...

Já de um *tratante*, também paulista, a caminho da Cidade da Bahia, chamado Pedro, escutei a história de que Matias Cardoso traíra o velho Fernão Dias, abandonando a sua bandeira à própria sorte e retornando para São Paulo. E mais: que fora ele também quem conduzira o emissário régio Dom Rodrigo Castelo Branco para tomar posse da *Sabarabuçu*.

Fernão Dias já havia finado quando Dom Rodrigo chegou ao sertão, mas na contenda que se abriu pela posse das minas, o seu genro, Manuel de Borba Gato, acabaria por assassiná-lo. Diante disso, Matias Cardoso fugiu outra vez, indo parar nos confins do São Francisco e de lá em São Salvador.

Pelos seus conhecimentos do sertão e da língua dos gentios, o paulista cairia nas graças do então governador-geral Antônio Luís Coutinho da Câmara, sendo nomeado mestre-de-campo e administrador das aldeias que conquistasse, desde a Capitania de Porto Seguro até o São Francisco, relatou o *tratante* Pedro.

Em 1690, Matias Cardoso se juntaria a paulistas afamados nas guerras de apresamento de bárbaros, como Domingos Jorge Velho, para combater a Confederação dos *Cariris*, que sublevara o Ceará e o Rio Grande do Norte.

Na *guerra justa* autorizada e encomendada pelos ministros do rei, o capitão teria direito de escravizar os gentios que capturasse, mas ele foi ferido gravemente e perdeu um filho flechado na peleja, sequer assistindo a vitória sobre os *Cariris*.

À morte, Matias Cardoso foi levado desenganado para o arraial que fundara às margens do rio São Francisco, onde, dizem uns que por obra do diabo e outros que por graça de Deus, ele se recuperou milagrosamente...

Mas seja por obra divina ou de Satanás, a verdade é que o arraial que o paulista fundou tornou-se um portentoso centro de mercancia de peixe seco, gado e cavalos dos sertões do *Opara* com a Capitania da Bahia e das Minas Gerais e até as minas do Mato Grosso e de Goiás que se descobriram há pouco tempo.

Dominando a paragem, despontavam soberbas em 1702 as duas torres laterais da igreja em invocação a Nossa Senhora da Conceição edificada pelo seu filho Januário Cardoso. Enquanto o meu senhor negociava as carregações, pude assistir missa naquele templo e me encantei com os paramentos de ouro e prata, o oratório em madeira bem talhada e a pintura do altar, tendo ao centro a "Santa Face".

Mais do que uma igreja, observei que ela servia como uma verdadeira fortaleza. Com paredes de cinco *pés* de largura, feitas com tijolo de barro cozido, o templo ia todo cercado por inexpugnáveis muros de pedra. Sob a sacristia, disseram-me que havia um túnel que dava na casa assobradada do moço Januário e outro que levava ao porto do arraial no rio São Francisco.

No rastro das conquistas do hoje finado Matias Cardoso, o cunhado Antônio Figueira também muito prosperou. No Brejo Grande, que fica na margem ocidental do São Francisco, ele fez rodar o primeiro moinho de cana-de-açúcar do sertão, formando ainda copiosas fazendas nas paragens da Jaíba, das Formigas dos Montes Claros e dos Olhos d'Água, de onde domina o comércio de gado para as minas que os paulistas descobriram no Pitangui.

Quando passei por esses sertões em 1702, eles iam ainda muito vazios e despovoados, inclusive de gentios da terra. Mas agora as fazendas de gado o povoaram e dão pouso aos viajantes e às tropas, como em Curralinho, Boa Vista, Gado e Pau a Pique...

Naquela primeira viagem, por todo o roteiro até o arraial do capitão paulista, eu fui indagando sobre os *Paiaiás* da minha mãe Ana, ali chamados de *tapuias,* por não falarem a Língua Geral *Tupi-Guarani,* mas em vão...

— Depois da conquista dos baienses e paulistas, os *tapuias* adentraram ainda mais os sertões a Oeste do rio de São Francisco – todos respondiam dando de ombros, para minha frustração.

De fato, além dos currais e fazendas que o meu senhor e os paulistas espalharam, o ouro que se encontrou por ali também atraiu muita gente e expulsou os bárbaros. Há coisa de uns 10 ou 15 anos, Sebastião Pinheiro da Fonseca Raposo descobriu ouro de boa pinta no leito do rio de Contas Pequeno, próximo do ermo da Tranqueira e dos Crioulos, onde pousamos em 1702.

Os ministros do rei logo proibiram a exploração das lavras da Bahia, como também fizeram com os descobertos de Antônio do Prado da Cunha no termo da Vila de Jacobina, alegando que atrairiam ainda mais a cobiça de nações estrangeiras pelas riquezas do Brasil. Mas como a proibição do comércio pelo caminho da Bahia, essa ordem também não vingou.

Hoje, Jacobina tem até casa de fundição de ouro, como as de Vila Rica, de Sabará e Vila do Príncipe. E muitos e bons negócios as minas baienses rendem e engrossam cabedais, como os do meu velho senhor Nunes Viana, que lá tem o filho Miguel administrando suas fazendas.

VII
A MARCHA DA BOIADA

Do Arraial de Matias Cardoso até a famosa barra do rio das Velhas no São Francisco são 54 léguas, pouco mais, pouco menos, que se cobrem por terras ásperas e quase sempre planas, margeando o rio-mar ou navegando-o contra a corrente. Em 1702, a tropa de Nunes Viana fez esse roteiro a pé enxuto em 15 dias, com paradas no porto do Brejo do Salgado e no Arraial de São Romão.

Na primeira parada, o meu senhor, uns carregadores, uma pequena escolta armada e eu atravessamos o rio em canoas até o Brejo do Salgado, onde pousamos na fazenda do cunhado do capitão paulista, Antônio Figueira, proseamos e cambiamos ferragens, armas, pólvora e chumbo por carregações do precioso sal que as salineiras do brejo dão.

No raiar do sol no dia seguinte, já estávamos de volta à margem oriental do *Opara* e Nunes Viana ordenou a retomada da marcha para São Romão, onde paramos por dois dias, para fazer novamente o escambo de armas e munição por peixe e carne seca. Antes de encontrar a foz do rio das Velhas, a tropa pousaria ainda em fazendas que não passavam de roças e em diminutas povoações.

Com as bênçãos das águas do São Francisco, hoje os currais de gado e o comércio com as minas civilizaram aqueles ermos. Os *tapuias* que não foram mortos ou apresados evadiram para sertões mais adentro, e agora prosperam ali não só fazendas de gado, mas também de cana-de-açúcar, de mandioca e de outros frutos da terra, sem falar nas novas salineiras que se descobrem por toda parte e são tão ricas como as que eu vi no Brejo do Salgado há quase 30 anos!

Até 1720, a margem ocidental do *Opara* pertencia à Capitania de Pernambuco e a oriental à da Bahia, mas hoje da barra do rio Carinhanha no curso do São Francisco acima, o sertão vai todo sob a jurisdição da nova Capitania das Minas Gerais, criada por Dom João V há dez anos, em 1720.

Como anotei antes, o Morgado da Casa da Ponte tem as *sesmarias* da margem oriental do rio-mar, desde o Morro do Chapéu na Bahia até o rio das Velhas... Porém, afora as fazendas que o meu senhor criou ou arrendou, parte do legado do mestre-de-campo Antônio Guedes de Brito está hoje sub judice nos tribunais em Lisboa, embora as cartas de concessão das *sesmarias* sejam de teor verdadeiro, garante a herdeira Dona Isabel...

E foi pela margem oriental do rio de São Francisco, que pertenceria ao morgadio, que seguimos até a barra do rio das Velhas, aonde chegamos numa tarde de março, menos de dois meses após a partida de São Salvador.

Apesar do cansaço, mal pudemos providenciar rancho quando chegamos: ao ver que a boiada que encomendara ainda não havia chegado à barra, meu senhor encolerizou-se, distribuiu impropérios e não sossegou enquanto não conseguiu cavalos descansados para que o *Bigode* e dois batedores galopassem até a fazenda da Tábua, com ordens para trazer a boiada encomendada por ele.

Só depois disso pudemos então arranchar e bem toscamente... Mesmo Nunes Viana teve de se contentar com um pobre cômodo de rancho coberto de sapé, onde dormiu em um couro de boi mal curtido e fedorento estendido sobre chão de terra batida. Eu preferi a rede e dei graças a Deus por termos pelo menos um teto e muita sorte até ali, pois das pestes que assolam aqueles sertões nenhum de nós padeceu, nem os *tapanhunos.*

Ninguém morreu das temidas febres e dores causadas pela *bexiga, carneirada* ou peste amarela e até os morcegos chupa-sangue pareciam nos evitar. Só sofremos mesmo com frieiras e picadas de bichos-de-pé, percevejos, pulgas, carrapatos e piolhos, bem como com os tormentos de ferroadas de mutucas, borrachudos, zangões e mosquitos de infinitas qualidades e tamanhos.

Desapontado, observei que a povoação da afamada barra sequer poderia ser chamada de arraial: embora fosse intensa a faina de gentes de todas as raças, cores e línguas, havia apenas ranchos, choças e malocas como as dos gentios...

Para minha grata surpresa, porém, defrontei com uma sortida fileira de *alcouces*[1] improvisados em uma das poucas ruelas da povoação, onde fogosas mulheres de todas as cores serviam os fregueses por extorsivas *oitavas* de ouro.

À beira do porto, avistavam-se as obras inacabadas de uma igreja em invocação ao Nosso Senhor Bom Jesus, alevantada em alvenaria de pedra sobre pedras maiores, e cuja capela-mor, embora inconclusa, já servia para rezas e cultos quando por lá passamos em 1702. Dizem que hoje o pequeno templo continua inacabado e em ruínas, pois o arraial que prosperou fica distante do porto, longe do rio e das febres palustres que as águas trazem.

Enquanto aguardávamos a boiada, tive tempo de sobra para contar os ganhos e perdas da tropa até ali; e anotei o roteiro que transcrevo nesse manuscrito quase 30 anos depois. Pude ainda deleitar-me ao entardecer com o vai-e-vem de canoas de pescadores e viajantes no porto e com a maravilha das águas caudalosas e

---

1 *Bordel, casa de prostituição.*

mais barrentas do rio das Velhas, que por um bom trecho correm paralelas às do rio-mar, sem se misturarem.

Com a autorização de meu senhor, em outro dia eu e o Chico Paredes subimos o *Opara* em canoas por umas quatro léguas, até uma paragem tida como boa de pesca. Chamada de *pirapora,* que quer dizer pulo do peixe em *Nheengatu,* a paragem soberba forma-se aonde as águas se agitam sobre pedras em corredeiras e rápidos velozes.

Ali, os pescadores se entrincheiram e espreitam os peixes que tentam saltar as corredeiras para desovar, ora acertando-os com espetos e flechas, ora catando-os no ar com redes e até com as mãos, em uma agilidade difícil de acreditar quando não se vê com os próprios olhos.

Dos peixes do São Francisco, o mais famoso é o surubi, um bicho de pele de couro que chega a pesar seis *arrobas* e a medir quase seis *pés* de cumprimento, mas que não comi, por nojo e por provocar doenças na pele, como ensina o livro "Levítico" das "Sagradas Escrituras" sobre os males dos peixes sem escamas.

Mas o rio é muito rico em peixes escamados, como curimatãs, mantrinxãs, dourados, os pequenos lambaris ou as perigosas piranhas. E há ainda a traíra, um peixe que deve se comer com cuidado por causa das espinhas, mas que muito apreciei... Dessas carnes de peixes com escamas me fartei a valer.

Voltamos da *pirapora* no fim da tarde com o embornal carregado de peixes e quando chegamos à barra soubemos da boa nova, que a boiada já havia chegado. No rancho, meu senhor tratava das diligências para a marcha do dia seguinte com o capataz da fazenda da Tábua, de nome Gaspar.

Como ele explicava, a jornada de 50 léguas até o Arraial de Sabará seria dificultosa nos primeiros dias: os bois eram jovens e bravios, pois apenas de quando em quando haviam sido conduzidos aos currais, seja para nutrição com o bendito sal que o São Francisco dá, seja para tratamento de bernes e mordidas de morcegos. Além disso, os bichos estavam descansados, o que aumentava o risco de estouros da boiada, Gaspar dizia.

Fiquei deveras apreensivo com a falação do capataz, mas Nunes Viana deu de ombros e apenas ordenou que os vaqueiros começassem a reunir os animais mais cedo do que o de costume no dia seguinte. A jornada da tropa e da boiada começaria antes do sol raiar.

De fato, às cinco horas da matina já estávamos em marcha e a coisa mais bonita de se ver é a condução de uma grande boiada com 200 cabeças, como a que levamos para as minas em 1702. Cada vaqueiro tem o seu papel e serventia durante a marcha, sob as ordens firmes e certeiras do capataz, que quase sempre seguia na retaguarda da boiada, eu logo observei.

À frente, seguiam os guias, ladeados pelos sopradores de berrantes, que orientavam os animais e puxavam a boiada. Já os vaqueiros que ficam nas laterais, impedindo a dispersão dos bois, são chamados de fiadores e são eles os que mais têm trabalho durante a marcha, pois galopam de um lado para outro o tempo todo na faina de tangenciar o gado. São os tais fiadores que disparam pelos campos atrás dos animais fugidos, que arribaram.

Os culateiros, por sua vez, são os vaqueiros que, ajudados pelos cães, ficam atrás da boiada, e animam e tocam os animais da retaguarda, quase sempre os mais cansados ou estropiados. Atrás dos culateiros, seguem, por fim, os cavaleiros e a tropa de burros e mulas, levando as carregações, a tralha de viagem e os mantimentos.

O capataz da fazenda da Tábua era um *curiboca* alto e forte, de cabelo liso como dos gentios, mas de pele quase preta, e que vestia sempre o mesmo colete de couro sobre uma camisa surrada de algodão cru. Como o colete, o calção, a bota e o chapéu do capataz eram também de couro de boi encardido...

Adoração mesmo Gaspar tinha pelos seus cães, principalmente ao que dera o nome de *Capitão*, o chefe da matilha. Os bichos eram enormes, maiores até do que um bezerro de três meses, e toureavam os animais sem medo, tocando-os aos latidos para o meio da boiada ou afinando-a para passar nos vaus. Às noites, ele reunia os cães em torno de sua rede, dormindo com um olho fechado e outro aberto, diziam os vaqueiros.

— Sinhô Álvaro, meus cachorros dobram qualquer animal, de boi bravo a burro louco. Mas nem todos juntos podem vencer uma única onça jaguar! Dos bichos dos matos fechados, o jaguar é o mais sorrateiro, rápido e certeiro. Por isso, recomendo ao sinhô a não se fiar apenas na proteção das fogueiras do rancho. É preciso estar sempre alerta, sobretudo nas noites sem lua – ele aconselhou.

Ao capataz cabiam as decisões mais difíceis no manuseio da boiada. Observei-o ordenar o afinamento do gado para cortar longas distâncias de campos gerais, destacando um ou outro fiador para campear, em disparada, bois desgarrados, principalmente no início da viagem, quando os animais estavam frescos e ariscos.

Era ele quem decidia também a hora de saída dos pousos e a melhor picada a seguir. E era o Gaspar, por fim, que disciplinava os excessos e as beberagens dos vaqueiros e que ordenava os castigos, tanto para os homens quanto para os animais.

Como advertira o capataz, os primeiros dias da jornada foram realmente lentos. A toda a hora a boiada estourava, obrigando os fiadores a disparar pelos campos atrás dos animais desgarrados. E quando os bois finalmente aquietavam, era a vez do cansaço dos bichos retardar a marcha.

Como a tropa ia devagar, eu e o Chico Paredes proseamos a valer com o *Bigode*, que aproveitou para exibir os seus conhecimentos de prático do sertão.

— Na secura dessa terra, o sinal de água pode ser avistado ao longe pelas copas daquela palmeira que os *negros da terra* chamam de buriti. Onde tem buriti, tem água, isso tem – garantia o escudeiro do meu senhor apontando as palmeiras, cujas alturas eu calculei em até 120 *pés*.

Planta abençoada, das folhas do buriti os gentios fazem cobertura para as malocas, e com fios e fibras, tecem gradeados de balaios e cestas no entorno de seus caules secos. Já da polpa do coco fazem um vinho forte e saboroso, *Bigode* acrescentou.

Assim, onde nasce buriti, tem não só água boa, mas também uma arara barulhenta, que chamam de *canindé*, eu logo aprendi. E eram nesses verdadeiros oásis em meio aos desertos de campos gerais que arranchávamos.

— Outro sinal de água também as favelas dão! As bichinhas dão flores o ano todinho, porque cada uma reparte a água com as irmãs – explicou o negro, apontando arbustos com flores alvas em meio à vegetação seca.

Segundo ele, onde têm favelas há sempre um poço escondido debaixo da terra que uma encontra, repartindo as águas com as outras através de suas raízes entrelaçadas...

— Mas como saber sob qual favela tá o poço d'água escondido? – indagou Chico Paredes admirado.

— Aí, só assuntando com *mandinga* da boa – *Bigode* respondeu enigmático, honrando a sua condição de chefe dos *mandingueiros* do meu senhor.

Outros arremedos para a sede dão os cactos de infinitas qualidades, ele ensinou. Entre esses, o mais famoso é o que chamam de mandacaru, que, quando limpo dos espinhos, mata não só a sede dos homens, mas também a fome, inclusive dos animais.

Em meio a essa prosa boa, o mestre do sertão indicou uma mata de buritis exuberantes ao longe, informando que ali iríamos arranchar. O sítio chamava-se São Gonçalo das Tabocas e era mesmo um verdadeiro oásis em meio aos desertos daqueles sertões...

Na alvorada seguinte, rumamos para o Campo da Garça – uma paragem na franja de um imponente morro que se vê a léguas de distância em meio aos campos gerais e que é guia para todo viajante do caminho da Bahia.

Depois do pouso nesse sítio, deixamos de margear o curso sinuoso do rio das Velhas e seguimos a pé enxuto até a povoação de Santo Antônio da Estrada, hoje chamado Arraial do Padre Curvelo, e de lá para o pouso conhecido como Maquiné.

Após esses dois últimos pousos, pegamos o rumo do Jequitibá, onde reencontramos o rio das Velhas e o espreitamos novamente na marcha até a Jaguará e o Arraial do Fidalgo – povoação essa onde Dom Rodrigo Castelo Branco teria sido emboscado e morto por Borba Gato.

Perto dali, em mais uma curva sinuosa do rio das Velhas, conta-se que o governador Dom Lourenço de Almeida cismou de construir uma fortaleza, para fiscalizar o rico comércio entre as minas e a Bahia e para dar combate ao contrabando que notoriamente se faz por aquelas paragens.

Mas depois de muito suor dos *tapanhunos*, a fortaleza invocada a São José quedou inacabada, pois o *registro* da Real Fazenda que vingou foi o do sítio da contagem das abóboras, instalado em 1715...

Do Fidalgo, continuamos espreitando o rio das Velhas até Santa Luzia, então uma diminuta povoação que se converteu hoje em uma praça de forte comércio; lá se cruzam agora tropas que vêm dos confins de Pernambuco, Bahia, Rio de Janeiro, São Paulo e até de Goiás e do Mato Grosso.

Há duas léguas do arraial, outra nova que floresce é a do recolhimento de moças de Macaúbas, erigido pelos piedosos irmãos Félix e Antônio Costa em 1714. Segundo ouvi dizer, o recolhimento, que é o único das minas, já abriga mais de 20 devotas de Nossa Senhora da Conceição.

Finalmente, depois de percorrer 230 léguas, pouco mais, pouco menos, em mais de 70 dias de jornada desde a Cidade da Bahia, a tropa estava agora a um passo do seu destino, Sabará.

Lembro-me que arribamos por volta do meio-dia, depois de descermos uma picada da serra de São Francisco, de cujo cimo eu avistei um pobre conjunto de choupanas cobertas de sapé, mal podendo acreditar que ali estava uma das paragens mais ricas do Brasil e quiçá de todo o Reino de Portugal!

No entanto, ao espiar o meu senhor, o desapontamento desvaneceu... Solene sobre o alazão, Nunes Viana empinava o corpo e instigava a banda de música a anunciar com força a chegada da tropa.

Empinei também o corpo e o segui orgulhoso, surpreendendo-me na entrada do Arraial de Sabará com a multidão famélica que acorria das choças e se ajuntava em torno da tropa, como se não fossemos desse mundo.

Ali mesmo, no meio do que parecia uma praça em frente ao tosco porto, o meu senhor ordenou que apeássemos dos cavalos e que os negros desfizessem as carregações das bruacas, sobretudo as de mantimentos. E assentamos então rendosa venda naquela mesma hora, comerciando o que a tropa trouxera a peso de muito ouro.

Se não bastasse a fome, os mineiros padeciam de outros grandes tormentos naqueles idos de 1702... Da hoje Vila Rica do Ouro Preto, o potentado Francisco do Amaral Gurgel enviara emissário, aconselhando os viajantes a não seguirem até lá, pois a peste da *bexiga* com suas pústulas e febres mortais campeava entre os moradores.

Senhor do *estanco*[2] da carne de boi para os açougues em conluio com o padre Francisco de Meneses e destinatário da boiada do meu senhor, ele tinha fugido da peste para os matos com outros moradores abastados, mas em breve estaria no Sabará.

Para meu grande alívio, Nunes Viana seguiu o conselho à risca, mas sem prejuízo algum às suas rendas, diga-se a verdade! Em pouco menos de duas semanas no Arraial do Sabará, ele comerciou com grandes lucros os escravos e quase todas as carregações, à exceção do gado vacum que deixara protegido pelos vaqueiros do Gaspar em uma campina, à espera do potentado Amaral Gurgel.

O que ele mandou conservar das carregações que trouxera da Bahia – e foi muito pouco –, comboiamos depois para as lavras de ouro que iniciara com o seu primo Manoel Rodrigues nos matos dentro do Caeté, nas franjas da serra que dizem ser a verdadeira *Sabarabuçu* perseguida por Fernão Dias.

E lá os homens tentaram a sorte na bateia, enquanto nos preparávamos para voltar para São Salvador.

***

Antes de assentar praça nas minas, fiz o vai-e-vem pelo caminho da Bahia quase todos os anos e tenho pouco a reclamar da jornada, apesar das suas securas e asperezas, e da exaustiva viagem de mais de dois meses... Graças a Deus, nunca sofri das pestes que infectam tantos viajantes do rio São Francisco, nem de ataques de *tapuias*, negros fugidos, bandoleiros e ciganos ou de feras bravias e cobras.

Mas a comida preparada em banha de porco que os homens saboreiam lambendo os beiços fazia as minhas tripas darem nós...

---

2 *Monopólio comercial obtido em leilão.*

Desprevenido, na primeira viagem em 1702 deixara de trazer da Bahia azeite do Reino para as frituras e por isso penei maus bocados.

Para não padecer de fome, tive então de entregar-me ao improviso e me ajeitei como pude com um dos cozinheiros da tropa, o Firmino – um moço mestiço, cujo rosto era deformado pelas marcas das pústulas da *bexiga*, que cozinhava os alimentos para mim apenas em água e sal.

Felizmente, nos campos larguíssimos pontuados de *capoeiras* de árvores de troncos retorcidos e nos tabuleiros que o *Opara* faz em suas margens, Deus abençoou os homens com generosos frutos da terra. Pelas mãos caprichosas do Firmino, que me serve até hoje no Arraial do Tijuco como agente, pude deleitar-me com saborosas abóboras, carás, inhames e andus, bem como com bananas, ananás, pinhas e melancias.

Outro fruto que muito apreciei foi o que chamam de pequi, que quer dizer fruto de casca com espinho na língua dos gentios. O fruto do pequizeiro tem mesmo o miolo cheio de espinhos perigosos, mas é muito saboroso após ser cozido em água e sal. Logo aprendi a roer a sua pele carnuda e amarela com o cuidado necessário e houve dias em que as minhas refeições se restringiram aos pequis com farinha da terra.

Durante essa primeira viagem e nas seguintes, eu pouco experimentei também das caças e sequer toquei a boca, nem por fingimento, nas lebres, porcos-do-mato, chamados *caititus*, antas e macacos que os homens comiam com sofreguidão. Assim, das carnes vermelhas, só comi a de boi, seca e salgada no sol, como se faz por lá e é muito apetitosa; ou a verde fresca, mas assada no *moquém*[3] à moda gentia.

3 *Grelha de paus sobre o lume.*

Além das carnes de peixes escamados e de boi, saboreei ainda um pequeno pato do mato, que chamam de mergulhão, e os *mutuns* e *jacus* que os homens caçavam. Já nos arraiais e fazendas que pousamos, logrei comer algumas vezes frangões e perus criados em quintais, mas isso era ainda raridade em 1702.

É claro que esses meus paladares estranhavam os cozinheiros e os homens da tropa, mas eu desdenhei. Exceto pelo meu senhor e alguns reinóis que o acompanhavam, eu duvidava que alguém pudesse saber que aqueles eram costumes interditados pelo Santo Ofício da Inquisição de Portugal ou que até mesmo soubesse o que vinha a ser um cristão-novo!

Então, sem o que temer e até com bom humor, aguentei a pilhéria daqueles homens rudes, mas que com o passar do tempo foi minguando pela camaradagem que se cria em uma viagem tão esticada.

Embora difícil no início, logo me acostumei à rotina do dia a dia da viagem. Dormíamos quase sempre ao relento, ao redor de fogueiras – onde se cozinhava a comida a moda cigana, sobre tripés de ferro, e se assava carnes e peixes no *moquém* –, e protegidos de animais peçonhentos pelo fogo.

Acordávamos muito antes do alvorecer e fazíamos o desjejum, enquanto os arrieiros e boiadeiros buscavam os animais na campina e os negros ajuntavam a bagagem e as carregações.

Primeiro de tudo, antes mesmo do desjejum, partiam os guias e batedores. Cavalgando montarias descansadas, esses homens assuntavam os caminhos, prontos para retornar a qualquer suspeita de tocaia de *tapuias* ou bandoleiros, o que felizmente não aconteceu naquela viagem.

Após o desjejum, uma escolta guiava os cozinheiros e bestas carregadas com a matula e o farnel do dia até o próximo pouso indicado pelo Gaspar, a tempo de alimpar o terreno, de caçar e recolher mel, palmitos e frutos e de preparar a janta. Pouco depois, já com o dia quase claro, seguia a tropa principal. Fazíamos uma jornada de seis a sete horas, percorrendo até seis léguas todos os dias.

Quando não eram nos ranchos de povoações ou fazendas, os pousos se davam em verdadeiros oásis, chamados de veredas, à beira de ribeiros ou de nascentes próximas aos campos gerais, onde houvesse bom capim para o repasto dos animais.

Então, quase sempre tínhamos água para beber, cozinhar e até para fazer o asseio do corpo, embora nem todos fossem dados a essas limpezas, sobretudo os reinóis que ainda não estavam habituados aos costumes da terra, de se banhar todos os dias, e que temiam as noites de friagem nessas veredas, opostas ao calor da marcha sob sol escaldante.

Assim, afora esses tormentos que enfrentei com os insetos, as comidas e as asperezas do sertão, nada tenho a reclamar da primeira viagem que fiz para as minas pelo caminho da Bahia em 1702. E nem das outras que seguiram.

Hoje, todo viajante sabe que o *caminho novo* da estrada real que Garcia Rodrigues abriu da Cidade do Rio de Janeiro para Vila Rica é bem mais curto e pode ser feito em menos de duas semanas.

Contudo, apenas os mais antigos, como eu, sabem que embora mais longos, os caminhos baienses são muito melhores, tanto por serem quase todos planos e mais cômodos para a marcha das boiadas e das tropas carregadas, quanto pelos descaminhos que as vastidões do sertão oferecem.

Por causa disso tudo é que eu ainda prefiro o caminho da Bahia, ao qual devo também todos os meus bens e cabedais, com a graça de Deus Nosso Senhor...

VIII
PARAÍSO TERRESTRE

Desde que viajei pela primeira vez da Bahia para as minas, encantei-me com as dádivas que o rio São Francisco distribui generosamente por onde passa. Cortando terras secas por centenas de léguas, o *Opara* leva vida aos sertões de dentro e fertiliza tabuleiros às suas margens, aonde os frutos da terra crescem vicejantes. Como que por encanto, até o precioso sal brota dos brejos que o rio abastece.

Natureza abençoada por Deus Nosso Senhor, o São Francisco vai agora juntando todas as capitanias de Norte a Sul, de Leste a Oeste em um só continente brasílico depois da descoberta das minas de ouro.

Creio que, na segunda viagem que fiz com a tropa de Nunes Viana, conheci no Arraial do Sabará um lusitano de nome Pedro de Rates Henequim, que me contou que desembarcara em Olinda, cabeça da Capitania de Pernambuco, e subira para as minas cortando boa parte dos sertões a cavalo e depois navegando pelo *Opara* e pelo rio das Velhas.

Como Pedro de Rates pareceu-me um boquirroto, desconfiei de tão improvável aventura. Mas assuntando depois com pilotos e remadores no porto de Sabará, confirmei que o que ele dissera era a mais pura verdade: de Olinda, muitos viajantes seguem ora a pé enxuto até a embocadura do São Francisco no mar brasílico, ora até o vau de passagem sobre o rio em Juazeiro da Bahia.

Para quem faz o roteiro de viagem pela boca do rio, navega-se umas cinco léguas por ele acima até a Vila de Penedo do São Francisco – uma povoação que os holandeses fortificaram quando reinaram sobre Pernambuco e que, décadas depois, seria uma das pontas de lança da *guerra justa* encomendada ao paulista Domingos Jorge Velho contra o temido quilombo dos *tapanhunos* de Palmares...

Então, do rochedo de Penedo acima se navega o rio de São Francisco por terras hoje civilizadas, onde os jesuítas e franciscanos semearam *missões* de conversão dos gentios à fé católica e colheram fiéis e edificaram capelas e colégios às margens do curso do rio até as cachoeiras de Paulo Afonso.

Porém, gasta-se muito esforço para carregar as pesadas embarcações serra acima, para rodear as temidas cachoeiras aonde as águas do rio-mar se agitam em estrondosas quedas e sumidouros. Por isso, o caminho mais cômodo de Pernambuco para o *Opara* é o de pé enxuto até a passagem de Juazeiro, como fez o lusitano Pedro de Rates, garantiram os pilotos.

Seja como for, de Juazeiro da Bahia – por cujo vau os vaqueiros da Casa da Torre dos Garcia D'Ávila encaminham o gado por longos caminhos que levam aos confins do Piauí e até ao Estado do Maranhão – volta-se a navegar o rio-mar por 240 léguas, pouco mais, pouco menos, até a barra do rio das Velhas, de onde se pode subi-lo em canoas até Sabará.

Segundo os pilotos, o melhor modo de se fazer essa jornada pelas águas é na volta das minas para a Bahia ou Pernambuco, descendo o rio das Velhas e o de São Francisco ao sabor da correnteza e embarcado em ajoulos, que são dois pares de canoas de um tronco só amarradas firmemente com cordas de couro de boi curtido.

Eu mesmo fiz a jornada de Sabará a Matias Cardoso em um *ajoulo* e atesto que oferece melhor segurança e conforto para o viajante, além de ser bem mais rápido, só perdendo do caminho terrestre pela praga das mutucas, zangões e mosquitos no anoitecer à beira do rio.

Além disso, conseguem-se bons lucros com a venda das canoas, tanto no arraial do capitão paulista quanto nos outros portos rio abaixo, pois são escavadas com enxós, à moda dos gentios, em troncos de árvores muito fortes e leves, que não se encontram em qualquer lugar.

— A madeira do tamboril e da peroba das matas de Sabará e de Santa Luzia não tem igual nos sertões da Bahia ou de Pernambuco, sinhô Álvaro. Por isso, os barranqueiros fazem até leilão para comprar as canoas, e eu sempre acabo tendo de voltar a pé enxuto com os meus remadores – dizia resignado João Remirão, um piloto parrudo que conduzia o ajoulo em que eu, Chico Paredes e a nossa escolta viajávamos.

Devoto do Senhor Bom Jesus, o experiente piloto descia o rio das Velhas e depois o de São Francisco quase todos os anos, em romaria até a gruta do Santuário do Voto do Senhor Bom Jesus da Lapa de Nossa Senhora da Soledade, que fica na barra do rio das Rãs, e onde ele vendia as cobiçadas canoas.

Durante a nossa jornada, dia sim, dia não, João Remirão repetia quase que de cor a saga do ourives e pintor que viera de Portugal para trabalhar nas obras da Casa Del-Rei em São Salvador, chamado Francisco de Mendonça Mar, e que descobrira a gruta.

— O bom mecânico, meu sinhô, desentendeu-se com os arrematantes da reforma do palácio e foi preso e espancado sem dó, coitado! Mas um dia se deu a graça divina e, aproveitando do descuido do carcereiro, Francisco conseguiu fugir... Sozinho, o homem caminhou abraçado a uma imagem do Bom Jesus por mais de 200 léguas sertão adentro e encontrou a gruta da lapa, onde fez ermida em invocação ao Seu Nome – ele arengava.

Em São Salvador, interei-me que o Arcebispado da Bahia reconhecera de fato os milagres e curas do ermitão da gruta da lapa, tanto que o oficial mecânico lusitano seria ordenado como seu capelão em 1706. E a cada ano, mais e mais romeiros dos sertões do São Francisco fazem agora peregrinação ao santuário milagroso, para depositar votos, pedindo ou agradecendo ao Senhor Bom Jesus por graças, milagres ou fortunas alcançadas.

Se da foz do rio das Velhas abaixo o *Opara* vai bem conhecido e civilizado hoje, acima dessa barra pouco se sabe sobre o rio. O capataz de Nunes Viana, na fazenda da Tábua, contou-me que já perambulara atrás de bois ariscos por aqueles confins muito acima das corredeiras de *pirapora*, mas não os desvendara e sequer chegara perto das cabeceiras do rio, por serem aqueles ermos ainda desconhecidos e povoados apenas por *tapuias* e feras.

— O que sei é só por assuntar com os gentios... E o que os *tapuias* dizem é que as águas vêm de um grande lago em uma serrania que parece o casco de um tatu canastra, de lá vertendo para formar o *Opara* logo depois do mundão de água passar por um sumidouro... Mas garanto isso não, porque não vi sinhô Álvaro – relatou Gaspar, aguçando ainda mais a minha curiosidade.

Pelas leituras da bíblia e evangelhos cristãos, da "Tanakh", do "Talmude" e da "Cabala" dos judeus, o lusitano Pedro de Rates Henequim afirmava sem pestanejar que o São Francisco é um dos quatro rios bíblicos, que são o Eufrates, o Heidekel, o Gion e o Fison.

De acordo com ele, o Eufrates é o rio da Mesopotâmia,[1] no Oriente, que até hoje carrega o mesmo nome; o Heidekel é o outro rio mesopotâmico, chamado agora de Tigre; e o Gion é um rio que corta a Etiópia no Norte da África...

---

1 *A Mesopotâmia situava-se no território do atual Iraque.*

— Quanto ao rio Fison, no livro "Genesis" está escrito apenas que corre pela rica nação Evilate, mas iluminado por Deus desvendei o inteiro teor da palavra divina escondida nas letras sagradas: trata-se do São Francisco milagroso, que nasce da mesma e única fonte dos rios sagrados, se esconde em sumidouros e abençoa os homens por onde passa com fartura de alimentos e infinitas riquezas em ouro, prata e pedras preciosas – dizia o sábio lusitano, cujos olhos azuis, cabelos lisos cor de ouro e pele alvíssima denunciavam a sua ascendência meio nórdica, de filho bastardo de um diplomata holandês com uma criada portuguesa.

Como já havia lido na "Crônica da Companhia de Jesus" do provincial dos jesuítas Simão de Vasconcelos, que me dispensou dos votos, Pedro de Rates sustentava também que a terra brasílica abrigou o paraíso terrestre perdido, horto de nossos pais Adão e Eva, sendo os gentios da terra os seus descendentes diretos, como atesta a cor da pele avermelhada.

— Acredites, Álvaro! O paraíso terrestre está localizado na América do Sul abaixo da linha equinocial e perpendicular ao lugar em que Deus tem o Seu Trono no Céu. E a prova é que na terra brasílica se encontra tudo o que as "Sagradas Escrituras" dizem ter no paraíso... Aqui se acha a Árvore da Vida, que é a das bananas compridas, e a da Ciência, que é a das bananas curtas – lembro-me dele professar.

Curioso, interroguei-o então se a "Terra sem Males" profetizada pelos *pajés* não poderia ser o paraíso perdido, onde segundo a crença dos *Guaranis* não há guerras, fome ou doenças e todos vivem eternamente felizes. Apesar de reiterar a descendência de Adão dos gentios, ele refutou, sustentando que somente os que desvendam o mistério das letras do abecedário têm o dom da profecia.

— E a língua portuguesa é a mais perfeita de todas, Álvaro. Foi com ela que Deus falou com as pessoas divinas e com seus cortesãos no Céu. Nela está escrito o Livro da Vida e os demais livros que há no Céu – Pedro de Rates explicava, acrescentando que nenhum *pajé* ou profeta *karaí* dominava a língua sagrada.

Mestre do abecedário, o lusitano dizia que as letras são a luz do mundo porque guardam o Verbo Divino e não cansava de protestar contra a corrupção da língua portuguesa pura, cometida pelos mamelucos paulistas com o seu falar rude e misturado às palavras da língua dos gentios.

Convicto, ele afirmava ser o único portador do dom de ler e revelar a palavra divina. Por isso, concluíra que da mesma forma que é a banana, e não a maça, a fruta com a qual Eva fez germinar o pecado original em Adão, o vinho bíblico não é feito da uva, mas da mandioca: nada menos do que o *cauim*[2]...

E teria sido também em folhas de bananeiras e de palmeiras que Adão teria deixado para os homens mensagens escritas em português, ele garantia.

Embora ficasse embevecido pela vastidão de seus conhecimentos, inclusive sobre os sermões e escritas do padre Vieira, que recitava invariavelmente, eu confesso que muitas coisas que o sábio falava me pareciam doidices.

Entre as quais, a de que a chuva é o mijo de Deus; e a mais estranha, a de que a Virgem Maria não apenas concebeu Jesus Cristo virgem, como também não teve sêmen, urina ou menstruação, pois a sua vulva não tinha orifício, como têm as fêmeas...

Encontrei Pedro de Rates pela última vez em Vila Rica há uns dez anos e o lusitano estava ainda mais *lente* de tanto estudar.

---

2 *Bebida alcoólica que se prepara com mandioca cozida e fermentada.*

Segundo concluíra, o Brasil é uma ilha que gira em rodas pelo mar e foi por isso que todas as delícias da terra se salvaram do castigo divino durante o Dilúvio, por terem ficado aqui descobertas, tal e qual ficaram na arca de Noé.

— Em serranias dos sertões do rio São Francisco se revelará o paraíso terrestre escondido e uma cidade de ouro que, como berço da terra prometida, será muito em breve cabeça do Quinto Império do Mundo, que regerá em paz e concórdia todos os cristãos, judeus, luteranos, calvinistas e mouros – ele profetizou na nossa derradeira prosa, anunciando que estava se desfazendo de seus cabedais e que logo embarcaria para o Reino, onde concluiria suas teses e as apresentaria ao rei e ao papa.

Tentei demovê-lo de tão perigosa intenção, mas Pedro de Rates rejeitou, alegando que como profeta escolhido por Deus Nosso Senhor estava imbuído de uma missão maior até do que a de Moisés e jamais poderia se furtar ao desígnio divino.

Lembro-me que comentei com ele sobre o padre Manuel Lopes de Carvalho, ex-vigário da paróquia de Ouro Branco, que também dizia ter sido iluminado por Deus. Discípulo do Padre Vieira na Bahia e grande amigo do *Fuinha*, o vigário deixara a sua paróquia e partira para Lisboa, para denunciar erros da Igreja Católica e para anunciar que Dom João V não só corrigiria tais descaminhos, como em breve seria coroado rei do Quinto Império de Cristo.

Embora convicto de que o advento de um Quinto Império estava mesmo próximo, lembro-me que Pedro de Rates desdenhou das profecias do padre baiense. Segundo ele, a cabeça do império não será na Europa e nem o seu imperador português, mas sim na América brasílica e sob o trono de uma dinastia judia que reinará por mil anos sobre todos os homens, de todas as raças e religiões.

Já estava no Inhaí quando soube que o sábio lusitano partira para Lisboa, mas depois disso nunca mais tive notícias... Há uns três anos meus temores se confirmaram, pelo menos quanto ao padre Manuel Lopes. Sem conseguir sequer avistar o rei Dom João V, ele fora preso pela Inquisição após chegar a Lisboa e finou em um *auto-de-fé* em 1726, por se recusar a abjurar as heresias.

Antes de ser queimado vivo, o padre teve as peles das pontas dos dedos arrancadas, por terem tocado a "Sagrada Forma" da hóstia, morrendo convicto das suas profecias...

Mas seja ou não berço do paraíso terrestre perdido ou cabeça do Quinto Império, basta ver para crer que jamais se achou lugar no mundo com tantas riquezas e tamanhas farturas como na terra brasílica. Riquezas temperadas pela bem-aventurança do tempo e abençoadas por Deus em todos os seus reinos, das plantas e dos animais, e que agora se completam com as do reino mineral, cujos ouro, diamantes e pedras preciosas se catam quase que só com as mãos nos leitos dos cursos d'água...

***

Se a imensidão das riquezas naturais brasílicas assombra os olhares de qualquer um à primeira vista, as do reino mineral estão incrustadas no sertão, a centenas de léguas da costa, e por isso só há uns 40 anos, pouco mais, pouco menos, começaram a ser reveladas por inteiro. Não que faltasse cobiça...

Desde que os espanhóis descobriram a montanha de prata de Potosí[3] em 1545, os portugueses sonhavam com minas de riqueza igual na sua possessão a Leste, em paralelo às do vice-reinado do Peru, como vaticinavam os sábios estudiosos da terra.

3 *As minas de prata foram descobertas no cerro de Potosí, no Alto Peru, hoje território da Bolívia.*

Atrás da Potosí brasílica, a Coroa logo tratou de empreitar *entradas* para o sertão que partiram tanto das capitanias de Porto Seguro, Bahia e Espírito Santo, quanto do Rio de Janeiro e da antiga São Vicente, hoje Capitania de São Paulo.

No Colégio dos Jesuítas encontrei notícias de muitas delas: umas se perderam sem deixar rastros e outras, se não lograram arrancar da terra amostras minerais, pelo menos retornaram espalhando relatos que davam conta de que no sertão haveria aldeias feitas de ouro, serras resplandecentes de esmeraldas, como a *Sabarabuçu*, e uma grande lagoa forrada de gemas preciosas, a *Vapabuçu*...

Entre essas *entradas*, a mais antiga que encontrei estava descrita na correspondência de um jesuíta aos seus superiores na Bahia e em Roma. Como relatava o padre João Aspilcueta Navarro, em 1553 ele fora capelão da *entrada* do castelhano Francisco Bruza Espinhosa que percorrera mais de 350 léguas desde a Capitania de Porto Seguro até o *Opará* e depois aos confins do sertão hoje batizado de Serro Frio.

Segundo escreveu o jesuíta, Francisco Bruza e seus homens margearam a costa acima de Porto Seguro por dez léguas, se deparando com a foz de um rio, que agora sabemos que é o Jequitinhonha, que nasce no Serro Frio. O castelhano resolveu então subi-lo, passando dele para as vertentes de outro grande rio, o São Francisco.

Enfrentando ali privações de toda sorte e ataques de *tapuias*, a *entrada* voltou-se para o Leste e atingiu as cabeceiras do Jequitinhonha, de onde acompanhou as suas águas até a sua boca no mar.

Padre João conta que a *entrada*, armada a mando do primeiro governador-geral Tomé de Souza, apenas retornou à Capitania de Porto Seguro 18 meses depois, sem descobrir as minas cobiçadas pela Coroa, mas com amostras de ouro e pedras preciosas que cambiaram com os gentios, e notícias alvissareiras das riquezas minerais do sertão.

Na biblioteca do colégio, encontrei notícias de outras *entradas* que partiram desse mesmo Porto Seguro onde aportou a frota de Pedro Álvares Cabral. Uma delas, armada por um parente do donatário da capitania, Martins de Carvalho, em 1568, e outra em 1573, organizada por Antônio Dias Adorno – um mameluco neto do afamado Diogo Álvares *Caramuru*, primeiro lusitano a povoar a Bahia.

Ambas não lograram desvelar a Potosí brasílica, mas renovaram as boas novas recolhidas dos gentios que confirmavam que os sertões de dentro eram mesmo ricos em ouro e gemas preciosas.

Entre os manuscritos que li no colégio, o mais completo trazia relatos e *riscos* de um roteiro secreto traçado por outro aparentado de *Caramuru*, o baiense João Coelho, que teria sido o primeiro a descobrir minas quando pelejava nos sertões então desconhecidos do São Francisco.

Antes de finar em São Salvador, João legou o roteiro ao irmão Gabriel Soares de Souza que logo recebeu a patente de capitão-mor para prosseguir na conquista e descobrimento do *Opará* iniciada pelo irmão. Porém, ele sequer chegou perto das minas, pois morreu de *febre palustre* da *carneirada* ao atingir as cabeceiras do rio Paraguaçu.

O roteiro secreto caiu então nas mãos do primo Belchior Dias Moréia, que armou nova *entrada* e conseguiu transpor as cabeceiras do Paraguaçu. De lá, ele chegou às vertentes do rio São Francisco, subindo-o até a barra do rio das Velhas e atingindo as suas cabeceiras, aonde teria encontrado minas de ouro e prata, salitre, diamantes e pedras preciosas.

De acordo com o manuscrito, Belchior Dias retornou a São Salvador apenas oito anos depois, levando tanto amostras das riquezas que minerou quanto centenas de gentios *cativos*. Da Cidade da Bahia, ele embarcou para a Europa na primeira frota, para fazer o *manifesto* da descoberta ao rei da Espanha, Felipe II, que reinava também sobre Portugal, pois eram tempos da união entre as duas coroas.

Pelo que li, o baiense não logrou do rei as *mercês* pretendidas, tanto que ao voltar para Salvador acabou preso, por negar-se a entregar o roteiro ou a revelar o mapa das minas. Desiludido, Belchior Dias recolheu-se à sua fazenda no rio Real da paragem do Sergipe depois de solto, onde morreu em 1619 sem revelar o segredo.

Nunca consegui descobrir como os relatos e *riscos* amaldiçoados de João Coelho e do primo foram parar na biblioteca do colégio. Mas, seja como for, eu os li e copiei e posso atestar que são verdadeiros, de tão perfeita é a descrição que fazem das serranias, caatingas, campos gerais e rios, como pude confirmar quando vim para as minas de ouro pela primeira vez.

Outros manuscritos que li tratavam de *entradas* que partiram da Capitania do Espírito Santo, como as de Sebastião Fernandes Tourinho e de Marcos de Azevedo Coutinho, o velho, um cristão-novo denunciado na primeira visitação do Santo Ofício da Inquisição ao Brasil em 1591.

Seu neto, o moço, assim chamado por carregar o mesmo nome do velho cristão-novo, seguiu o roteiro que herdou, subindo pela costa brasílica, desde a Vila Nova do Espírito Santo até a foz do rio Doce, por onde penetrou o sertão.

Consta que, na partida de amostras de pedras preciosas que Marcos de Azevedo minerou e enviou para Lisboa nos idos de 1660, estariam até os primeiros diamantes encontrados no Brasil. Porém, não posso garantir que isso seja verdade inteira, pois nos manuscritos que li disso não havia lavratura que atestasse...

Da então Capitania de São Vicente, encontrei também notícias de *entradas* ao sertão em busca de riquezas minerais que teriam chegado ao rio das Velhas e ao São Francisco, como a do fundador da Vila de Santos, Brás Cubas, em 1560.

Os paulistas chegaram até mesmo a minerar nas partes do Sul do Brasil, em Jaraguá e em Paranaguá, nos campos de curitiba do termo da hoje Vila de Nossa Senhora da Luz dos Pinhais, mas o ouro de lavagem era de pouca monta e logo eles voltaram ao negócio que lhes trazia maiores rendas, que era o de guerrear com os gentios, para capturar *cativos*.

Como seus patrícios, o próprio Fernão Dias fez suas fazendas e fortunas na Vila de Santana do Parnaíba por meio da guerra e do apresamento de *negros da terra*, e foi por ter acumulado tais cabedais que pode armar a mando do rei Pedro II, pai de Dom João V, a bandeira de 1674 em busca da serra de *Sabarabuçu*.

Como se sabe, ele sofreu toda sorte de dissabores. Além da traição do capitão Matias Cardoso, Fernão Dias enfrentou um motim do filho bastardo José Dias, a quem mandou enforcar, e finou sem encontrar a cobiçada serra das esmeraldas, mas teimando que as turmalinas verdes que minerara eram legítimas esmeraldas.

Apesar disso, a expedição ostentando o brasão da casa de Fernão Dias em sua bandeira e estandartes foi a que acabou fincando roças e pousos e traçando roteiros das vilas serra acima de São Paulo até os confins do sertão dos *Cataguás*, aonde a Potosí brasílica acabou se revelando muito maior do que se imaginava.

E vem daí, portanto, a cantilena dos paulistas de que eles têm o poder e a soberania sobre as minas pelos feitos de Fernão Dias e dos que o sucederam; e que eu escuto desde que aqui pisei pela primeira vez em 1702...

A verdade inteira, porém, é que não foram os paulistas os primeiros a fazerem *manifesto* da existência de ouro no sertão brasílico, como atestam os manuscritos arquivados no colégio na Bahia.

Aliás, eles guardaram o segredo o quanto puderam, tanto que o *manifesto* mais antigo de um paulista que encontrei remonta ao ano de 1693 e foi feito por um natural da Vila de São Francisco das Chagas de Taubaté, um cristão-novo descendente de holandeses de nome Antônio Rodrigues Arzão.

Depois de varar o sertão seguindo os roteiros de Fernão Dias e dos que o sucederam e encontrar pintas de ouro na paragem da Casa da Casca – ou na da Itaverava, como contraditam alguns paulistas –, Antônio Rodrigues desceu moribundo para a Capitania do Espírito Santo, onde manifestou a descoberta ao donatário, entregando-lhe como prova três míseras *oitavas* de ouro antes de morrer.

Mas isso foi apenas em 1693! Como escrevi, muito antes do *manifesto* do cristão-novo de Taubaté, moradores de outras capitanias, como Belchior Dias e Marcos de Azevedo, já haviam manifestado aos reis as riquezas do sertão brasílico – o berço da terra prometida e em breve cabeça do Quinto Império do Mundo, como profetizou o sábio Pedro de Rates.

IX
RASTILHO DE PÓLVORA

No princípio, não havia lei, exceto a de silêncio dos paulistas empenhados em assegurar as riquezas da Potosí brasílica apenas para si. Sob o pretexto de que foram os únicos descobridores e primeiros povoadores do continente das minas no rastro da bandeira de Fernão Dias, eles eriçavam suas cobiças a cada nova lavra de ouro desvelada no leito dos rios, renovando a ordem de silêncio.

Mas o ouro que Deus deu a todos e que se catava com as mãos era tanto que o segredo logo se esvaiu como água pelos dedos e a boa nova da terra prometida correu mundo. Às multidões de moradores de outras capitanias, de aventureiros reinóis e de possessões lusas no Oriente e até de nações estrangeiras que acorriam para as minas, os paulistas reagiam com insolências e armas em punho, até que a notícia chegou aos ouvidos do rei Dom Pedro II.

Informado de que as naus das frotas de São Salvador e do Rio de Janeiro estavam aportando cada vez mais carregadas de ouro em Lisboa, o rei-pai de Dom João V despachou para o Brasil um de seus mais astutos fidalgos, Dom Artur de Sá e Meneses, com a missão de desvendar as origens da riqueza.

Na Cidade de São Sebastião do Rio de Janeiro, o enviado do rei Dom Pedro II logo desvendou o segredo dos paulistas e partiu para São Paulo de Piratininga em 1697, depois de tomar posse do governo da capitania.

Mestre nas artes da barganha, Dom Artur parlamentou com os principais paulistas, convencendo-os a fazer *manifesto* do ouro em troca de concessões de *datas*[1] de lavras e de *sesmarias,* de patentes militares e cargos na administração régia e de *mercês* de fidalguia.

Manuel de Borba Gato, o genro de Fernão Dias acusado de assassinar o emissário real Dom Rodrigo Castelo Branco, por exemplo, foi perdoado pelo novo governador e recebeu a patente de tenente-general pelo *manifesto* do ouro de Sabará.

Além disso, Borba Gato abocanhou larguíssimas *sesmarias,* sendo ainda nomeado superintendente-mor das minas, provedor dos *quintos* e guarda-mor do rio das Velhas, com jurisdição e poderes para confiscar quaisquer contrabandos que se fizessem pelo caminho da Bahia.

Da família do potentado paulista Fernão Dias, outro beneficiado seria o seu filho Garcia Rodrigues, ao qual Dom Artur de Sá concedeu *sesmarias, direitos de passagem*[2] e muitos outros privilégios pela empreitada de abertura do *caminho novo* da Estrada Real do Rio de Janeiro.

Das *mercês* que pleiteou à Coroa, Garcia Rodrigues só não obteve a de cavaleiro da Ordem de Cristo, pois os seus *grossos* cabedais parecem não ter sido suficientes para dobrar os investigadores do *puritati sanguini,* que atestaram a impureza do seu sangue por parte da mãe cristã-nova.

Já pelo *manifesto* do ouro do Ribeirão de Nossa Senhora do Carmo, em torno da qual floresceu a primeira vila das minas, o governador aquinhoou o paulista de Taubaté Sebastião Fernandes

1 *Áreas delimitadas de exploração de ouro ou pedras preciosas.*

2 *Pedágio cobrado de viajantes, mercadorias e animais na travessia de rios ou pontes.*

Furtado de Mendonça com a patente de coronel e o cargo de guarda-mor, concedendo-lhe ainda *datas* de lavras e *sesmarias* que fazem até hoje a riqueza de sua prole.

Em 1700, o governador Arthur de Sá empreendeu a primeira viagem bem-sucedida de um ministro do rei às minas dezoito anos após a trágica jornada de Dom Rodrigo. Fazendo-se acompanhar de um grande exército e numeroso séquito de paulistas, ele chegou às minas pelo *caminho velho* da estrada de São Paulo e Parati e aqui se dedicou a organizar a administração régia durante quase dois anos.

Além de interditar o caminho da Bahia para o transporte de mercadorias que não fosse o gado, o governador nomeou capitães-mores e formou milícias para o policiamento das minas, escolhendo ainda os primeiros superintendentes, ouvidores, procuradores, meirinhos, escrivães, provedores de *quintos* e tesoureiros de *registros* da Real Fazenda.

Embora privilegiasse os paulistas, Dom Artur de Sá beneficiou também alguns forasteiros, entre os quais o potentado fluminense Francisco do Amaral Gurgel, concedendo-lhe o *estanco* da carne para os açougues por cinco anos, e o lusitano José Vaz Pinto, a quem nomeou superintendente das Terras e Águas Minerais.

Quando pisei nas minas pela primeira vez em 1702, o governador acabara de partir para o Rio de Janeiro, pois o seu mandato findava e o rei Dom Pedro II já indicara outro fidalgo para a governança da Capitania do Rio de Janeiro.

Como é de praxe entre os ministros principais do rei no além mar, Dom Arthur de Sá partiria de volta para Portugal com uma fortuna de pelo menos 30 arrobas de ouro, contava-se à boca pequena...

Seja como for, a verdade é que foi ele quem trouxe a lei e verteu sobre as minas as primeiras sementes da administração da Real Fazenda, embora a um custo muito alto, como se veria...

Afinal, a distribuição sem peias aos paulistas de tantas patentes militares, cargos, *datas* e *sesmarias* acabaria por fazer crescer ainda mais a soberba e a cobiça dos corruptores da língua portuguesa divina, como os denominava indignado o sábio Pedro de Rates Henequim.

Prova disso é que em 1705 os paulistas expulsaram o superintendente José Vaz Pinto, a quem acusavam de apadrinhar forasteiros *emboabas*[3] e de tirar vantagens indevidas na distribuição das *datas*. Naquele ano, eles voltaram-se também contra o *estanco* da carne do potentado Amaral Gurgel, despachando procuradores ao governador no Rio de Janeiro para exigir o fim do contrato.

José Vaz de Pinto seria substituído na superintendência, mas Francisco do Amaral Gurgel resistiu. Alcunhado de *Capador de homens* pela sua ferocidade no trato com os inimigos, poderoso e temido nas minas e no Rio de Janeiro, o fluminense não só manteve o *estanco* da carne, como surpreenderia os paulistas em 1706 ao ser nomeado para o cobiçado cargo de capitão-mor dos arraiais de Ouro Preto.

Assim, vendo o senhorio sobre as minas ameaçado, os paulistas cresceram em desaforos e agressões daí em diante; o que culminou na guerra que explodiu no final do ano da era de Nosso Senhor Jesus Cristo de 1708, cujo rastilho começara a queimar lentamente...

Antes da estação de chuvas em 1707, eu estava com o meu senhor Nunes Viana na sua estância no Caeté quando o *Bigode* trouxe a má nova de que um jovem lusitano, estalajadeiro no

3 *Alcunha dada pelos paulistas aos moradores de outras capitanias e portugueses que chegavam às minas atraídos pelo ouro. De origem tupi-guarani, emboaba seria o que pertence a um grupo de agressão, forasteiro invasor.*

Arraial da Ponta do Morro, fora assassinado brutalmente por revidar às ofensas de uns paulistas.

Diante da covardia, os patrícios do moço, moradores da hoje Vila de São José Del-Rei, resolveram fazer justiça com as próprias mãos e deram caça aos assassinos, que se safaram fugindo para as vilas serra acima de São Paulo.

Semanas depois, eu testemunharia as insolências chegarem ao Caeté. Depois da missa de domingo na capela do arraial, lembro-me que reparei apreensivo quando dois paulistas de alto costado, Jerônimo Pedroso e o cunhado Júlio César, abordaram o forasteiro Sebastião de Torres, acusando-o de lhes ter surrupiado uma *clavina*, a arma de fogo que carregava no ombro.

À negativa de roubo, os dois reagiram com impropérios e ameaças maiores, partindo para cima do pobre homem para tomar-lhe a arma à força. Foi então que alertei Nunes Viana e ele imediatamente correu para o adro da capela, inteirando-se da contenda e assegurando aos paulistas que a *clavina* fora comprada pelo Sebastião em São Salvador.

— Que comprou que nada! É minha e foi surrupiada por este ladrão filho de uma puta, como são todos os *emboabas* – reagiu Jerônimo aos gritos.

— Eu estava na Cidade da Bahia e vi com os meus próprios olhos quando o Sebastião comprou a arma! Tu só vais pôr as mãos nela passando por cima do meu cadáver! Ah... E filhos de putas são os paulistas sodomitas da sua laia – esbravejou meu senhor sem se intimidar e empunhando o cabo da espada que trazia na cinta.

— Como ousas? É pra já... – retrucou Jerônimo pondo a mão também no cabo da sua espada, quando então o vigário interveio a tempo de impedir o duelo, lembrando que o adro sagrado da Casa de Deus não era local para tamanho sacrilégio.

Se não seria na capela, que o duelo acontecesse no dia seguinte à primeira luz do dia na praça da cavalhada, bem à vista do povo, propôs Nunes Viana, com o que concordou o insolente Jerônimo.

Com a desforra apalavrada, o tumulto foi desfeito e retornamos para a estância do meu senhor levando o Sebastião. Quando fazia o desjejum na manhã seguinte ouvindo o *Bigode* relatar que as apostas haviam corrido soltas nas tavernas da hoje Vila de Caeté, quase todas a favor da sua espada afamada, o meu senhor foi surpreendido pelas novas de um emissário, informando que o potentado paulista declinara do duelo.

— O senhor Jerônimo deixa o dito pelo não dito e vos manda uma saudação de paz e concórdia, como é dever de um leal súdito do rei e ex-provedor da Real Fazenda – afirmou o emissário com a voz sorumbática.

— Como é que é?... Estava pronto, mas... Pois sim... Aceito a proposta de paz... Pelo bem das minas e de sua majestade, tão somente – respondeu Nunes Viana com a voz embaraçada, logo despachando o emissário.

Passada a surpresa, recordo dele bradando contra os paulistas:

— Gentalha miúda de merda! Além de sodomitas, eles não têm culhões... Jerônimo se cagou de medo do fio da minha espada – meu senhor exclamava contente, esfregando as mãos de satisfação.

No entanto, não se passaram nem duas semanas e eu já estava no Sabará quando o *Bigode* irrompeu na estalagem em que me hospedava, trazendo ordens de Nunes Viana para que eu reunisse os baienses e reinóis do arraial e marchasse para o Caeté, pois ele soubera que os dois paulistas estavam ajuntando a parentalha para atacar a sua estância.

— A coisa ficou feia, sinhô Álvaro. Os filhos do demônio estão ajuntando seus *carijós cativos* e os escravos e vão atacar, avisou um paulista amigo do senhor... Ele ordena que o sinhô acuda rápido – disse o *mandingueiro*, informando que Nunes Viana já estava fortificando a estância com os homens que tinha por lá.

— Ordem dada, ordem cumprida, *Bigode*! Voltas imediatamente para junto do senhor. Digas que marcho amanhã com os homens que reunir. E não serão poucos – eu respondi agitado, concluindo que os paulistas corruptores da língua portuguesa eram também traiçoeiros, além de covardes.

Consegui ajuntar uns 30 cavaleiros armados e seguimos a galope para a estância na alvorada do dia seguinte, percorrendo cinco léguas em pouco mais de três horas! Chegamos ao Caeté bem antes do sol do meio do dia e nos juntamos à multidão de gentes de outros arraiais que também correra em socorro ao meu senhor.

Antes de a noite despencar, a estância já estava fortificada, com os homens armados até os dentes entrincheirados, pois o ataque era iminente, avisara o amigo paulista de Nunes Viana. Porém, a noite passou, o novo dia nasceu e nada dos inimigos...

Impaciente, o meu senhor andava de um lado para o outro praguejando contra eles, quando o *Bigode* chegou, dizendo que o mesmo emissário que trouxera o pedido de paz do Jerônimo desejava falar-lhe.

— Que merda será essa agora? Desarme o sodomita filho de uma puta e traga-o aqui – ordenou Nunes Viana, estufando o peito.

— Antes de tudo, qual a tua graça? – ele perguntou com raiva logo que o emissário apresentou-se.

— João Girão, da casa do senhor Jerônimo. Não dei a graça antes porque Vossa Mercê...

— Trate-me com respeito, moço! Vossa Senhoria! Vossa Senhoria! E sei muito bem que tu és homem da casa do frouxo! Mas o que te trazes aqui novamente?

— Desculpe senhor... Vossa Senhoria... Trago uma saudação de paz, uma proposta de trégua...

— Outra vez? Mais uma trapaça do teu amo? – interrompeu Nunes Viana com raiva.

— Não! Palavra de honra do senhor Jerônimo Pedroso, atestada pelo tenente-general e guarda-mor Manuel de Borba Gato – ele explicou.

— Tens escrito?

— Sim, está aqui – disse João, entregando-lhe um envelope lacrado, que ele me passou para que eu lesse em voz alta.

— Pois sim... Na falta com o apalavrado de boca pelo vosso senhor da outra vez, fio na palavra escrita do velho Borba. Então, aceito a paz... Pelo bem das minas, tão somente... E leves minhas saudações ao tenente-general – ele disse, dispensando o emissário bruscamente.

Embora exultante por mais uma humilhação dos paulistas, o meu senhor manteve a tropa reunida na estância por mais alguns dias e, só quando se sentiu de fato seguro, dispensou os amigos aliados. Precavido, ele ordenou, porém, que daí em diante a sua guarda fosse reforçada dia e noite e, por isso, mandou que eu mantivesse na estância os mais valentes entre os homens que trouxera do Sabará.

Pela aproximação do dia do nascimento do Nosso Senhor Jesus Cristo, os ânimos pareciam ter voltado a serenar, quando de repente mais um lance fortuito quase fez estourar a guerra. Aconteceu que, em um entrevero em uma taverna, um mameluco abusado acabou matando o taverneiro, que era natural do Reino, e fugiu para a casa do régulo paulista José Pardo em busca de proteção.

Imediatamente, os patrícios do infeliz reinol se reuniram em armas e partiram para a morada do régulo, exigindo que o assassino lhes fosse entregue. Como José Pardo se recusou, a turba invadiu a casa e passou no fio da espada tanto o mameluco quanto o próprio régulo.

Na Missa do Galo, Nunes Viana foi alertado de que os paulistas estavam ajuntando forças para vingar José Pardo e passar a ferro os *emboabas*. Segundo o paulista espião do meu senhor, a data escolhida para a vingança fora o dia posterior ao dos reis magos Baltazar, Gaspar e Melchior, que se comemora em seis de janeiro, quando então os forasteiros seriam atacados, mortos ou expulsos do Caeté.

— Foi um erro passar o José Pardo a ferro! Temo que o pior esteja por vir – lembro-me do meu senhor lamentar, ao mesmo tempo em que despachava mensageiros na manhã seguinte, para alertar os principais forasteiros da conspiração.

Assim, o segredo se espalhou pelos arraiais e fazendas e logo os paulistas souberam que os *emboabas* estavam se ajuntado para revidar o ataque marcado para o dia sete de janeiro. Perdendo a vantagem da surpresa, eles então se acovardaram mais uma vez e o confronto não ocorreu.

Março chegou e os homens começaram a voltar para as lavras; o que aliviou os arraiais das gentes que se entregavam aos tumultos e beberagens por não terem o que fazer na estação de chuvas... Como de costume, eu seguiria com a tropa para São Salvador, mas Nunes Viana ordenou que eu ficasse.

— Preciso de todos comigo, Álvaro. Os paulistas se acovardaram, mas são sorrateiros como víboras e estão tramando contra nós. Espera e verás – ele pressagiou, tenho certeza que se fiando nas premonições dos seus *mandingueiros*...

E o fato é que o novo leilão do fornecimento de carne para os açougues reacenderia a ira dos paulistas dias depois. Dono do *estanco* da carne desde o governo de Dom Artur de Sá, o capitão-mor Francisco do Amaral Gurgel resolvera não renová-lo, mas sem perder o negócio...

Para tanto, ele se acercou do sucessor de Dom Artur de Sá, Dom Fernando Martins de Mascarenhas de Lencastre, e conseguiu que o *estanco* fosse concedido ao mercador Salvador Viana da Rocha – um *familiar* da Inquisição, público e notório homem seu e do irmão Bento do Amaral Coutinho.

Como os paulistas ameaçaram se amotinar e temendo que o favorecimento chegasse aos ouvidos do rei, o governador Dom Fernando, que se gabava de só pôr nos negócios das minas amigos seus, acabou recuando e anulou o resultado do certame. Foi então que os paulistas cresceram ainda mais em soberbas que acabaram por enredar o próprio Nunes Viana.

E a guerra estourou...

Era o dia 12 de outubro de 1708, dia de Nossa Senhora Aparecida, quando o meu senhor foi surpreendido pela notícia de um *bando* de Borba Gato anunciado com estardalhaço, a toque de tambores, e afixado na porta das igrejas do Caeté, no qual o guarda-mor lhe dava um dia de prazo para deixar o continente das minas!

Lembro-me como se fosse hoje da sua reação enfurecida:

— O velho filho da puta caducou ou endoidou de vez! Sequer me chamou para parlamentar... Mas ele não tem autorização do rei e muito menos força e armas para me banir das minas. A honra é o que tenho e o que me vale, graças a Deus! Por isso, daqui não tiro os pés – ele berrava, ordenando que eu pegasse a pena e o papel para anotar a carta-resposta que iria ditar.

Na carta, que escrevi às pressas e com os dedos trêmulos, Nunes Viana jurava que sempre trabalhara pela paz nas minas; que Borba Gato não tinha mandado do rei para bani-lo; que os paulistas eram a causa maior de toda a perturbação da paz e da ordem; que a querela com o senhor Jerônimo Pedroso havia sido provocada pelo próprio régulo; e que condenara publicamente a violência contra o potentado José Pardo.

Por fim, ele acrescentava que jamais cumpriria uma famigerada ordem que não viera do rei, tratando Borba Gato apenas por vossa mercê e não por Vossa Senhoria, como é devido respeitosamente aos que ocupam o alto-cargo de guarda-mor e têm patente de tenente-general.

Assim que terminei a redação de várias cópias, o senhor as assinou e ordenou que uma fosse entregue em mãos do próprio Borba Gato no Sabará e as demais afixadas nas portas das igrejas exatamente ao lado do seu *bando*. Ao mesmo tempo, ele mandou mensageiros aos seus aliados, convocando-os para um novo parlamento na estância do Caeté, pois iria resistir em armas se necessário fosse...

Publicada a carta-resposta, Borba Gato não se intimidou e dois dias depois mandou publicar um segundo *bando,* no qual não apenas reiterava a ordem de despejo como também ameaçava confiscar todos os bens e cabedais do meu senhor.

A este *bando,* Nunes Viana reagiu ainda mais enfurecido, despachando uma curta mensagem de desafio ao guarda-mor.

Nem bem o mensageiro partiu, ele se enredou em uma agitação febril, supervisionando atentamente o trabalho dos escravos no reforço das defesas e estacadas da estância, enquanto aguardava a chegada dos principais *emboabas* com suas tropas e escravarias.

— O velho quer me fazer de bode expiatório por tudo de ruim que os paulistas sodomitas fazem nessas minas que Deus deu a todos. Se não fosse pelo meu gado, todos estes filhos da puta teriam morrido de fome há muito tempo – ele vociferava, distribuindo ordens a quem estivesse por perto, como eu.

Embora dia sim dia não eu lhe prestasse contas dos estoques do paiol de armas e munição, Nunes Viana mandou que eu fizesse a contabilidade novamente, ordenando que atualizasse o *livro de razão*. Nem tentei ponderar que o livro estava atualizado e segui apressado para o paiol, onde o *Bigode* e seus homens montavam guarda.

Depois de contar tudo de novo, apresentei-lhe os números do seu arsenal: nada menos do que 400 armas de fogo, entre pistolas, arcabuzes, *clavinas*, espingardas e dois pequenos canhões; e 700 armas brancas, como espadas, facas, chuços, lanças e arcos – cada qual com uma aljava com 20 flechas. Além disso, o *livro de razão* do arsenal registrava 18 barris de pólvora e chumbo para as armas de fogo e seis de óleo e betume para setas incendiárias.

— Um sortido arsenal, mas talvez ainda pouco para a guerra que virá – ele lamentou, fitando-me nos olhos.

— Mas tem ainda as armas e munições dos vossos aliados – eu ponderei.

— Sim! Só o arsenal dos irmãos Amaral é tal e qual o meu e eles muito me devem – Nunes Viana concordou, atribuindo os *bandos* de Borba Gato ao seu apoio ao capitão Francisco do Amaral nas contendas pelo *estanco* da carne.

Hoje, tenho certeza que o seu apoio ao *Capador de homens* não foi causa principal dos *bandos* do guarda-mor e da guerra que se seguiu. Há muito já se tramava contra o senhor baiense, como pude constatar ao escarafunchar documentos guardados na secretaria de governo e deparar com cartas enviadas por Borba Gato a Lisboa, nas quais culpava Nunes Viana por todos os desmandos, contrabandos e demais prejuízos da Real Fazenda nas minas.

Em uma delas, que fora endereçada ao jovem rei Dom João V, recém-entronado em 1707, o tenente-general acusava o seguinte:

"Ele não tem mais exercícios no rio de São Francisco que esperar os comboios da Bahia uma grossa sociedade que tem naquela cidade e tanto que lhe chegam não se contenta com marchar com estes para as Minas, senão convir servindo de capitania aos mais comboios para que nenhum seja tomado do inimigo que nesta conta tem a quem trata da arrecadação da Fazenda de Sua Majestade".

X
A GUERRA DOS EMBOABAS

Do canto do salão da estância de Manuel Nunes Viana no Caeté, assisti com crescente apreensão o desenrolar da assembleia de forasteiros que se passou no dia da Santa Edwiges, 16 de outubro de 1708, três dias após a publicação do segundo *bando* do guarda-mor contra o meu senhor. À medida que eram inteirados da ordem de expulsão e de confisco dos bens, os homens reagiam enfurecidos, fazendo coro que se o meu senhor a obedecesse, ao seu banimento se seguiria o de todos os reinóis e naturais de outras capitanias.

— Depois da degola do xará, o filho da puta do Borba vai querer o pescoço de todos nós. Então, é cortar agora o mal pela raiz! Que venham os paulistas – desafiava Manuel Rodrigues Soares, primo e sócio de Nunes Viana nas lavras do Caeté e o primeiro a atender à sua convocação para o parlamento.

— Nunes Viana é senhor honrado, destemido e leal amigo! Estamos com ele para o que der e vier! Pela força de nossas espadas, as cabeças dos paulistas é que vão rolar – emendava o capitão-mor dos arraiais de Ouro Preto, Francisco do Amaral Gurgel, servindo-se junto com os senhores de generosas doses de água ardente de cana, hidromel e *bagaceira* do Reino e das comedorias que as negras da casa serviam.

Cada potentado que chegava trazia a sua própria tropa de homens armados e escravaria, e lembro-me de ter ficado estarrecido com a multidão de gentes arranchadas no pátio da estância. Uns cuidavam dos animais de montaria, das selas e arreios; outros treinavam para a luta ou conversavam agachados em torno de fogueiras, enquanto afiavam as suas espadas, facas e pontas de flechas, limpavam as espingardas, mosquetes e pistolas e socavam chumbo e pólvora pelas bocas dos canos.

Como muitos senhores ainda estavam a caminho da estância, Nunes Viana retardou o início da assembleia de senhores o quanto pode, até que às sete horas da noite, pouco mais, pouco menos, ele decidiu abri-la, ordenando silêncio. Os homens então se calaram e do meu canto me preparei para anotar as palavras do meu senhor, que transcrevo aqui:

— Senhores! Agradeço a amizade de Vossas Senhorias por mais uma vez terem atendido ao meu apelo, deixando os seus afazeres para estar conosco no Caeté. Mas a hora é mesmo de gravidade extrema! Como todos já estão a par, Borba Gato ordenou o meu desterro das minas. Deu-me prazo de 24 horas para partir. Se não fizer o que ordena, ameaça confiscar os cabedais que amealhei honestamente – ele discursou com a voz grave e solene.

— Convidei os leais amigos porque estou certo de que não passo de um mero bode expiatório. O que está por traz destes *bandos* infames contra mim é que o guarda-mor tem apenas um partido, que é o dos paulistas, para preservar somente para si e para os patrícios as riquezas que afloram desta terra prometida e que Deus Nosso Senhor deu ao rei e a todos os seus súditos. Com o meu desterro, o guarda-mor em seguida afrontará os senhores, pois o seu intento maligno é limpar as minas dos forasteiros. Primeiro a minha cabeça, depois a de cada um dos senhores – ele continuou.

— O velhaco do Borba diz que o regimento do rei dá poderes aos guardas-mores para banir e confiscar, mas não sob mentiras e calúnias, que é o que ele faz contra mim em seus *bandos*. Se eu tenho alguma culpa, é a de vir em socorro dos povos. Se não fossemos nós, naturais da Bahia, de Pernambuco, do Rio de Janeiro ou do Reino, os mineiros teriam sucumbido à miséria e à fome que aqui campearam, como Vossas Senhorias bem sabem. Por duas vezes os paulistas me desafiaram e se acovardaram. Que os frouxos tentem achar nos cafundós dos infernos coragem para me expulsar – Nunes Viana esbravejou, sob aplausos e urras.

— Pela justiça e por minha honra, respondi ao guarda-mor que não me curvarei à ordem pérfida sem luta! As 24 horas já se passaram e eu permaneço aqui! Quero saber se os senhores estão comigo? – ele perguntou.

Francisco do Amaral foi o primeiro a parlamentar, lembrando que, desde que vencera o certame do *estanco* da carne nos tempos de Dom Artur de Sá, os paulistas se insurgiam contra ele.

No novo leilão ocorrido naquele ano, ele contou que humildemente decidira não oferecer lance em prol da paz nas minas, mas mesmo assim os paulistas se alevantaram contra o vencedor, obrigando o governador Dom Fernando Lencastre a anular o resultado.

— Foi um leilão justo, mas a gula dos paulistas não tem limites! Não querem apenas as melhores *datas* de lavras, mas todo o comércio, *estancos,* terras e riquezas das minas. Não! Nós não vamos permitir! É hora de reagir à soberba e violências dessas gentes sem lei. Por isso, eu e o meu irmão Bento Amaral estamos aqui para jurar lealdade ao senhor Manuel Nunes Viana, com quem repartimos o comando de nossos homens, todas as nossas armas e munições – declarou o capitão, arrancando aplausos da assembleia.

À fala do *Capador de homens,* seguiram-se as do seu sócio, o frei conselheiro Francisco de Meneses, do rico minerador Pascoal da Silva Guimarães, do primo Manuel Rodrigues Soares e do capitão Manuel da Silva Rios, entre outros *emboabas,* todas em solidariedade ao meu senhor.

Não anotei, mas me lembro da fala do frei Chico quase que palavra por palavra:

— Senhores! Recorramos às palavras de Deus para que Ele nos ilumine neste momento de perturbações e tumultos... E Deus Nosso Senhor disse: façamos o homem à nossa imagem, conforme a nossa semelhança. Somos seus filhos e a terra criada por Ele pertence a todos – ensinou o padre conselheiro, citando o livro "Gênesis".

— Como homem de fé, o senhor Manuel bem lembrou que o Criador abençoou o Reino de Portugal com as minas de ouro do sertão do continente brasílico. Portanto, a obra de Deus é de todos os seus filhos e o que se clama é que a justiça do rei prevaleça sobre esses ímpios paulistas que afrontam a Palavra Divina – frei Chico arrematou, para delírio dos homens.

Seguiram-se outras palavras de apoio ao meu senhor e assim pactuada a resistência e o seu comando, os principais passaram a debater o melhor caminho a seguir, se entrincheirar na estância no Caeté e aguardar os paulistas ou se tomar a dianteira e atacá-los.

Entre os quase 30 potentados presentes, alguns mais cautelosos sustentaram que o melhor era aguardar a reação do Borba, mas acabou prevalecendo o juízo de Nunes Viana, para quem o mais importante era surpreender os paulistas antes que tivessem tempo de concentrar suas tropas nos arraiais do Sabará, do Ribeirão do Carmo e do rio das Mortes, onde eram mais fortes.

— Temos de atacar a víbora o quanto antes e no seu próprio ninho – justificou o meu senhor, referindo-se a Sabará, de onde o guarda-mor reinava.

Então, o agora comandante-geral Nunes Viana expôs o seu plano de ataque ao Arraial do Borba, que relato aqui. Na noite do dia seguinte, *Bigode* partiria para Sabará com uma legião de *tapanhunos* e índios flecheiros que atravessaria a vau o rio das Velhas ao Sul do arraial, posicionando-se furtivamente no seu flanco.

Na madrugada, o grosso do exército *emboaba* seguiria pela estrada principal, desviando-se por uma trilha pouco conhecida, para atravessar o rio ao Norte. Quando o exército estivesse tocaiado a um tiro de mosquete do arraial, ele sinalizaria à legião de flecheiros para despejar as setas incendiárias sobre as choças.

— Ao tentar se safar do fogo sobre as casas, os paulistas se tornarão presas fáceis para a nossa artilharia, com a cavalaria levando depois o pânico e a infantaria completando o serviço no corpo-a-corpo com os inimigos – Nunes Viana previu.

— Mas e os nossos camaradas reinóis e baienses moradores do arraial? – perguntou frei Chico com preocupação.

— Estarão a salvo! O Álvaro conhece todos eles e seguirá para lá amanhã no fim da tarde com alguns sabarenses que estão aqui. Vai dar tempo de preveni-los – ele respondeu, pegando-me de surpresa.

Apesar do espanto, estava excitado por servir pela primeira vez em uma guerra e logo esqueci o medo, acompanhando atentamente as conversas sobre a execução do plano. As tropas particulares de todos senhores eram bem treinadas, mas nunca haviam lutado juntas e teriam de aprender na própria luta, advertiu Bento do Amaral Gurgel, propondo a formação do exército *emboaba* ao modo europeu: a infantaria em linha ao centro, dividida em pelotões, e a cavalaria em cada ala.

Pela ordem de ataque, primeiro as flechas incendiárias e depois o fogo dos mosquetes e espingardas da artilharia, seguidos pela carga da cavalaria, e por fim pela força dos sabres-baioneta e das espadas da infantaria, ele continuou. Para cada ala da cavalaria escolheu-se então um chefe, bem como para cada pelotão da infantaria, devendo todos responder ao comando supremo de Nunes Viana.

Como as negras continuavam a servir água ardente à vontade, os homens se embebedavam cada vez mais e logo o parlamento foi se desfazendo em pequenos grupos, todos falando ao mesmo tempo, até que o meu senhor resolveu encerrá-lo, com a bênção do frei Chico.

A partir daí, a valentia eufórica tomou conta do salão, cada qual enumerando quantos paulistas pretendia matar... Então, eu pedi licença ao meu senhor para me retirar, pois tinha muito a anotar e a fazer antes de rumar para Sabará.

O dia amanheceu claro, vendo-se nuvens cinzentas e pesadas escondendo as grimpas da serra de *Sabarabuçu*. Como estávamos no início da estação de chuvas, temi que o aguaceiro despencasse, mas o *Bigode* me tranquilizou, garantindo que não havia sinal de temporais.

— Vai cair uma chuvinha, sinhô Álvaro, mas nada de aguaceiro que embarace o trabalho dos meus flecheiros – previu o *mandingueiro* enquanto caminhávamos para o paiol, onde eu conferiria novamente o *livro de razão* antes que os homens recebessem o reforço de armas e munições do arsenal de Nunes Viana.

De fato, caiu uma garoa que logo passou; tanto que os matos já estavam secos quando iniciei a caminhada para o Arraial do Borba no final da tarde com cinco camaradas e um guia. Como havia notícias de paulistas também se dirigindo para Sabará, evitamos a estrada principal e seguimos por uma picada sinuosa conhecida pelo guia, atravessando o rio das Velhas em uma canoa.

Por causa disso, só chegamos tarde da noite no arraial, mas a tempo de alertar os forasteiros. Depois, nos escondemos na serra de São Francisco, de onde aguardaríamos o começo da peleja.

Mal preguei os olhos naquela noite e quando o dia começou a nascer pude ver de cima da serra a fileira de flecheiros sentados, apontando os arcos para cima com os pés e retesando as cordas com as mãos. *Bigode* e mais dois homens corriam pela fileira, acendendo com tochas as pontas das flechas enroladas em estopas embebidas em betume.

De repente, vi o céu riscado pelas setas incendiárias! Nunes Viana dera o sinal e a guerra explodiu...

Quando os telhados de folhas de palmeiras começaram a arder em chamas, mais e mais homens deixavam suas choças correndo sem direção, tornando-se de fato presa fácil da artilharia do exército *emboaba* e das setas da legião de flecheiros, como o meu senhor previra. Rapidamente, quase todo arraial ardia em chamas, sendo os paulistas abatidos pelos tiros e em seguida pela densa carga da cavalaria.

Desci do morro correndo atrás dos meus camaradas que gritavam "*morte aos paulistas*" com as espadas em riste e ao chegar ao arraial estarreci com o caos da matança. Em meio à fumaça e às cinzas, aos corpos e ao sangue que escorria pelas vielas imundas, vi homens digladiando até a morte, enquanto outros fugiam para os matos ou se lançavam nas águas do rio das Velhas.

Foi uma luta breve, uma carnificina... Caminhando até a praça em frente ao porto, contei pelo menos 20 mortos e dezenas de feridos, observando que muitos paulistas estavam se rendendo e entregando as armas...

Ensandecidos pelo calor da batalha, os irmãos Amaral e o régulo Pascoal Guimarães berravam, porém, que iriam passar a ferro todos os paulistas; o que obrigou Nunes Viana a interceder para impedir a degola.

Magnânimo, o comandante-geral gritou que concederia liberdade aos paulistas que se rendessem, desde que partissem imediatamente para as vilas serra acima e que revelassem o destino do guarda-mor Borba Gato, que não fora visto entre os feridos ou mortos.

— O sinhô guarda-mor não está no Sabará... Partiu ontem... – sussurrou um dos paulistas.

— Como é que é? Tu tens certeza? Partiu pra onde filho de uma puta? – intrometeu-se Bento do Amaral, encostando o lume da espada no pescoço do pobre homem.

— Vi com os meus próprios olhos, sim, sinhô... Foi em busca de socorro... – respondeu o paulista com a voz trêmula.

— Mas para onde desgraçado? – insistiu Bento do Amaral, que também era alcunhado de *Capador de homens* como o irmão.

— Pro Arraial de Ribeirão do Carmo... – ele afirmou ainda mais atemorizado.

— Falas a verdade, filho de uma puta – Bento do Amaral duvidou, apertando a espada no pescoço do homem até escorrer um filete de sangue.

— Juro por Nosso Senhor Jesus Cristo – exclamou o paulista, urinando pelas calças e fazendo o sinal da cruz.

Apesar da desconfiança do *Capador de homens,* o meu senhor deu-se por satisfeito com o juramento do paulista, ordenando que ele recolhesse a espada.

— O velho se acovardou, mas queimamos o seu primeiro ninho! Agora, vamos atrás dele onde estiver... Em Ribeirão do Carmo, em Ouro Preto, no Rio das Mortes, na puta que o pariu ou nos quintos dos infernos – berrou Nunes Viana.

— Enterrem os vossos patrícios e partam já! Desapareçam! E lembrem-se: cortaremos culhões e pescoços se os encontrarmos – ele esbravejou aos paulistas, que debandaram em correria esquecendo seus mortos.

Enquanto os homens vasculhavam os escombros das choças incendiadas e saqueavam ouro, joias, armas e qualquer objeto de valor, a legião do *Bigode* abria as valas onde os corpos seriam lançados depois de encomendados a Deus pelo padre Francisco de Meneses.

No final da tarde, todos estavam exaustos e o comandante ordenou que arranchássemos, mas sem comemorar, pois o exército partiria ao alvorecer.

Então, sob o sol inclemente de um estranho veranico, os *emboabas* marcharam na manhã seguinte, recebendo estrada afora novas levas de forasteiros, todos animados pela estrondosa vitória no Sabará.

Sem qualquer resistência, o grande exército cruzou os arraiais do Raposo, do Santo Antônio e do rio das Pedras, mas quando chegou ao povoado do Tijuco os batedores trouxeram a má nova de que uns três mil paulistas estavam à espera no Arraial da Cachoeira do Campo!

Não bastasse terem fortificado o arraial, os batedores informaram também que eles haviam abatido os matos do entorno da estrada que margeia as corredeiras do ribeirão da cachoeira. Único acesso ao arraial, a picada desmatada colocava os *emboabas* em franca desvantagem, na mira dos tiros e das flechas dos paulistas entrincheirados na crista do morro.

Diante da armadilha, Nunes Viana ordenou que o exército arranchasse no Tijuco e convocou os principais para deliberar sobre o que fazer. Recordo que foi uma assembleia carregada, mas que, afinal, pariu um plano militar ardiloso: o capitão Francisco do Amaral e Pascoal Guimarães seguiriam às escondidas para Ouro Preto contornando Cachoeira do Campo, onde arregimentariam os forasteiros para atacar os paulistas pelo flanco.

Iniciadas as escaramuças na picada, os paulistas seriam então surpreendidos pelo ataque dos forasteiros arregimentados em Ouro Preto pelo *Capador de homens*...

Como no Sabará, acompanhei o desenrolar da batalha de Cachoeira do Campo ao longe. Era o dia quatro de dezembro de 1708, dia de Santa Bárbara, e o grande exército começou a marcha até o sopé da picada no início da tarde.

Quando o sol começou a se pôr no horizonte, o comandante-geral destacou a legião de flecheiros chefiada pelo *Bigode* para abrir a peleja, iluminando a subida do morro com chuvas de setas incendiárias. Imediatamente, os paulistas revidaram com saraivadas de tiros, mas Nunes Viana não permitiu qualquer recuo dos flecheiros, obrigando a que avançassem pela picada sinuosa, empurrados pela infantaria.

E a luta foi renhida! Pisando sobre os corpos dos combatentes da vanguarda que eram trucidados como moscas, o exército *emboaba* avançava lentamente e tive certeza do desastre!

Mas quando a batalha parecia perdida, de repente as cargas de tiros de cima do morro amainaram e ouvi a gritaria dos nossos homens. Os paulistas estavam agora sob fogo cruzado! Francisco do Amaral e Pascoal Guimarães haviam chegado e os atacavam sem piedade!

Vendo a sorte mudar, os *emboabas* ganharam novo ânimo, com o meu senhor forçando ainda mais a subida do grosso da infantaria, enquanto a cavalaria aguardava o sinal para o assalto final ao arraial, que só aconteceria na manhã seguinte.

Quando subi o morro e cheguei à praça conquistada, o capitão Manuel da Silva Rios, que comandara o assalto da cavalaria, estava recolhendo os paulistas feridos ou que se rendiam lançando as armas ao chão e levantando os braços.

Em Cachoeira do Campo, não fora uma matança como no Sabará, pois os inimigos estavam prevenidos e boa parte do seu exército conseguira fugir. Observei também que as suas baixas foram menores do que as dos *emboabas*, cuja legião de flecheiros fora praticamente dizimada, para tristeza do *Bigode*.

Apesar disso, foi uma segunda vitória acachapante e o meu senhor portou-se mais uma vez com clemência. Depois de confabular com o capitão Manuel da Silva, frei Chico, os irmãos Amaral e os principais, ele anunciou aos prisioneiros que lhes daria a liberdade, desde que partissem para São Paulo e jamais retornassem às minas; o que todos juraram, ajoelhando-se em frente ao comandante.

Depois da debandada dos paulistas, começou a faina em busca de ouro e joias escondidas nas casas. E o butim do saque valeu à pena! Ao final dia, eu já havia pesado quase meia arroba de ouro devida apenas ao meu senhor, por ser comandante supremo do exército e seu principal fiador.

Naquele dia cheio de boas surpresas, a maior estava reservada para a assembleia dos principais *emboabas* à noite. Embora exausto, mais uma vez eu estava em meu canto preparado para registrar as palavras do meu senhor, quando ouvi frei Chico o anunciar e abençoar como governador das minas!

Pensei não ter escutado bem, até que o salão explodiu em palmas e vivas ao governador e corregedor das injustiças Manuel Nunes Viana. E então ele pediu silêncio e falou:

— Senhores, camaradas e leais amigos! Estamos vencendo a guerra porque estamos unidos e marchamos juntos para reparar as injustiças e violências dos paulistas. Com a astúcia e a coragem que Deus nos deu, consagramos vitórias que não terminam com a guerra e só serão completas se a justiça de Sua Majestade reinar para todos. Por isso, é com muito orgulho e humildade que aceito a nobre incumbência de servir a Deus, ao rei e aos senhores!

Assim, o comandante-geral do exército tornava-se governador-geral de todas as minas por aclamação dos *emboabas*, sendo consagrado no dia seguinte pelo frei Francisco Meneses em ofício celebrado na capela de Nossa Senhora de Nazaré de Cachoeira do Campo, hoje igreja matriz do arraial.

Acompanhado pelos principais, o meu senhor chegou à praça apinhada de gente sob os acordes dos trombeteiros e tocadores de caixas, sendo aclamado como protetor maior dos forasteiros e acolhedor dos desvalidos e injustiçados com vivas e urras.

Naquele dia solene, ele trajava a sua mais nobre vestimenta: calça e casaco de veludo da Itália de cor azul ferrete, jaqueta de seda e camisa branca de linho da Irlanda. Sobre os ombros destacava-se um belo manto escarlate, que lhe dava o porte soberano, e na mão direita, o bastão símbolo de todas as suas conquistas no rio de São Francisco.

Caminhando com altivez em meio à plebe, o governador acenava a todos enquanto se dirigia para o templo onde frei Chico o aguardava trajando um hábito eclesiástico impecável. Mas foi uma cerimônia singela e rápida. Ajoelhado diante do altar, Nunes Viana jurou solenemente obedecer às leis de Deus e de sua majestade Dom João V e foi então consagrado.

Era manhã do dia 6 de dezembro de 1708, dia de São Nicolau, e após a bela cerimônia, o primeiro governador-geral das minas retornou à praça para o beija-mão.

XI
O GOVERNO DO MEU SENHOR

Apesar das batalhas perdidas no Sabará e em Cachoeira do Campo, os paulistas não estavam derrotados. Tanto do Ribeirão do Carmo quanto do Rio das Mortes, os espiões mandavam notícias da intensa movimentação dos inimigos.

Assim, logo após instalar o governo de minas em grande triunfo em Ouro Preto, onde o capitão-mor Francisco do Amaral providenciara uma retumbante recepção, o primeiro governador Manuel Nunes Viana decidiu dividir o seu exército, para dar-lhes combate nos seus dois últimos ninhos.

Para o Ribeirão do Carmo, o governador marchou à frente de um batalhão *emboaba*, animado com a expectativa de capturar o guarda-mor Borba Gato. Já para o assalto aos paulistas entrincheirados nos arraiais do Rio das Mortes, seguiu outro batalhão, sob o comando de Bento do Amaral Coutinho.

Alçado a posto de secretário particular, fiquei na hoje Vila Rica a serviço de Nunes Viana e o que sei das batalhas do Ribeirão do Carmo e do Rio das Mortes é por ouvir dizer.

Segundo os relatos, os paulistas não apenas debocharam das ordens de submissão enviadas pelo meu senhor, como deram intenso combate ao seu batalhão, surpreendendo-o em emboscadas e escaramuças ao modo das guerras brasílicas dos gentios, de atacar furtivamente por traz e pelas bandas e depois desaparecer nos matos.

Nunes Viana retornou a Ouro Preto praguejando contra as chuvas e a frouxidão dos homens na peleja contra o inimigo, mas nunca admitiu sequer falar em derrota nas batalhas do Ribeirão do Carmo. Contudo, o fato que testemunho é que os homens retornaram combalidos, sem nenhum saque ou troféu a exibir, e sequer trouxeram notícias do paradeiro do velho Borba.

Melhor resultado teve o *Capador de homens* no Rio das Mortes. Prevendo as emboscadas paulistas, Bento do Amaral antecedeu o seu batalhão de quase mil *emboabas* por uma vanguarda de experientes índios batedores que a cinco léguas do arraial cabeça do Rio das Mortes, o do Morro, farejou uma legião inimiga escondida na mata.

Dispondo sorrateiramente os seus homens no entorno do capão, Bento do Amaral foi espremendo o cerco durante dois dias sem tréguas. Assim, exaustos e sem ter mais como resistir, os sitiados teriam levantado a bandeira branca e prometido depor as armas e se render, em troca da liberdade para partir para São Paulo; o que teria sido aceito pelo comandante.

De acordo com os relatos, os 80 paulistas que se renderam foram levados agrilhoados à presença de Bento do Amaral, mas ele teria desonrado a palavra juramentada. Impiedosamente, o próprio *Capador de homens* degolou boa parte dos prisioneiros e a matança continuou pelas espadas e facas de seus homens, até que não sobrasse nenhum paulista vivo!

Hoje apelidado de "Capão da Traição", o massacre atemorizou os moradores do Rio das Mortes, tanto que quando o batalhão *emboaba* entrou no Arraial do Morro, agora Vila de São João Del Rei, não havia sequer uma alma viva na praça. Os paulistas haviam fugido para as vilas serra acima e os patrícios forasteiros para os matos...

Em Ouro Preto, a notícia do "Capão da Traição" chegou também antes de Bento do Amaral. Informado do massacre, o governador encolerizou-se e proibiu qualquer comemoração pela vitória.

— Não quero saber de ninguém festejando a vitória do Bento! Onde já se viu aceitar a rendição dos inimigos em troca da liberdade deles, e depois passar a ferros os coitados que depuseram as armas? Nunca vi tamanha afronta aos bons costumes da guerra, de suspender a matança quando os inimigos se rendem. Nem os *tapuias* fazem isso nas suas guerras – o meu senhor esbravejava possesso, mandando que eu encontrasse o irmão do comandante, o que fiz sem perda de tempo.

Como o governador ordenara, não houve triunfo quando Bento do Amaral chegou a hoje Vila Rica. Apenas um mensageiro o aguardava na entrada do arraial com a ordem para que se apresentasse imediatamente ao governador.

Na sede improvisada do governo *emboaba*, lembro-me que o comandante adentrou ressabiado, sendo recebido por Nunes Viana, pelo irmão-capitão Francisco do Amaral Gurgel e pelo frei Francisco de Meneses.

Como secretário, acompanhei a reunião, temendo pelo pior:

— A honra de um homem está na palavra, sobretudo quando comanda um exército! Ao comandante cabe zelar pelos bons costumes da guerra e o senhor pôs a nossa honra e a nossa guerra a perder, ao quebrar o apalavrado e degolar os que se renderam – acusou o meu senhor de chofre, mal o cumprimentando.

— O quê?... Mas, senhor governador... Não quebrei palavra nenhuma! Os covardes não se renderam, foram rendidos pela força de minhas armas. E era gente tão fera quanto bárbara, que não tinha outro ofício mais do que matar e tirar fazendas alheias – Bento do Amaral justificou surpreso, virando-se para o irmão em busca de apoio.

— Sabemos da barbaridade dos paulistas, Bento... Mas o governador está certo! Da forma que a coisa se sucedeu, o nosso partido é que perde a razão perante os ministros do rei – ponderou Francisco do Amaral.

— Mas na guerra o que conta é vencer! Aliás, os paulistas teriam feito pior! Muitos dos que juraram nunca mais pegar em armas contra nós em Sabará e Cachoeira do Campo – e o senhor os libertou – estavam na tocaia do capão! Eles é que não honraram o apalavrado – retrucou o comandante, encarando Nunes Viana.

— Sim, mas isso não dá razão ao vosso castigo impiedoso e sanguinário – ele respondeu.

— Senhores, o que está feito, feito está... Governador... Se me permite, o que temos de fazer agora é matutar sobre como reparar o erro já cometido – intrometeu-se frei Chico, tentando esfriar os ânimos.

Embora o padre tivesse razão, a reunião continuou carregada e, mesmo sem apoio do irmão, Bento do Amaral não dava o braço a torcer. Irritado, o meu senhor ordenou então que ele escrevesse um relatório da campanha do Rio das Mortes, detalhando todos os crimes e barbaridades dos paulistas e justificando os seus atos, sobretudo no "Capão da Traição".

Em seguida, ele dispensou-o rudemente, afirmando que daria a palavra final só após a leitura do relatório.

Seja como for, a verdade é que a notícia da carnificina correu como água morro abaixo. Quando os paulistas que se safaram do massacre chegaram às vilas serra acima, as suas mulheres os receberam em desespero e aos gritos de covardes e frouxos, exigindo que retornassem às minas para vingar os mortos, relatavam os viajantes.

Estávamos no segundo mês do ano de Nosso Senhor Jesus Cristo de 1709 e as notícias que chegaram do Rio de Janeiro eram também alarmantes: o governador Fernando de Lencastre teria se indignado tanto com o massacre no Rio das Mortes que reunira a junta da capitania com a presença de ninguém menos do que o guarda-mor Borba Gato!

Segundo os viajantes, nas tavernas da cidade só se falava dos preparativos da viagem do governador em março, à frente de um poderoso exército, para restaurar a lei e a ordem nas minas.

Mas se à ameaça de retorno dos paulistas o meu senhor reagiu com desdém, o mesmo não aconteceu com as más novas do Rio de Janeiro:

— Como pode o filho da puta do Borba ter sovertido aqui e aparecido na Cidade do Rio de Janeiro do nada? Como pode a junta do governo deliberar que Dom Fernando venha ao sertão se o Regimento das Minas proíbe que o governador o faça sem ordens diretas do rei? E o que vale essa merda de amizade que o capitão Francisco do Amaral diz ter com Dom Fernando? – ele perguntava inconformado, ordenando ao *Bigode* que reunisse os *mandingueiros* para ajudá-lo a encontrar respostas.

— Bom presságio não é, Álvaro – Nunes Viana lamentou e eu concordei.

Embora mal conseguisse disfarçar a apreensão, o meu senhor continuou agindo como se nada ameaçasse o seu governo. Como o fim da estação de chuvas se aproximava, ele iniciou os preparativos necessários para a retomada da mineração, nomeando homens de sua confiança para cargos da administração das minas e cobrança dos *quintos* do rei.

Preocupou-se também com a paz e segurança dos mineiros, proibindo que paulistas suspeitos entrassem nos arraiais à noite; e, de dia, apenas desarmados e acompanhados por dois criados.

No início de março, Dom Fernando Lencastre começaria a viagem para as minas, sendo Nunes Viana municiado de informações sobre a sua jornada pela rede de espiões que distribuíra ao longo do *caminho novo* da estrada pública do Rio de Janeiro.

Anunciado nos arraiais por uma banda completa de trombeteiros e tocadores de tambores, o governador viajava com toda pompa à frente de um séquito de pajens e criados e de quatro companhias com cem milicianos pagos cada uma, mas muito vagarosamente...

Gastando um mês para percorrer um trecho que se faz em menos de dez dias, Dom Fernando chegou ao Arraial do Morro apenas nos primeiros dias de abril, aonde foi recebido com todas as honras, salvas de tiros e repiques de sinos.

Segundo os espiões, os festejos pela chegada do ilustre ministro do rei se desdobraram por três dias em memoráveis saraus, banquetes e bailes, sendo as casas e templos adornados pelas luminárias acesas à noite.

Quem providenciara a festiva recepção ao governador na Vila de São João Del Rei foi o régulo Ambrósio Caldeira Brant, um paulista de alto costado que pouco dera as caras na guerra dos seus patrícios contra os *emboabas*.

Hóspede do potentado, Dom Fernando não deixou por menos e retribuiu os mimos concedendo-lhe a patente de sargento-mor; o que revelava o seu verdadeiro partido, o dos paulistas, para decepção do capitão Francisco do Amaral Gurgel.

Estranhamente, o governador demorou-se no Morro por quase um mês, até que em fins de abril começaram a pipocar notícias de que reiniciara a marcha para Ouro Preto. Para alívio do meu senhor, que perdera noites de sono temendo que a demora de Dom Fernando devia-se à espera do exército que se armava em São Paulo, ele marchava à frente de uns poucos paulistas, de seus pajens e das mesmas quatro companhias com que partira do Rio de Janeiro.

Nos arraiais de Ouro Preto, porém, a chegada iminente do governador provocou pânico. Segundo se dizia a boca pequena, os milicianos fortemente armados traziam também instrumentos para castigar e punir os *emboabas*: algemas e correntes de ferro com *gargalheiras*, com as quais os rebeldes seriam conduzidos encoleirados como escravos para o Rio de Janeiro.

Com astúcia, Nunes Viana ajudou a espalhar o boato e antecipou-se à marcha de Dom Fernando. Em três dias, reuniu um exército de mais de mil homens e seguiu para o rodeio de Itatiaia – uma passagem que fica a cinco léguas de Ouro Preto e que, como o nome diz, rodeia a escarpada serra que é também conhecida como do Ouro Branco.

No rodeio, ele organizou o exército em linha de batalha e aguardou...

Era o dia 6 de maio, dia de Santa Benedita de Roma, e na manhã que nascia por entre as nuvens que cobriam a imponente serra, o meu senhor foi informado por seus batedores de que as quatro companhias já haviam levantado acampamento e chegariam em breve ao Itatiaia. Imediatamente, ele e os principais ordenaram a disposição do exército em formação de batalha, em uma longa linha da infantaria ao centro com a cavalaria distribuída de cada lado.

Quando o sol já brilhava e Nunes Viana avistou a vanguarda inimiga, ele empinou o corpo sobre o cavalo e ordenou que os tocadores de caixa zoassem os seus instrumentos com toda força. E aos sons dos tambores que ecoavam na serra, logo se misturaram gritos de guerra dos homens, de "*morte aos paulistas e a Dom Fernando Lecanstre*"!

Sobre um outeiro na retaguarda do exército, orgulhei-me da supremacia *emboaba* ao ver as companhias inimigas estacarem de repente. Com firmeza, o meu senhor conteve a comemoração antecipada do seu exército, ordenando que primeiro se aguardasse a reação de Dom Fernando.

E ela foi inusitada!

Com a bandeira branca hasteada, seis homens do governador cavalgaram lentamente até a linha de frente do exército, solicitando audiência com o seu comandante supremo. Do outeiro, Nunes Viana os convocou à sua presença.

— Senhor... Quem vos fala é o capitão de milícias Antônio Rebouças e venho em missão de paz, em nome do mui honrado ministro de Sua Majestade e rei Dom João V, o fidalgo da Casa Real, cavaleiro da Ordem de Cristo, governador e capitão-general da Capitania do Rio de Janeiro do Estado do Brasil, Dom Fernando Martins de Mascarenhas Lencastre, que vos saúda com os mais sinceros cumprimentos... – ele falou respeitosamente.

— Missão de paz? Pois sim, não é o que os povos ventilam... Mas qual é a mensagem que tu trazes? – o meu senhor perguntou rispidamente.

— O governador deseja parlamentar com Vossa Senhoria – o capitão respondeu sem titubear, acrescentando que Dom Fernando pedia que o encontro fosse acompanhado por dois testemunhos de cada lado.

Surpreso, Nunes Viana hesitou, até que foi instigado a concordar, atendendo aos sinais do capitão Francisco do Amaral. Então, ele despachou os emissários com um gesto brusco, depois de apalavrar o parlamento com o governador para o campo aberto entre os dois exércitos, quando o sol chegasse ao pino.

Apesar de ser o seu secretário particular, ele nunca revelou por inteiro o que se passou naquele misterioso encontro com Dom Fernando no rodeio de Itatiaia, tampouco comentaram, pelo menos comigo, as duas testemunhas que o acompanharam, os irmãos Amaral.

Às minhas indagações, Nunes Viana repetia que apenas afiançara ao governador que nunca quisera a guerra, mas apenas um ministério justo do rei nas minas, para conter a soberba e a violência dos paulistas... E que fora ao rodeio a contragosto, pela vontade dos povos que temiam os castigos que diziam que Dom Fernando trazia...

Sendo como ele afirmava, qual razão teria o governador para deixar o parlamento pouco menos de uma hora após o seu início, desabalando em carreira para o Rio de Janeiro com os seus 400 milicianos armados até os dentes? Conhecedor das suas corrupções pelas inconfidências do capitão Francisco do Amaral, o meu senhor teria ameaçado denunciá-lo ao rei?

Mais de vinte anos depois, não tenho respostas para essas perguntas, mas seja como for o fato é que os *emboabas* comemoraram a vitória na batalha do rodeio, que não houve, gritando vivas ao governador Nunes Viana e morte aos paulistas. E de volta a Ouro Preto, o meu senhor intensificou ainda mais as tratativas de organização da governança nas minas.

Nunca trabalhei tanto! Em poucos dias, lavrei dezenas de registros de nomeações de mestres-de-campo, tenentes-generais, capitães, sargentos e cabos; de ministros para a justiça; de superintendentes e provedores para a arrecadação dos *quintos* e de guardas-mores para a repartição das *datas* de lavras...

A esses altos postos, o meu senhor elevava os principais forasteiros e promovia as maiores *lentes* das minas, como o sábio lusitano Pedro de Rates Henequim, que ganhou o posto de escrivão da Superintendência das Minas de Sabará.

Para compensar os tempos de guerra, os mineiros também trabalharam duro, como nunca se vira, tanto que Nunes Viana conseguiu amealhar mais de uma arroba de ouro em *quintos* para o rei em apenas dois meses; o que eu testemunho ser verdade inteira, pois pesei, lavrei o registro e guardei o tesouro no cofre do governo.

Mas junto com o frio cortante e a névoa que sempre encobre os morros de Vila Rica no meio do ano, começaram a estalar más novas do Rio de Janeiro. Uma delas dava conta que ao chegar derrotado à cidade no início de junho, Dom Fernando deparara-se com a presença de um novo governador nomeado por Dom João V: o capitão-general Dom Antônio de Albuquerque Coelho de Carvalho.

Outra má notícia espalhada pelos viajantes que chegavam a Vila Rica era a de que Dom Antônio trazia ordens do rei para por um fim à guerra entre *emboabas* e paulistas a qualquer custo, com poderes, inclusive, para requisitar tropas de outras capitanias, como da Bahia e de Pernambuco!

Embora apreensivo, o meu senhor reagiu com sangue frio aos novos rumores e eu logo descobri o motivo, mortificado pelos maus presságios. Desde que todos os *emboabas* fossem perdoados e mantidos nos postos que distribuiu, ele estava disposto a deixar a governança das minas...

— Dom Antônio é homem duro, mas justo e honrado. Abrirei os seus olhos para o que se passou nessas minas e quem as tumultuou. Tenho certeza e fé em Deus e em Nossa Senhora das Mercês que o governador agirá com clemência e justiça – recordo-me do frei Miguel da Ribeira afiançar a Nunes Viana.

Como o padre Francisco de Meneses, frei Miguel tornara-se um dos principais clérigos do conselho dos *emboabas*. Devoto de Nossa Senhora das Mercês, ele viera para as minas em 1702 para apregoar a fé na Virgem Maria e, ao ver crescer as insolências dos paulistas, logo se juntou aos forasteiros.

Amigo de Dom Antônio, a quem servira por 11 anos como secretário no governo do Estado do Maranhão, o padre Miguel da

Ribeira prontificou-se a viajar ao Rio de Janeiro e o meu senhor não titubeou em aceitar a oferta:

— A paz nas minas está em vossas mãos, frei Miguel, com a misericórdia e a benevolência de Deus Todo Poderoso. Que Ele ilumine Vossa Senhoria – Nunes Viana afirmou, pedindo que eu pegasse pena e papel para anotar as condições de sua submissão na carta que o religioso levaria ao governador.

O indulto a todos os *emboabas*, incluindo o comandante do "Capão da Traição" Bento do Amaral, e a confirmação das suas nomeações para os postos de administração das minas eram as principais condições listadas pelo meu senhor na carta que lavrei, na qual ele reiterava mais uma vez que nunca quisera a guerra contra os paulistas, mas apenas a justiça do rei.

Mal o padre Miguel partiu para o Rio de Janeiro, Nunes Viana despachou também frei Chico em segredo, com ordens de seguir incógnito para Lisboa na primeira nau que zarpasse do porto da cidade. Na bagagem, o religioso levava a Dom João V pedido de confirmação da anistia solicitada a Dom Antônio, bem como os 15 quilos de *quintos* de ouro arrecadados durante a sua governança.

Como se veria depois, o ex-secretário teria menos sorte com o governador do que frei Chico com o rei. Ao retornar do Rio de Janeiro, padre Miguel da Ribeira trouxe as novas de que Dom Antônio subiria para as minas nos primeiros dias de agosto para conceder o indulto a todos os *emboabas*, bem como para confirmar pessoalmente as nomeações feitas pelo meu senhor.

Quanto ao destino de Nunes Viana, porém, o governador fora taxativo, relatou frei Miguel. Ordenava que ele se retirasse para as suas fazendas no São Francisco ou para São Salvador imediatamente, com a ressalva de que seus bens não seriam confiscados, como ameaçara o velho Borba Gato.

Indignado com o despejo, Nunes Viana desancou o religioso amigo de Dom Antônio e até cogitou resistir, mas acabou desistindo ao constatar que a notícia da anistia agradara os principais *emboabas*!

Além disso, alguns deles desentenderam-se com o meu senhor, como o potentado baiense Sebastião Pereira de Aguilar, que ameaçava levantar os povos contra ele por causa do leilão dos *direitos de entrada*[1] do gado do São Francisco.

Assim, sem o apoio dos principais, restava a Nunes Viana aceitar os termos da submissão; o que ele fez despachando novamente frei Miguel para informar o governador da sua decisão e convidá-lo à estância no Caeté, onde prestaria o juramento de vassalagem.

Ao contrário do antecessor, Dom Antônio de Albuquerque fez a jornada para as minas em agosto de 1709 sem qualquer pompa, acompanhado de uma escolta de apenas 20 milicianos e alguns pajens. E veio incógnito e a pé ligeiro pelo *caminho novo*, encontrando o seu ex-secretário a dois dias de viagem de Ouro Preto, de onde rumou direto para a estância do Caeté.

Eu havia ficado em Vila Rica cuidando dos últimos atos do governo e por isso apenas sei o que se passou na estância por ouvir dizer. Segundo o *Bigode,* Nunes Viana e Dom Antônio trancaram-se em conversações secretas durante uma tarde inteira, mas que se encerraram em um fausto banquete.

Na manhã seguinte, o governador partiria para Vila Rica após ofício religioso celebrado por frei Miguel, no qual o meu senhor jurou a sua submissão, mas de cabeça erguida, garantiu o *mandingueiro*. E três dias depois ele partiria para o desterro no rio de São Francisco e na Bahia...

---

1 *Tributo cobrado na entrada de mercadoria nas minas.*

Em Portugal, o padre Francisco de Menezes teria maior sucesso nas tratativas com o rei Dom João V. Talvez convencido pela *arroba* de ouro que o religioso depositou aos seus pés, o *freirático* recebeu-o de braços abertos, logo despachando o frei de volta para o Brasil com um alvará em que confirmava o indulto aos *emboabas*!

Mas a boa nova da anistia vinha acompanhada de outra decisão régia: a separação de São Paulo e das Minas de Ouro do termo da Capitania do Rio de Janeiro, cabendo ao governador Dom Antônio de Albuquerque o ministério de fazer valer as ordenações do Reino na nova capitania.

XII
SÃO PAULO E MINAS DO OURO

Permaneci em Ouro Preto até fins de 1709, para espionar se o governador Dom Antônio de Albuquerque honraria o apalavrado com o meu senhor, e posso testemunhar que ele o cumpriu à risca. Embora andasse cada vez mais às voltas com o velho Borba Gato, que reaparecera nas minas, Dom Antônio anistiou os *emboabas* e confirmou as nomeações que Nunes Viana fizera.

Depois que o governador partiu para as vilas serra acima para tentar debelar a ira por vingança dos paulistas, ainda não contida, fiquei livre para ir ao encontro do meu senhor no seu exílio na fazenda da Tábua, de onde eu seguiria com ele para a Cidade da Bahia.

Como se sabe hoje, Dom Antônio não foi bem-sucedido na pacificação dos paulistas, sendo obrigado a deixar a Vila de Guaratinguetá às pressas, ao encontrar um exército de três mil homens e *carijós cativos* em marcha para vingar o massacre do "Capão da Traição" e reconquistar as minas.

Conhecido pela soberba, o comandante dos paulistas, Amador Bueno da Veiga, não teria dado ouvidos aos argumentos do governador, de que Nunes Viana fora desterrado e as minas pacificadas; o que obrigou Dom Antônio a romper para o Rio de Janeiro antes que a desforra se voltasse contra ele.

Assim, o exército paulista continuou a marcha pelo *caminho velho* da estrada de São Paulo e Parati e chegou ao rio das Mortes em novembro de 1709, onde o comandante fez conselho de guerra e armou o cerco ao Arraial do Morro.

Após frustrado o ultimato de rendição dos sitiados, Amador Bueno ordenou um ataque impiedoso ao arraial, na tentativa de submetê-lo antes que chegassem socorros de Ouro Preto ou do Rio de Janeiro.

Porém, os paulistas não conseguiriam dobrar a resistência dos moradores e a luta estendeu-se por oito dias, com cerca de 70 baixas, entre mortos e feridos, apenas entre os sitiados. No nono dia, o comandante fez novo conselho de guerra e viu-se obrigado a levantar o cerco e partir, ao ser informado da chegada iminente ao Arraial do Morro de tropas tanto de Ouro Preto, quanto do Rio de Janeiro.

Embora tenha ficado exultante com a vergonhosa debandada dos paulistas, o meu senhor acabrunhou-se com o desfecho da guerra, quando o encontrei na fazenda da Tábua e relatei o que se passara em São João Del-Rei.

— Tu sabes melhor do que ninguém, Álvaro, que nunca quis a guerra e só a encarei para fazer imperar a justiça... No fim das contas, os paulistas perderam, mas o pior é que eu também perdi... – Nunes Viana lamuriou, acrescentando que apenas a Coroa portuguesa ganhou com o desastre dele e dos paulistas.

De fato, com o fim da guerra, Dom Antônio teve as mãos livres para obrar as ordenações de obediência e submissão dos mineiros à sua majestade. E começou por instalar a sua governança em dezembro de 1710 no Arraial do Ribeirão do Carmo, que escolhera para cabeça da nova Capitania de São Paulo e Minas do Ouro.

Quatro meses depois, o governador daria ao arraial foros de Vila Real do Ribeirão de Nossa Senhora do Pilar e Albuquerque; nome que não vingou por inteiro, pois o rei Dom João V, que não é dado a permitir vaidades alheias, mandou suprimir o Albuquerque...

Seja como for, a inauguração do pelourinho da primeira vila foi uma grande festa! Atraídas pelo repique de sinos e salvas de tiros, as gentes acorreram à praça em frente à improvisada Casa de Câmara e Cadeia, onde se realizou em seguida as eleições dos *homens bons* que teriam assento na vereança da Câmara do Senado.

Após Ribeirão do Carmo, Dom Antônio estendeu as ordenações do Reino a outros termos, criando a Vila Rica de Nossa Senhora do Pilar de Ouro Preto e a Vila Real de Nossa Senhora de Conceição do Sabará, e dividiu as minas em comarcas: as de Vila Rica, do Rio das Velhas e do Rio das Mortes – a quarta e última comarca, a do Serro Frio, viria apenas em 1720...

Maior zelo teve o governador com a arrecadação do quinhão de ouro devido ao rei. Por ordem régia, ele primeiro acordou com os mineiros a cobrança de uma taxa de dez *oitavas* de ouro por bateia de escravo empregado nas lavras.

Porém, suspeitando da ocultação pelos senhores do real tamanho de seus plantéis, Dom Antônio acabou substituindo a taxa por uma guia, a ser apresentada nos *registros* fiscais que ele abria ao longo das estradas do Rio de Janeiro e de São Paulo, que atestava se os *quintos* do ouro em trânsito haviam sido recolhidos. Caso não tivessem sido, pesava-se e cobrava-se o tributo ali mesmo no *registro*...

O governador fez valer ainda novos tributos e instituiu a exigência de passaportes ou licenças para a entrada nas minas, na vã tentativa de conter a onda de gentes de todas as partes do Brasil, do Reino, de suas possessões no Oriente e de nações estrangeiras que aqui chegavam atraídas pelas notícias da riqueza da Potosí brasílica.

Mas se o juízo do meu senhor estava certo quanto à prevalência dos interesses régios ao final da guerra, a derrota nem de longe passou perto de um desastre para os paulistas ou para os forasteiros.

O velho Borba Gato ficou ainda mais rico e foi juiz ordinário da Vila de Sabará até a sua morte em 1718. Como ele, Garcia

Rodrigues, Jerônimo Pedroso, Sebastião Fernandes Furtado de Mendonça e muitos outros paulistas permaneceram nas minas e engrossaram ainda mais os seus cabedais e fazendas após a guerra.

Já entre os paulistas que não se submeteram às ordens régias, muitos acabaram por se dar bem em outras paragens. Esse foi o caso, por exemplo, de Bartolomeu Bueno da Silva e Domingos Rodrigues do Prado, que refizeram suas fortunas com a descoberta de magníficos veios de ouro em ribeiros do Pitangui e depois em Goiás.

E como os paulistas que ficaram ou os que erraram em busca de novas minas, os forasteiros não tiveram também muito do que reclamar de Dom Antônio, nem mesmo Nunes Viana...

Honrando o juramento ao governador, o meu senhor não pôs os pés nas minas, pelo menos durante a governança de Dom Antônio. Apesar disso, ele continuou comandando diretamente de suas fazendas no São Francisco ou de São Salvador o comércio de gado e de carregações de mercadorias proibidas para as vilas mineiras, enriquecendo-se ainda mais com a sociedade com o primo Manuel Rodrigues nas fertilíssimas lavras de ouro do Caeté e de Catas Altas do Mato Dentro.

Mas se a habilidade de Dom Antônio trouxe um pouco de paz às minas após mais de quatro anos de tumultos e guerras, em 1710 e 1711 ataques de corsários franceses ao Rio de Janeiro colocariam em risco novamente a possessão da Coroa sobre as riquezas brasílicas.

Comandado por Jean-François Duclerc, o primeiro ataque acabou em estrondosa derrota dos piratas em setembro de 1710. Como ganhou fama pública nas minas, no corpo-a-corpo com os inimigos franceses destacou-se a valentia do frei *emboaba* Francisco de Menezes, recém-chegado de Lisboa.

À frente de uma legião de alunos do Colégio dos Jesuítas e de frades beneditinos, frei Chico enfrentou os corsários de espada em punho, cortando e matando sem piedade – conta-se que 400 piratas pereceram nas lutas travadas pelas ruas da Cidade de São Sebastião do Rio de Janeiro!

Surpresos com a resistência feroz, alguns infelizes conseguiram debandar, mas 700 franceses foram capturados, entre eles o comandante Jean-François, que meses depois seria assassinado misteriosamente na prisão...

Um ano depois, o corsário René Duguay-Trouin teria sucesso no ataque. Segundo se diz – acho que com exagero –, a sua frota contava com 17 navios, 786 canhões e quase seis mil marinheiros e corsários, conseguindo penetrar pela boca da Baía da Guanabara, em uma manhã nevoenta de setembro de 1711, sem que as sentinelas a visse a tempo de alertar os canhoneiros da Fortaleza de Santa Cruz da Barra.

Quando a cidade acordou e a névoa dissipou, os navios já estavam postados em linha de batalha, à distância de menos de um tiro de canhão da praia. A Ilha das Cobras fora também conquistada e, da nau capitânia "Lys", Duguay-Trouin despachou um ultimato ao governador Dom Francisco de Castro Morais dando um dia de prazo para que o Rio de Janeiro se rendesse, senão seria arrasado.

Aterrorizado pela visão da frota e pela ameaça do corsário, Dom Francisco abandonou a cidade à própria sorte, fugindo para os matos na calada da noite depois de esvaziar os cofres da Casa da Moeda no terreiro da Igreja do Carmo e de recolher jóias e bens preciosos do seu palácio. Junto com o governador, muitos principais e até militares encarregados da defesa da capitania deixaram o Rio de Janeiro covardemente, recordo-me do frei Francisco de Menezes acusar.

Aliás, se houve alguma resistência quando terminou o prazo dado pelo corsário para a rendição, ela coube ao *Capador de homens* Bento do Amaral Coutinho. Após violento bombardeio à cidade, que destruiu muitas edificações do entorno do terreiro do Carmo, Duguay-Trouin desembarcou com três mil corsários, mas foi recebido pela artilharia dos homens do Bento escondidos entre os escombros, e muitos franceses tombaram...

O fogo cerrado prosseguiu até a munição acabar, seguindo-se uma luta encarniçada, espada contra espada, na qual o comandante do massacre do "Capão da Traição" no Rio das Mortes perdeu a vida e o Rio de Janeiro caiu.

Sem encontrar mais resistência, o corsário francês libertou os patrícios presos na cadeia pública e marchou para o Colégio dos Jesuítas, que submeteu com facilidade, instalando ali o quartel da ocupação.

No colégio fundado pelo padre Manuel da Nóbrega, Duguay-Trouin festejou a vitória e mandou celebrar solene *te-déum* pelas graças alcançadas, enquanto seus homens prosseguiam no saque às lojas, tendas, armazéns, conventos, igrejas, casas e palácios da cidade.

Eu já estava morando nas minas quando as notícias da ocupação francesa chegaram... Era fins de setembro de 1711 e mensageiros do governador Dom Antônio de Albuquerque apearam esbaforidos na Vila de Sabará, trazendo ordens para que os senhores principais arregimentassem braços, armas e munição, pois um exército mineiro teria de marchar em socorro ao Rio de Janeiro.

As cicatrizes da guerra dos *emboabas* mal estavam fechadas, mas o governador conseguiu unir um poderoso exército de forasteiros e paulistas em poucos dias, descendo às pressas para a cidade pelo *caminho novo* de Garcia Rodriguez em fins de setembro.

Homem velho, já sexagenário, eu não tinha serventia naquela guerra que se travaria no Rio de Janeiro e soube de tudo o que se sucedeu pelos relatos de frei Francisco de Menezes e de sabarenses. Sob o comando de Dom Antônio e divididos em pelotões, mais de seis mil homens fizeram uma jornada de 15 dias em dez, mas chegaram tarde: a frota de Duguay-Trouin já havia levantado velas e zarpado.

Quando foi informado de que, além do butim do saque, o corsário partira com um fabuloso resgate de 610 mil *cruzados* em moedas de ouro, cem caixas de açúcar e 200 bois, o governador Dom Antônio teria ficado possesso, acusando comerciantes do Rio de Janeiro de colaboração com os franceses, sobretudo *homens de nação* suspeitos de judaizarem.

Dom Antônio não poupou também o colega governador do Rio de Janeiro Dom Francisco de Castro Morais, tanto por não armar resistência e abandonar a praça, quanto por pagar o polpudo resgate exigido por Duguay-Trouin.

E o fato é que a covardia ordinária custaria a Dom Francisco o ódio dos moradores da cidade, que o apelidavam de *O Vaca*, e depois o próprio cargo de governador da Capitania do Rio de Janeiro. Acusado de ter negligenciado os alertas da iminência de um ataque francês enviados de Lisboa, *O Vaca* foi demitido e despachado sumariamente para as Índias pelo rei Dom João V.

Ato contínuo, o rei *freirático* nomeou Dom Antônio de Albuquerque governador do Rio de Janeiro...

***

O ano do primeiro ataque dos franceses ao Rio de Janeiro foi o último no qual desfrutei dos encantos de São Salvador, embora ainda não soubesse disso. Havia descido da fazenda da Tábua para a Cidade da Bahia com Nunes Viana, já destinado a fazer das minas a minha morada. Argumentava o meu senhor durante a viagem:

— Álvaro! Com o meu desterro, tu vais fazer morada nas minas. Não tenho outro homem de confiança. O primo xará não pode deixar as lavras do Caeté e Catas Altas e o meu filho Miguel é moço imberbe, não sabe ainda lidar com a mercancia... E tu não serás mais um mero contador, mas um sócio, com menor quinhão, é claro!

Apesar de envaidecido, tentei contra-argumentar, lembrando-o que tinha um filho e um sobrado com loja de comércio no bairro das Portas do Carmo em São Salvador.

— Como eu, tu não tens esposa para cuidar e o teu filho Álvaro é interno no Colégio dos Jesuítas. Quanto ao sobrado, deixes como está aos cuidados do teu assistente Chico Paredes. Ele pode prestar bons serviços como teu agente na Bahia. Além disso, estás velho demais para subir e descer da Bahia pras minas todos os anos – ele pressionou, encerrando o assunto com a oferta de 12% de participação nos lucros das carregações que passassem pelo Arraial do Sabará.

Embora obrigado a acatar a ordem por estar juramentado a ele, confesso que aos poucos fui gostando da ideia da mudança. Como contador, aprendera como poucos a comerciar com a moeda corrente usada nas minas, o ouro, o qual ainda hoje sou capaz de distinguir as qualidades apenas pela pinta e pelo toque.

Confesso que, no início, cheguei a me enganar com as *piritas* de ferro, apelidadas de ouro dos parvos, mas hoje posso atestar de olhos fechados se o ouro é falso ou é puro e bom apenas pelo mordiscar do minério com os dentes...

Além de saber e gostar do que aprendi a fazer, a participação como sócio nos negócios de Nunes Viana era tentadora. Desde 1702, eu fazia quase todos os *livros de razão* das suas tropas e boiadas e sabia que as margens de lucro eram muito acima da que se praticava na Bahia.

— Enrico lá nas minas e depois de uns tempos eu volto para a Bahia – me conformei pensando alto e apalavrando com ele a minha mudança para a Vila de Sabará.

Talvez já pressentindo que nunca mais voltaria a São Salvador, adiei o quanto pude a mudança. Assim, durante os dez meses que fiquei na cidade, me entreguei aos seus encantos, às boas e às más recordações.

Após o trabalho no meu sobrado ou no armazém do potentado na cidade baixa, aproveitava os fins de tarde para contemplar o entardecer a beira-mar, deliciando-me com a brisa salgada que vem do mar e o burburinho dos pescadores e marinheiros no porto, onde pontuavam solenes barcas, barcaças, caravelas e naus de todos os tamanhos e qualidades.

Todos os domingos, eu visitava o meu filho no Colégio dos Jesuítas e depois assistia a missa, ora em uma igreja, ora em outra, impressionado como o ouro das minas fizera bem aos templos católicos, cada qual competindo com o outro em fausto e riqueza. Entre todas as igrejas, a que mais me surpreendeu foi a dos franciscanos, com o seu claustro todo folheado a ouro...

Numa dessas visitas ao colégio, avistei-me com o velho mestre João Antônio Andreoni, cuja ojeriza pelos cristãos-novos sempre me causara medo. O ex-provincial da Ordem dos Jesuítas estava acabando de escrever um livro intitulado "Cultura e opulência do Brasil por suas drogas e minas", cuja impressão em uma tipografia em Lisboa já estava assegurada, ele garantiu-me satisfeito.

Como todos no colégio sabiam das minhas andanças pelas minas, o jesuíta quis repassar comigo quem as descobriu primeiro, o melhor meio de lavrar ouro e as suas qualidades, as paisagens e roteiros da viagem, entre outras coisas. Assim, quase todos os domingos eu passei a compartilhar com o mestre as minhas observações e leituras de manuscritos antigos de viagens, mas não posso atestar se ele as aproveitou em sua escrita.

Tempos depois, soube que o livro que ele assinou com o pseudônimo André João Antonil foi de fato publicado em Portugal, mas imediatamente o Conselho Ultramarino mandou queimar todos os exemplares, sob a alegação de que revelariam às nações estrangeiras os caminhos até as riquezas minerais brasílicas...

Além das visitas ao meu filho, das prosas com o padre italiano e das missas dominicais, confesso que aproveitei a estada na Cidade da Bahia para escorregar também pela via profana das tavernas, casas de pasto e *alcouces* quase todas as noites, ora com o Chico Paredes, ora com o velho amigo Álvaro Gil *Boca de Ovo*.

Nessas andanças noturnas, relembrava com saudades dos tempos em que correram as primeiras notícias da descoberta das minas de ouro do sertão. Era o ano de 1697 e vi estarrecido o meu futuro senhor, Nunes Viana, ostentar um lote de graúdas pepitas de um ouro muito preto, segundo ele extraído de um ribeiro chamado Tripuí, em cujo entorno floresceria Vila Rica 15 anos depois.

Apesar da cor escura, os ourives de São Salvador haviam atestado a qualidade do ouro e Nunes Viana convidava *homens de nação* e de negócios da praça, como Miguel de Mendonça Valladolid, David de Miranda, José da Costa e Álvaro Gil *Boca de Ovo*, a se juntarem a ele para comerciar com os mineiros enriquecidos da noite pro dia.

Na Taverna da Flor, *Boca de Ovo* desmanchou-se em elogios às minhas habilidades de contador e caixeiro e logo eu também estaria a serviço da empresa de Nunes Viana.

Mas é claro que não era só o burburinho dos negócios que ecoava nas andanças noturnas. Foram nelas, também, que conheci o finado poeta Gregório de Matos Guerra, vulgo *Boca do Inferno*, que a todos atacava com a sua voz e pena ferina, desde os padres aos ministros do rei.

Até hoje, rio sozinho de uma cançoneta de sua lavra, muito recitada nas tavernas de São Salvador até hoje, mas que eu ouvi de sua própria boca. Ela dizia assim:

"E nos frades há mangueiras? – Freiras.
Em que ocupam os serões? – Sermões.
Não se ocupam em disputas? – Putas.
Com palavras dissolutas
Me concluís, na verdade,
Que as lidas todas de um frade
São freiras, sermões, e putas."

Embora tardiamente, foi nas vias profanas que aprendi ainda a desfrutar das delícias e prazeres das mulheres, especialmente com Joana das Dores, mãe do meu único filho. Morena jovem cor de jambo, dona de olhos verdes grandes e lábios carnudos, emoldurados por um rosto altivo sobre um corpo em curvas, fogoso, Joana me cativou à primeira vista e, enfeitiçado, acabei levando-a do *alcouce* em que servia para a minha morada.

Mas foram apenas cinco anos. Quando voltei da primeira viagem às minas em 1702, ela não vivia mais no sobrado da Portas do Carmo. Partira misteriosamente deixando o inocente Álvaro Lopes Filho, de apenas dois anos, aos cuidados da Maria da Mina. E em vão a procurei por toda a Cidade da Bahia...

Em 1710, confesso que tive até esperanças de reencontrá-la. Às vezes com o coração palpitando, palmilhei novamente taverna por taverna, prostíbulo por prostíbulo, mas nada! Joana saiu como entrou em minha vida: de repente...

Em meio a tantas recordações e aos encantos de Salvador, eu quase esquecia que iria deixar a Bahia, até que em outubro o meu senhor puxou-me ao juízo, ordenando que armasse as carregações de uma nova tropa para as minas. Ela partiria no segundo mês do ano de Nosso Senhor de 1711 e eu seria o encarregado, já fazendo jus aos 12% sobre o lucro da mercancia.

Enfim, o meu destino estava traçado e da mesma forma que nunca encontrei sequer rastro da fogosa morena Joana ou da minha mãe Ana, descobriria mais tarde que jamais veria de novo a abençoada Cidade da Bahia.

Assim, depois de instruir Chico Paredes sobre os cuidados com o sobrado e a loja, parti de São Salvador em fevereiro do ano de 1711 com a saudade já apertando fundo no coração.

Acompanhado do criado Firmino, do negro Isidoro da Guiné e da Maria da Mina, subia para minas apenas com pertences imprescindíveis: quatro baús com os meus livros, os manuscritos que copiei ou surrupiei da biblioteca do colégio; a caixa de óculos e lentes de aumento; os estojos de penas de galo, tinteiros e borradores e os maços de papel; os jogos de balanças inglesas; o baú de roupas de vestir; e a tralha da cozinha.

Devido à estação das chuvas, a jornada foi bem mais lenta do que imaginava; o que se revelou uma dádiva divina! É que chegamos ao Arraial do Sabará apenas duas semanas após a sua elevação a vila, para a qual viera o governador Dom Antônio de Albuquerque em pessoa. Se tivesse chegado antes, ele teria motivos de sobra para confiscar a rica carregação da tropa que eu trazia pelo caminho proibido da Bahia...

Felizmente, Dom Antônio já tinha ido embora quando chegamos e, no armazém onde comerciaria a carregação, fiz pouso enquanto procurava morada, surpreendendo-me ao não encontrar escombros ou vestígios do grande incêndio provocado pelos flecheiros comandados por *Bigode* apenas três anos antes.

Por todos os lados, a faina de oficiais mecânicos, pedreiros, carpinteiros e escravos era incessante e a rua Direita, onde encontrei morada, já ia bem adornada por lojas de secos e molhados, casas de pasto, estalagens e solares assobradados de dois andares, cobertos com telhas de cocha.

Para os céus, já apontavam as torres sólidas da bela matriz de Nossa Senhora da Conceição, cuja consagração solene eu assistiria em 1713. Para substituir a singela ermida coberta de palha, a nova matriz nascia portentosa, esnobando requintes que só o ouro permite, entre as quais a porta entre a sacristia e o altar-mor, que fora trazida do Oriente.

Apesar de não oferecer o conforto do sobrado da Portas do Carmo, a casa da Vila de Sabará era cômoda, sobretudo depois que o Isidoro fez reparos no forro e no telhado. Mesas, cadeiras, bancos e catres eu cambiei por mercadorias que trouxera de Salvador e logo a morada lustrava pelas mãos da Maria, que não cansava de admirar o tamanho do quintal, onde abundavam pés de jabuticaba e da trepadeira curiosamente batizada de ora-pro-nóbis.

Da fruta da jabuticabeira, que chama até hoje de olho de boi, Maria logo aprendeu a fazer uma saborosa geleia, um licor e um vinho que não faltam na minha dispensa... Já da folha da trepadeira, ela faz um guisado que se come com carne de boi picada de alegrar os paladares.

Se não tinha o mar da Bahia, contava com o rio das Velhas, em cujo porto contemplava o entardecer após o trabalho duro no armazém e observava o vai-e-vem das canoas de pescadores – aos quais sempre encomendava as saborosas traíras – e dos *ajoulos* que chegavam ou partiam para o rio São Francisco. Às noites, ora dedicava-me à leitura, ora às visitas aos *alcouces* ou às prosas nas tavernas e casas de pasto.

Como todos os *emboabas* nomeados por Nunes Viana, Dom Antônio de Albuquerque havia mantido Pedro de Rates

Henequim na Superintendência das Minas do Sabará, onde o lusitano pode amealhar *grossos* cabedais.

Tornamo-nos bons amigos naqueles idos e foi nas prosas com ele que ouvi falar pela primeira vez sobre a existência de uma cidade de ouro escondida no sertão – a futura cabeça do Quinto Império do Mundo de mil anos, sob a coroa de uma dinastia de reis judeus descendentes de uma das 12 tribos de Israel, ele profetizava.

XIII
MOTINS E SEDIÇÕES

Embora tenha pacificado as minas e feito vicejar as sementes das ordenações do Reino com a criação da capitania, vilas e comarcas, Dom Antônio terminou seu governo sem desvendar o melhor modo de garantir a cobrança do quinhão de ouro devido ao rei.

Como já escrevi, Dom João V ordenara que se cobrasse o *quinto* por bateia de escravo, mas ele temia a falsidade dos mineiros e titubeou, adotando o sistema de guias pelo qual todos eram obrigados a atestar nos *registros* fiscais se o ouro em trânsito fora tributado devidamente.

Mas como o contrabando é de fácil descaminho em lavras tão dilatadas pelos sertões, o sucessor de Dom Antônio na Capitania de São Paulo e Minas do Ouro, Dom Brás Baltasar da Silveira, concebeu um novo sistema, o de *fintas e avenças,*[1] pelo qual se fixava o pagamento anual mínimo de 30 *arrobas* de ouro ao rei!

Em junta com os *homens bons* das vereanças das vilas, o novo governador validou o sistema e pude testemunhar a labuta dos sabarenses em 1714 para honrar as 12 *arrobas* e 24 *libras*[2] devidas pela Comarca do Rio das Velhas, apenas completadas com o

---

1 *Finta, tributo proporcional ao rendimento de cada mineiro; avença, quantia fixada estimando resultados prováveis no período de um ano.*

2 *Medida de peso equivalente a 459,5 gramas.*

que entrou de *direitos de passagem* das boiadas do São Francisco. À Comarca de Vila Rica coube pagar naquele ano 12 *arrobas* de ouro e à do Rio das Mortes cinco *arrobas* e duas *libras*.

Não bastassem os 450 quilos de ouro anuais de *fintas e avença*, Dom Brás impôs taxa de 4,5 mil *réis* para cada escravo *tapanhuno* que entrasse nas minas e *côngrua*[3] de 200 mil para o sustento dos párocos de igrejas consagradas ou das que se abriam onde houvesse ouro.

À lista de tributos somavam-se ainda os *donativos voluntários*, pelos quais a Coroa sempre convoca seus súditos a contribuir com as celebrações e festanças da realeza, como nascimentos, casamentos e coroações.

Diante da voracidade régia, os mineiros do Arraial do Morro Vermelho amotinaram quando o rei *freirático* ordenou que Dom Brás voltasse com a cobrança dos *quintos* por bateia e elevasse a taxa de dez para 12 *oitavas* de ouro. Em armas, os moradores do arraial que pertence ao termo da Vila do Caeté se rebelaram, e a ameaça de motim alastrou.

Temendo que se repetisse a guerra, agora de paulistas e *emboabas* juntos contra a Coroa, o governador apelou ao *freirático* para que se mantivessem as *fintas e avenças* e o rei acabou por recuar, suspendendo a cobrança por bateia e anistiando os rebeldes.

Mas, mal havia contornado o motim do Morro Vermelho, Dom Brás se viu às voltas em 1715 com uma nova ameaça de sedição, agora provocada por paulistas das minas de Pitangui, que se recusavam a pagar quaisquer tributos à Coroa e ameaçavam de morte ao mineiro que reservasse o *quinto* do rei do ouro que extraísse.

---

3 *Pensão.*

Como fizera o governador Dom Artur de Sá em 1697, Dom Brás tentou também seduzir os paulistas de Pitangui com a elevação do arraial a Vila de Nossa Senhora da Piedade e a distribuição de cargos e patentes militares. No entanto, o foro de vila e as *mercês* de patentes que distribuiu não renderam uma *oitava* de ouro sequer aos cofres do rei e ele deixou a governança sem a submissão dos paulistas.

Seu sucessor, Dom Pedro de Almeida e Portugal, o Conde de Assumar, assumiu a governança em 1717 trazendo ordens de executar a *derrama* e recuperar os *quintos* sonegados. Para tanto, ele despachou para Pitangui um de seus principais capitães, Valentim Pedroso, à frente de pomposa comitiva, com a qual esperava impressionar os paulistas.

Mas ao contrário de uma recepção respeitosa devida a um emissário régio, a plebe rude reunida na praça da vila o recebeu com insultos e ameaças que logo descambaram em violências, sendo o capitão Pedroso passado a ferros ali mesmo!

Apesar disso, o governador ainda tentou contemporizar, acenando com o indulto aos paulistas – inclusive aos assassinos do capitão –, caso eles se comprometessem a pagar os *quintos* sonegados. Com essa promessa, ele despachou novo emissário, mas que também seria recebido com hostilidade e expulso de Pitangui.

Se o segundo emissário conseguiu safar-se com vida, menos sorte teve o juiz da vila, Manuel de Figueiredo Mascarenhas. Sem clemência, o juiz foi passado a ferros quando os paulistas descobriram que fora ele quem delatara o principal do motim: ninguém menos do que Domingos Rodrigues do Prado – o régulo honrado com *mercês* do rei pelo descobrimento das minas de Pitangui, junto com o genro Bartolomeu Bueno...

Embora humilhado, o Conde de Assumar reagiu ao segundo assassinato com a frieza de um general calejado nos campos de batalha. Em poucos dias, ele armou um exército de 500 milicianos pagos – todos portugueses – e numerosa escravaria que partiu para Pitangui em 1719 com ordens de subjugar os amotinados pela força das armas, inclusive canhões.

Mas os paulistas não se curvaram! Com a vila fortificada, eles responderam ao sítio com tiros e flechas e a peleja durou vários dias, até que as canhoneiras do exército do conde fizeram buracos nos muros e paliçadas e assim os milicianos puderam adentrar na praça arrasada, derrotando os sitiados em sangrenta batalha.

Senhores da Vila de Nossa Senhora da Piedade, os capitães prenderam os que não foram trucidados ou fugiram, saqueando e confiscando todo ouro que encontraram. Porém, o principal Domingos do Prado conseguiu escapar carregando boa parte da sua fortuna. Bartolomeu Bueno também desapareceu misteriosamente – dizem que estava em São Paulo, mas pelo que se conta não era verdade...

Seja como for, o governador ordenou caça aos fugitivos, sobretudo a Domingos do Prado, oferecendo 500 *oitavas* de ouro para quem o capturasse vivo ou morto. A caçada ao régulo estendeu-se sem sucesso por quase um ano, até que o Conde de Assumar se resignou, condenando-o apenas à morte em *efígie* e mandando queimar o seu boneco na fogueira, para mostrar o destino reservado aos que não se submetem às leis do rei.

Em meio ao motim de Pitangui, estourou outra onda de tumultos quando o Conde Assumar resolveu colocar em hasta pública os *direitos de passagem* da barra do rio das Velhas, cujo comércio Nunes Viana comandava havia mais de vinte anos. Era dezembro de 1718 e acompanhei o meu senhor até o Ribeirão do Carmo, onde ele esperava dissuadir o governador do leilão.

Corajoso, Nunes Viana voltava às minas pela terceira vez depois do despejo ordenado pelo governador Dom Antônio de

Albuquerque em 1709, seguindo diretamente para o covil das pestilências, como ele chamava o palácio do governador na vila cabeça da então Capitania de São Paulo e Minas do Ouro.

Mas ao chegar a Ouro Preto, que fica a pouco mais de cinco léguas do Ribeirão do Carmo, o meu senhor resolveu precaver-se. Lá, ele arranchou em segurança e pronto para debandar, a depender da resposta do conde ao seu pedido de audiência...

Como a resposta não vinha, mofamos em Vila Rica por uma semana e eu aproveitei o tempo para arrematar negócios com o potentado Inácio de Souza e com os *tratantes* cristãos-novos Diogo Nunes e Diogo Nunes Henriques, bem como para cuidar dos males do meu velho corpo com o médico Diogo Corrêa do Valle.

Na via profana por tavernas e *alcouces* de Vila Rica avistei pela última vez o lusitano Pedro de Rates, que havia deixado o serviço de escrivão no Sabará e se preparava para levar as suas profecias ao rei e ao papa.

Estava a um canto de uma taverna tentando demover o sábio do seu intento entre goles de *angélica,* a mistura de vinho e água ardente que tanto aprecio, quando o *Bigode* chegou dizendo que Nunes Viana me convocava com urgência. É que o governador finalmente respondera ao pedido de audiência, enviando-lhe salvo-conduto até Ribeirão do Carmo, onde ele seria recebido no dia seguinte.

Despedi-me então de Pedro de Rates e segui debaixo de um temporal para a estalagem, onde os homens do meu senhor já arriavam as montarias. Mal tive tempo de pregar os olhos e ao seu comando a comitiva marchou bem antes da alvorada, vencendo as cinco *léguas* entre Ouro Preto e Ribeirão do Carmo em pouco mais de quatro horas, apesar da chuva.

Quando adentramos a vila, Nunes Viana resolveu seguir direto para o palácio do governador, logo descobrindo que não era bem-vindo... Ao se apresentar à guarda, lembro-me que o sargento sequer respondeu à sua saudação, exigindo que ele e os seus homens depusessem as armas. Com rispidez, o sargento informou também que apenas o meu senhor tinha autorização para entrar no palácio.

Mal contendo a raiva, Nunes Viana reagiu à desfeita com a voz firme, respondendo que viera à audiência na condição de mestre-de-campo do São Francisco, patenteado pelo próprio rei, e de procurador dos *homens bons* do sertão!

E como prova de que viera em paz, ele vociferou que seus homens ficariam de prontidão em frente ao palácio, mas não deporiam as armas, e entregou as suas – a pistola e a espada – para o *Bigode.*

Com tão rude recepção, temi pelo pior, e estava certo: ao invés de apagar o pavio, a audiência com o Conde de Assumar mais fogo atiçou, e logo o barril de pólvora explodiria na barra do rio das Velhas.

Pelo que o meu senhor relatou, a conversa foi curta e grossa e teria sido assim, se não me falha a memória:

— Senhor governador e general Conde de Assumar! Louvo em ver bem de saúde a vossa nobre pessoa, mui digníssimo ministro de Sua Majestade, que Deus o guarde. O assunto que me traz à vossa presença é o *direito de passagem* da barra do rio das Velhas, como vos antecipei pelo meu emissário. Com humildade e respeito, peço a Vossa Senhoria que dê ouvidos a um fiel súdito do nosso amado rei Dom João V, bem experimentado nas lides do sertão. Há vinte anos os currais do rio de São Francisco alimentam de carne o povo dessas minas e sem qualquer prejuízo para a Real Fazenda, visto que o gado é tributado com o *direito de entrada* no *registro* das Abóboras. Por isso, o leilão de um contrato de cobrança de *direito de passagem* das boiadas na barra não só arruinará os criadores, como trará a fome...

— Folgo em ver Vossa Mercê bem de saúde também, mas vos respondo com toda franqueza e autoridade a mim concedida por Sua Majestade. Desde 1711, há provimento do rei para que os contratos de cobrança de *direitos de passagem* nos rios sejam leiloados. Já se faz assim no rio Paraíba, no rio Grande, no rio das Mortes, no Paraopeba, no Pitangui e no Baependi, como é do conhecimento de Vossa Mercê. E o mesmo será feito no rio das Velhas, pois sobre isso estão de acordo também as câmaras das vilas da capitania – interrompeu o conde com impaciência.

— Deste provimento do rei bem o sei, nobre conde. Mas prudentes e justos, os dois ministros que governaram as minas antes de Vossa Senhoria deram ouvidos à boa razão e sempre entenderam que o melhor para o serviço do rei e a felicidade geral dos povos é deixar desimpedida aquela difícil e erma passagem do rio das Velhas. Além disso, a cobrança é injusta por duplicar a tributação. E ferirá de morte os criadores de gado...

— O que o fiel serviço ao rei não pode permitir é o encobrimento do descaminho de ouro e o contrabando vil e criminoso que se faz insolentemente naquelas bandas de toda sorte de mercadorias e não só de gado, Vossa Mercê bem o sabe! Que Vossa Mercê atente que a decisão que tomei emana do real interesse e da vontade suprema de Sua Majestade. E como seu ministro eu tenho o dever de executá-la a qualquer custo, o que farei sem pestanejar. É a minha palavra final – o governador o interrompeu novamente.

— Mas senhor conde... Trata-se de uma cobrança injusta de dois tributos por uma mesma mercadoria... – Nunes Viana reagiu.

— Quanta insolência! Como Vossa Mercê se atreve a contraditar uma ordem do rei? Para vosso bem, darei o dito por não dito, mas peço que se retire, pois nada mais temos a tratar – ele retrucou, dando por encerrada a audiência.

— Se é assim que Vossa Mercê ordena... Que Vossa Mercê arque com a infelicidade dos povos que colherás – o meu senhor teria advertido, deixando a audiência sem reverenciar o conde.

Na jornada de marcha forçada que fizemos direto até Sabará, Nunes Viana não mediu insultos para praguejar contra o Conde de Assumar. E percebi que o que mais o irritara fora o tratamento desrespeitoso que ele dispensara à sua nobre pessoa, nenhuma vez chamando-o de senhor ou de Vossa Senhoria, além de humilhá-lo ao encerrar a audiência de supetão...

— Quem esse ministro bastardo da peste pensa que é? Mas dei-lhe o troco, Álvaro. Cravei no filho da puta uma Vossa Mercê na cara, como fiz com o velho Borba quando ele tentou desterrar-me das minas, lembras? E frisei bem a insolência duas vezes: Vossa Mercê! Vossa Mercê! Não fiz certo? – ele perguntou sem esperar resposta.

Chegamos à vila sabarense nas vésperas do aniversário de nascimento de Nosso Senhor Jesus Cristo, mas Nunes Viana decidiu prosseguir viagem para a fazenda da Tábua no dia 25 de dezembro sagrado.

— Tenho muito a fazer... O conde pestilento que aguarde... – justificou, marchando para a barra do rio das Velhas sem dar pistas do que planejava.

Em março de 1719, deduzi qual fora o seu plano quando as boiadas dos currais do São Francisco começaram a minguar. Desde a fronteira da Comarca do Rio das Velhas com a Capitania da Bahia, Nunes Viana alevantara os criadores de gado contra o Conde de Assumar, convencendo-os a suspender o envio de boiadas para as vilas mineiras.

Logo a carne começou a faltar, mas o governador não recuou. Não só manteve o leilão do *estanco* dos *direitos de passagem* da barra, como expediu *bando* proibindo que os fazendeiros prestassem vassalagem ao meu senhor.

Secretamente, ele enviou também mensageiros à Câmara da Vila de São Paulo do Piratininga, implorando que fossem enviados às minas 20 mil bois dos currais dos pastos de curitiba do termo da Vila de Nossa Senhora da Luz dos Pinhais, nas partes do Sul do continente brasílico.

A tudo isso, Nunes Viana reagiu com mais ousadia, ordenando a suspensão do envio de sal, farinhas da terra e peixe salgado para as vilas mineiras. E enquanto os seus homens percorriam as fazendas espalhando a boataria de que o conde pretendia elevar em 10% o imposto sobre cada escravo que entrasse nas minas, o seu fiel aliado, padre Antônio Curvelo de Ávila – pároco de Matias Cardoso muito admirado no sertão –, visitava as igrejas e capelas ameaçando com excomunhões e as chamas do inferno a todos que dessem ouvidos ao *bando* do governador.

Diante da nova afronta, o Conde de Assumar respondeu com um ardil que acabou selando o destino de Nunes Viana. Simplesmente, o governador acusou-o de ter cometido um crime que não cometeu: o de ser mandante do assassinato de um mineiro, em conluio com o primo xará Manuel Rodrigues, na disputa pelas águas nas lavras de Catas Altas do Mato Dentro.

Contra eles, o governador mandou então abrir *devassa* e expediu um segundo *bando,* desterrando o meu senhor da capitania. E para cumprir suas ordens, despachou para a barra do rio das Velhas tropas fortemente armadas, cujos capitães tinham ordens para prendê-lo, debelar o motim e garantir o trânsito das boiadas.

Ao arcebispo do Rio de Janeiro, o governador mandaria ainda emissário portando carta com a exigência de que o padre Curvelo fosse transferido imediatamente da paróquia de Matias Cardoso...

Mas quando os capitães do Conde de Assumar chegaram à barra, Nunes Viana não estava mais lá. Informado da vinda das tropas pelos espiões, ele já havia se recolhido da fazenda da Tábua para a do Escuro no rio Carinhanha, e depois para Jacobina da Bahia.

Na carta que me enviou pelo Chico Paredes no final do ano de 1719, o meu senhor justificou a fuga por estar velho e cansado. Daí em diante, trataria apenas dos negócios em São Salvador, deixando as fazendas de gado aos cuidados do filho Miguel e as lavras de ouro aos do primo-sócio.

Para meu espanto, escreveu que eu estava livre para deixar o seu serviço, visto que permanecer como agente e sócio nas carregações da Bahia me traria mais mal do que bem. Por isso, mandava que desfizesse das mercadorias do armazém de Sabará, concedendo generosamente que ficasse com a maior parte dos haveres, para começar o meu próprio negócio.

Como Nunes Viana nunca mais pôs os pés nas minas nem eu na Bahia, a última vez que o vi foi no Natal do ano do Nosso Senhor de 1718. Sobrevive, porém, a forte amizade, renovada todos os anos pelas cartas e notícias que vão e vem com o Chico Paredes e os tropeiros baienses.

***

Além dos motins de Pitangui e do rio das Velhas, o Conde de Assumar enfrentaria ainda uma revolta de *tapanhunos* escravos e a sedição dos moradores de Vila Rica contra a instalação das casas de fundição de ouro. Aos dois motins, ele respondeu com maligna astúcia e violência, seja contra os negros, seja contra os brancos.

Soube da revolta dos escravos pelos rumores que tomaram Sabará durante a Quaresma de 1719. Sigilosamente, mensageiros do governador chegaram à vila para aconselhar os senhores a guardar suas armas em local seguro, pois os *tapanhunos* planejavam roubá-las para chacinar todos os brancos e suas famílias no adro das igrejas após a missa das Endoenças, que se celebra na quinta-feira da Semana Santa.

As notícias davam conta também que as principais cabeças da revolta já haviam sido presas e decapitadas pelos milicianos do conde em Vila Rica, mas era melhor esconder as armas, por precaução...

Em casa, interroguei Isidoro sobre o que se passara entre os escravos e ele acabou revelando. Segundo ele, os *tapanhunos* das nações da Costa da Mina, de Angola e da Guiné tinham mesmo acordado um motim para o dia da missa das Endoenças, quando as igrejas estariam cheias e as moradas entregues aos criados.

De conversa em conversa ao pé do ouvido nas lavras e senzalas, a revolta se espalhou entre os escravos muito além de Ouro Preto, até que os principais das três nações dos pretos brigaram entre si, cada qual exigindo o direito de escolher o futuro rei.

— Aí, meu sinhô, a coisa desandou de vez e algum escravo vexado deve de ter soprado o plano nos ouvidos de um feitor – Isidoro palpitou, jurando por Nossa Senhora do Rosário apenas saber da revolta por ouvir dizer, que nada me contara por não ser delator, e que nunca apontaria uma arma contra mim.

Seja como for, o fato é que o governador se livrou com um golpe de sorte da ameaça de que aflorasse nas minas um longo reinado de pretos como o de Zumbi dos Palmares na Capitania de Pernambuco, só destruído pelo poderio de armas e ferocidade do exército comandado pelo mameluco paulista Domingos Jorge Velho.

Ainda em 1719, outra onda de sedições começou a se formar quando chegou às minas carta régia do rei *freirático*, ordenando que o conde substituísse o sistema de *fintas e avenças* pela instalação de casas de fundição, onde todo o ouro extraído passaria a ser quintado e fundido em barras marcadas com o selo real.

Diante da resistência dos mineiros, o Conde de Assumar reuniu os vereadores das vilas e os intimou a deliberar o apoio às ditas oficinas, oferecendo em troca postergar a sua instalação por pelo menos um ano. Sob pressão do governador, os *homens bons* apoiaram também a criação de novos *registros* fiscais na estrada real do Rio de Janeiro.

Tudo parecia ter se apaziguado até que outra carta de Dom João V chegou, determinando a proibição de circulação de ouro em pó quando as casas de fundição fossem instaladas. Além disso, o conde recebeu autorização do rei para confiscar bens e degredar para as Índias por até dez anos todos que resistissem à nova ordem.

Ora, como o grosso dos negócios nas minas se faz fiado e a moeda corrente é o ouro pó, a carta régia fez com que os mercadores começassem a executar as dívidas dos mineiros antes que as oficinas começassem a fundir o ouro! E disso decorreram os tumultos, pois sem ter como quitar os fiados, muitos mineiros fugiram para os matos, o que trouxe a ruína e quase parou a mineração.

Com a terra exalando tamanhos rancores, o motim estourou na noite do dia 28 de junho de 1720, véspera do dia de São Pedro, quando mascarados armados desceram do morro chamado de Ouro Podre em Vila Rica e cercaram a casa do ouvidor-geral Martinho Vieira, que milagrosamente conseguiu escapar.

Os amotinados fizeram então assembleia, deliberando enviar petição ao governador no Ribeirão do Carmo, na qual pleiteavam que as casas de fundição não fossem instaladas, bem como os novos *registros,* e que o ouro em pó pudesse continuar circulando como moeda corrente.

No entanto, o conde simplesmente desdenhou a petição com arrogância, respondendo que perdoava as insolências; o que resultou em maior ira dos sediciosos.

Assim, instigados pelos principais Pascoal da Silva Guimarães, Manoel Mosqueira Rosa e Filipe dos Santos Freire, dois mil homens desceram de Ouro Preto para a cabeça da capitania, cercando o palácio do governador.

Como é de fama pública hoje, o Conde de Assumar reagiu ao sítio fingindo ceder. Da sacada do palácio, ele dirigiu-se solenemente aos sediciosos prometendo deferir a petição e perdoar a todos, caso dispersassem.

Porém, enquanto a multidão ainda comemorava gritando vivas ao governador e deliberava subir a serra de volta para Ouro Preto, o governador punha em marcha a sua maligna astúcia. Em apenas dois dias, ele reuniu mil e quinhentos milicianos leais e os comandaria pessoalmente até Vila Rica, onde adentrou anunciado por um *bando* no qual prometia cem *oitavas* de ouro pela cabeça de cada rebelde!

Surpreendidos, os mineiros não puderam oferecer quase nenhuma resistência quando os milicianos atacaram o seu ninho no morro do Ouro Podre e despejaram saraivadas de tiros de espingardas e de canhoneiras, incendiando depois as choças, sob o olhar inclemente do governador.

Aos que conseguiram escapar, ele fez perseguição implacável, prendendo um dos principais da sedição, o *tratante* lusitano Filipe dos Santos, no Arraial de Cachoeira do Campo.

Ali mesmo, o Conde de Assumar condenou, sem julgamento, o súdito do rei à morte e ordenou que o pobre homem fosse esquartejado vivo, com os braços e pernas amarradas a quatro cavalos...

XIV
CARTAS DA HOLANDA

Apesar da chuvarada que desabou no final do ano de 1729 ter atravancado a labuta dos *tapanhunos*, as obras da Capela de Santana do Inhaí estão sendo agora arrematadas com todo capricho. Nada que se compare à riqueza das igrejas de São Salvador ou das que se alevantaram em Vila Rica e no Sabará, mas que é muito bonita de se admirar, isso é...

Singela e pequenina, a capela se espraia graciosamente em meio à praça verdejante do arraial e vejo que valeu a pena cada *oitava* de ouro do donativo que empatei nas obras. Os escravos trabalharam com muito zelo e agora se esmeram para que a novíssima Casa de Deus invocada à mãe da Virgem Maria esteja tinindo para receber as rezas, novenas, procissões e missas da Quaresma e da Semana Santa vindoura.

No adro da capela, cuja frente dá para o caminho que vem da barra do rio das Velhas no São Francisco e dos rios Verde e Gorutuba – e de costas, portanto, para a estrada que vem do Arraial do Tijuco –, os carpinteiros levantaram um vistoso cruzeiro em madeira de lei.

Cuidadosamente, o mestre vai agora apetrechando a Sagrada Cruz com os símbolos da Paixão de Cristo: a caveira e os dois fêmures cruzados; a jarra e a bacia de Pilatos; os três dados, as espadas e as lanças; o cálice, o pano de Verônica e a esponja; e os cravos com os quais os soldados romanos pregaram as mãos e os pés de Nosso Senhor Jesus Cristo na Cruz, por ordem do governador Pôncio Pilatos.

Em destaque, lê-se acima a inscrição I.N.R.I. – *Iesu Nazarenus Rex Ioudeorum,* ou Jesus Nazareno Rei dos Judeus –, o título infame do cartaz que o governador romano de Jerusalém mandou adornar a Cruz em que o Nosso Senhor foi sacrificado.

Por fim, a inscrição vai encimada pelo galo que cocoricou três vezes, lembrando o apóstolo Pedro da profecia de Jesus, de que após a Sua prisão ele negaria conhecê-lo. E tudo isso junto vai compondo um belo trabalho que com certeza deixará boquiabertos tanto os devotos, quanto os viajantes...

Com o fim da estação das águas, que agora só caem em pancadas ao entardecer, eu já me sinto um novo homem. A tosse maligna serenou e as dores das juntas e dos ossos se foram com a mudança do tempo.

Pareço até um jovem, descendo e subindo quase que saltitante as escadas do porão sem ofegar, sem dores ou rangidos de ossos. A umidade e o mofo que me atazanam vão aos poucos indo embora também, pois Maria põe o que pode – e o que não pode – para secar ao sol.

Até a comida ganhou novos sabores! Da horta cuidada pela Maria e das roças que o Isidoro cultiva às margens do rio Inhascica, à beira da estrada da barra do rio das Velhas, o que foi semeado já se colhe com fartura.

E a partir desse mês de março, o Inhaí vai se despovoando de homens e de escravos que partem para as lavras – umas mais perto, no rio Caeté-mirim ou no Inhascica, outras cada vez mais longe, no Jequitinhonha abaixo e nos que têm barra nele, como os rios Itacambiruçu e Araçuaí.

O tempo quase seco me rejuvenesce também por trazer esperanças de boas catas de diamantes e de bons negócios que aguardarei aqui sossegado, em um arraial vazio de homens desocupados que exalam arruaças, violências e beberagens pelo pouco a fazer durante a estação das chuvas.

Desde que março abriu, eu aguardo, ansioso, as novas que o meu agente Chico Paredes me manda todos os anos da Cidade da Bahia; quando não vem ele próprio, se o negócio é de bonís- sima monta!

Do Arraial do Tijuco, chegam também as notícias, que escassearam nas chuvas, quando a cheia dos rios e córregos não dá passagem aos homens e animais. Por isso, só ontem pude enviar com segurança ao régulo de Vila Rica, o senhor Inácio de Souza, a partida de diamantes que lhe prometi.

Hoje, 19 de março de 1730, é o dia de São José e me trouxe muitas boas novas! É o Chico Paredes, em pessoa, que vem da Bahia e está há poucas léguas do Inhaí, aonde chegará antes do anoitecer, como ele mandou avisar por um dos batedores da sua tropa.

A sua presença anuncia que os negócios são promissores e pus, então, a Maria e o Isidoro em alvoroço para preparar o cômodo de hóspedes para o Chico, arrumar o rancho para a escolta e os tropeiros e providenciar o do bom e do melhor que houver na dispensa, pois chegarão cansados e famintos depois de quase dois meses de viagem, bem o sei...

Do porão, trouxe para a sala os *livros de razão*, em que anoto os negócios da Bahia e do estrangeiro. E, também, é claro, uma botija de *angélica* – a mistura de vinho com água ardente que sei que o Chico também muito aprecia. Assim, enquanto aguardo impaciente a chegada do meu agente na Bahia, vou revendo os créditos, fiados e deveres a honrar, entre goles de *angélica*.

A noite ainda não tinha caído quando ouvi a algazarra na praça e fui espiar pela janela. Embora a tropa chegasse apenas com o Chico, a escolta armada de seis homens, sete mulas carregadas e seus tocadores e os animais de muda, as mulheres e crianças do arraial amontoaram-se para vê-la chegar. E quando os cavaleiros apearam, fui até a porta da casa para receber o Chico.

— A bênção, padrinho Dom Álvaro! Vossa Senhoria está com uma aparência danada de boa, graças a Deus! Está mais moço do que quando estive aqui pela última vez... Foi há uns dois anos, né? – ele falou, curvando-se para beijar a minha mão.

— Deixas pra lá o dom e a Vossa Senhoria, Chico, pois isso é tratamento para fidalgo; o que não sou e nem nunca serei, tu bem sabes... Pois sim, passei perrengues nas chuvas, mas o tempo seco me rejuvenesceu. É... A última vez que estiveste aqui foi mesmo em 1728. E que novidade é essa de tu vires pessoalmente? – eu perguntei curioso.

— O dom é costume, meu senhor... Desculpe... Gostaria de ter vindo antes, mas as cartas quase tudo resolvem, não é mesmo? Além do mais, estava entretido com os vossos negócios, que só cresceram, graças a Deus! Os vossos tratos na Bahia estão de encher os olhos de qualquer mercador, mas os que mais rendem são os de Amsterdã...

— Bem o sei pelas cartas, meu bom Chico... Mas não me deixes curioso... O que aconteceu de novo para tu vires em pessoa? – eu insisti impaciente.

— Ah... Foi Dom Antônio Rodrigues Pereira que pediu que viesse, padrinho. Ordenou que eu trouxesse ao senhor duas cartas que despachou de Amsterdã por portadores diferentes.

— Algum problema com a última carregação que enviei – eu perguntei preocupado.

— Não senhor! Por um dos portadores, de nome Tomás Ferreira, ele mandou dizer que a carregação que despachaste pelo frei Bento na frota da Bahia de julho de 1728 chegou inteirinha! Diamantes de qualidade melhor que os da carregação anterior.

— Mas então porque duas cartas? – eu interroguei.

— Não sei dizer, mas acho que por segurança. Cada uma veio por um portador que não sabia do outro, mas ambos me disseram que ele ordenou que viesse ter com o senhor em pessoa. Por isso estou aqui... – ele respondeu, entregando-me os dois envelopes lacrados que retirara cuidadosamente do embornal.

— Virgem Maria Mãe de Deus... – eu exclamei alarmado.

— E Dom Antônio tem pressa! Tomás Ferreira pediu para procurá-lo logo que eu retorne a São Salvador com a vossa resposta. É que na frota de julho embarcará outro emissário do colégio que ele não quis me dizer quem é...

— E esse Tomás é homem de confiança – eu perguntei desconfiado, enquanto o observava bebericar a *angélica* que a Maria servira. Apesar de beirar uns 50 anos, Chico continuava com o corpo firme do moçoilo que me auxiliara na contadoria da tropa do senhor Nunes Viana em 1702.

— Tenho comigo que é de confiança, meu senhor! Pelo que assuntei, Tomás é um homem muito benquisto na praça de Salvador e tem bom trato com os jesuítas. O irmão mais velho, frei José, serve no colégio da Ilha da Madeira. Além disso, o filho do vosso amigo *Boca de Ovo* o conhece e suspeita que ele seja cristão-novo *marrano*, mas muito discreto. Então, creio que o sinhô pode confiar...

— Muito bom Chico! Apurastes bem sobre o tal Tomás... Com certeza, Dom Antônio demanda mais um lote de diamantes... O diacho é que as lavras só começaram agorinha e despachei duas remessas, a última ontem, para o senhor Inácio, aquele mercador de Vila Rica sobre o qual já lhe falei.

— Sim, o sinhô já me falou do régulo Inácio de Souza vosso amigo... Mas Dom Álvaro é mercador previdente e com certeza tem guardado lotes pra casos de urgência.

— Tenho Chico, mas não muito... – eu respondi, acariciando o brasão da Casa de Dom Antônio Pereira que selava os dois envelopes.

— Quer que eu me retire para que o senhor possa lê-las – ele perguntou, reagindo ao meu gesto.

— Não! Não vou ler agora, pois antes quero saber das novas da Bahia! Leio as cartas com calma mais tarde e depois tratamos dos negócios... Ah... A Maria já deve estar terminando a ceia... Vamos continuar conversando ou tu queres se banhar primeiro? – eu interroguei.

— Carece de banho agora não, padrinho...

— Como queiras, meu filho... Mas então, tu estiveste com o Álvaro Lopes Filho antes de vir?

— Sim! Procurei-o no Colégio dos Jesuítas, mas o vosso filho estava em retiro no Seminário de Belém da Cachoeira... Então, quando passei pela Vila de Cachoeira, fui até o seminário e estive com ele... O moço está muito bem! Mandou lembranças e felicitações pelo vosso aniversário. E mandou dizer também que já pediu autorização ao reitor para visitá-lo no próximo ano... – o meu agente contou, enquanto começava a saborear um cozido de mocotó, acompanhado de couve rasgada e frita no azeite que a Maria acabara de servir.

— O quê? O moço Álvaro Filho quer me visitar aqui neste arraial perdido nos confins do mundo? Eu não acredito, Chico! Nessa viagem, tu viraste mesmo portador de todas as surpresas – eu exclamei incrédulo, segurando-me à cadeira para não cair.

— Podes crer que é a pura verdade, padrinho! O moço disse que virá ter com o senhor no ano vindouro, visto que não vais mais a Salvador. Ele puxou o pai! É determinado – Chico elogiou, olhando-me de soslaio antes de mergulhar novamente no cozido.

Preferi não render o assunto do Álvaro Filho, inteirando-me das novas da Bahia durante a ceia.

Tão velho quanto eu, que acabei de fazer 79 anos, o Álvaro Gil *Boca de Ovo* goza de boa saúde, embora às vezes a memória falhe, por caduquice, relatou-me o Chico. Se o velho amigo não conseguiu tornar-se capitão de embarcações, o seu filho Nuno conseguira, muito prosperando como armador de naus que fazem o vai-e-vem do comércio entre São Salvador e São Paulo de Luanda de Angola.

Apesar de reclamar da obesidade, o meu velho senhor Nunes Viana também estava bem de saúde, contou o agente.

— Estive com Dom Manuel antes de vir e ele mandou felicitações pelo vosso aniversário. Achei-o ainda bem acabrunhado por não ter encontrado um substituto à altura para o *Bigode* entre os seus *mandingueiros*.

— Como assim? O que aconteceu com o *Bigode*?

— Deus do Céu o chamou em outubro passado, padrinho. Como tinha escrito pro sinhô, ele estava meio macambúzio, mas nem mesmo o barbeiro que Dom Manuel mandou assisti-lo achava que era caso grave... Mas ele foi finando, finando e de repente Deus o levou – Chico falou com a voz embargada e os olhos marejados.

— Santa Madre de Deus! Que desastre, meu filho... – eu falei inconformado.

— Triste demais, meu sinhô! Acompanhei os últimos suspiros do *Bigode*... Coisa mais triste foi ver um homão forte e grande como ele entrevado sobre o catre. Virou pele e osso e no final, nem falar falava. O barbeiro disse que ele finou de ataque, mas sei não... Há quem diga que foi *mandinga* das mais malignas – Chico relatou, lembrando que se eu havia lhe ensinado a arte dos números e das contas, o *Bigode* lhe ensinara a dos sertões.

Não bastasse essa má nova, Chico trouxe-me outra: a da prisão do mercador Miguel de Mendonça Valladolid. Segundo ele, o *homem de nação* fora detido por um *familiar* do Santo Ofício da Inquisição em São Salvador em fins de novembro, sendo imediatamente conduzido enjaulado para Lisboa.

— Mas Dom Manuel não acredita que o processo irá prosperar no tribunal... Como Dom Miguel é homem de muitos cabedais, tudo poderá se ajeitar com os juízes da Inquisição no Reino, ele me disse – Chico emendou.

— Que Nunes Viana tenha razão... Rezarei a Deus Nosso Senhor pela alma do *Bigode* e para que o amigo Miguel se safe ileso do tribunal – eu falei desanimado, em dúvida se minhas preces seriam atendidas.

Desgostoso com tantas más novas, eu resolvi me recolher aos aposentos, ordenando à Maria que providenciasse água quente para que o meu agente na Bahia pudesse se assear em um bom banho de cuia.

***

Primeira correspondência:

"Senhor e amigo Álvaro Lopes, que Deus vos ilumine.

Recebi as amostras de grãos que Vossa Senhoria despachou e agradeço a vossa presteza. A qualidade foi muito superior à da remessa anterior. Pela confiança que nos tornou irmãos, informo a Vossa Senhoria que, devido à excelente categoria do lote, emiti uma carta de crédito com o valor cinco por cento a mais do que o combinado, em respeito aos preços que se pratica nessa praça hoje para grãos de natureza tão límpida e pura. Sobre o valor da dita carta de crédito que é vossa, farei correr os juros anuais apalavrados, a serem pagos junto com o principal, no ato do resgate por Vossa Senhoria, pelo vosso emissário, lavrado e atestado, ou pelo vosso filho, Álvares Lopes Filho, tanto aqui em Amsterdã quanto em Lisboa, Londres ou Antuérpia, onde melhor vos convier.

No entanto, não escrevo a Vossa Senhoria para dar conta apenas deste negócio, pois a confiança estabelecida entre nós assim dispensaria. O motivo urgente, pelo qual eu recomendei que o vosso agente Francisco Paredes fosse de pronto ao vosso encontro, é o manifesto do descoberto dos diamantes na Comarca do Serro do Frio, acusado pelo governador Dom Lourenço de Almeida em carta ao rei Dom João V, datada do dia 22 de julho de 1729, como Vossa Senhoria deve ter conhecimento. Dom Lourenço relatou a descoberta de umas "pedrinhas brancas" e justificou ao rei que retardara em dar o manifesto porque aguardava a certificação de ourives se eram mesmo diamantes, conforme relataram tanto os meus amigos quanto os espias que tenho no conselho de Sua Majestade. Mas el-rei e os ministros já desconfiavam do novo descoberto, sabemos todos.

Afinal, pelas frotas do Oriente que aportaram em Lisboa nos últimos anos vieram mais diamantes do que era de costume. Dizia-se que eram das minas de Goa da Índia, mas logo se levantaram suspeitas da procedência brasílica na Corte, visto que as naus fazem sempre escala em São Salvador. Confesso que nós mesmos, homens de negócio lusos em Amsterdã, ajudamos nessa desconfiança. Quando constatamos a derrama, um emissário nosso levou a suspeição aos amigos no conselho de ministros, advertindo-os de que havia excesso de diamantes e que a mineração desordenada arruinaria o mercado das pedras, pois os preços despencariam, para prejuízo do rei de Portugal e do nosso.

Escrevo a Vossa Senhoria, pois, para informar o que está sendo confabulado na Corte de Dom João; o que sabemos pelos amigos e por espias mui bem informados. Por essas e outras novas, tudo está a indicar que o governador Dom Lourenço tem os dias contados na governança dessa Capitania das Minas Gerais; e creio que dessa vez de nada valerão as palavras do irmão patriarca de Lisboa.

Pelo que se está a cogitar, os terrenos ditos diamantinos serão demarcados e declarados como monopólio régio; ninguém poderá minerá-los, nem mesmo aqueles mineiros que possuírem cartas de datas de ouro, pois estas serão cassadas. A posse de diamantes também será proibida, punindo-se os delinquentes com penas de confisco dos bens e degredo para Angola da África, e ainda de açoites para os pardos, forros e escravos, conforme ordenará uma lei que se escreve em segredo no conselho. Como podes ver, anunciam-se tempos tumultuários.

Mas creio que nesse primeiro momento, Dom Lourenço será investido pelo rei de poderes para cuidar das providências iniciais nos descobertos, cuja superintendência deverá ficar a cargo do novo ouvidor da Comarca do Serro do Frio. Vossa Senhoria o conhece?

Aconselho Vossa Senhoria, portanto, a tirar o melhor proveito do que vos escrevo, negociando no ano vindouro o que de melhor derem essas minas, pois logo virá o desastre. E aguardo já na próxima frota que Vossa Senhoria encaminhe outro selecionado lote de grãos, pelo qual emitirei notas nas condições apalavradas no nosso último negócio, se forem de igual qualidade e pureza.

O portador desta carta foi instruído por mim a destruí-la, em caso de qualquer suspeita ou ameaça de violação do seu segredo. Não revelei também o vosso nome como destinatário, mas o do vosso agente na Bahia Francisco Paredes.

Desejo-vos muita saúde e paz!

Escrita em Amsterdã, aos 15 dias de outubro de 1729, pelo vosso amigo que a assina e sela.

Antônio Rodrigues Pereira".

Conferi o lacre de cera do envelope, marcado com o sinete do mercador e sem sinal de violação, e depois a assinatura, certificando-me de que a carta era de sua lavra. Muito embora o assunto fosse mesmo grave, afirmo que a missiva não me surpreendeu. Desde o ano passado, quando soube pelo Inácio de Souza que o governador despachara a carta de *manifesto* ao rei, eu já esperava pelo pior.

Apesar de o régulo de Vila Rica estar seguro quanto ao mando de Dom Lourenço, o mau presságio anuviou a minha mente desde então, confirmando-se agora na carta do senhor Antônio Rodrigues de Amsterdã.

Afinal, seria ingenuidade achar que os ministros do conselho de sua majestade iriam fazer vistas grossas às demoradas diligências do governador para dar o *manifesto* do descoberto dos diamantes, por mais que ele conte com o irmão-prior Dom Tomás de Almeida em Lisboa.

Sei que o senhor Inácio de Souza não me dará ouvidos, pois tem fé cega no mando do amigo governador, mas é meu dever alertá-lo de que a sua empresa na Boa Vista do Paraopeba corre riscos diante da suspeição de Dom Lourenço na Corte. E farei logo isso, mandando-lhe um novo correio, para livrar a minha consciência.

Confesso, porém, que me move também o medo, pois a verdade inteira é que o que de ruim sobrar para o régulo de Vila Rica sobrará para nós, mercadores amigos...

Se a carta do banqueiro de Jerusalém do Ocidente, digo Amsterdã, comprovou que os meus receios eram mais do que fundados, a minha velha precaução e tino comercial também não me faltaram. Tanto pelo moço Manuel Filipe quanto pelo emissário que seguiu há pouco para Vila Rica, eu mandei ao régulo apenas parte dos diamantes que guardo comigo escondidos nas paredes do porão.

Assim, disponho ainda de boas e selecionadas pedras, sem contar as que esse novo ano de 1730 promete, pois haverá ainda um bom tempo de liberdade para os negócios, até que os ministros do rei se entendam e as medidas apalavradas no conselho virem cartas régias, instruções, *bandos* e regimentos, como alertou o banqueiro de Amsterdã.

— Fiquei até aliviado com a missiva de Dom Antônio, Chico, pois nessa meada do encobrimento do descoberto dos diamantes eu temia mesmo que viesse algo atroz quando o rei e seus conselheiros soubessem; talvez menos tormentoso do que parece que virá. Muito embora coisa breve de um ano, pouco mais, pouco menos, graças a Deus, nós temos ainda algum tempo antes dos tumultos caírem como raios. Depois, será tudo muito mais difícil e tenho dó dos mineiros! Os tempos serão duros para a mineração e o comércio de pedras... Podes crer, meu filho – eu observei, após revelar a ele o teor da carta do mercador.

— Então, é urgente que eu alerte os vossos amigos na Bahia, não é mesmo, meu senhor? – ele perguntou alarmado.

— É claro, Chico! Como sempre te ensinei, o bom comerciante tem o dever de lealdade com aqueles com os quais negocia e que sempre honram os compromissos à risca, pelo fio do bigode ou pela palavra falada ou escrita. Na Cidade da Bahia, tu procuraras todos os senhores com os quais trata os meu negócios, a começar pelo filho do *Boca de Ovo,* o Nuno. Mas nada de alarme e nem de revelar inteiro o teor do que te contei. E muito menos o nome de quem informou...

— Com certeza, meu senhor! E como devo proceder? – ele interrompeu.

— Apenas dirás aos amigos que o tempo do mercado livre de diamantes está com os dias contados, pois o *manifesto* do governador Dom Lourenço despertou a cobiça na Corte... Ponhas a par também o senhor Nunes Viana, pois o amigo muito estima estar bem informado sobre o que se passa aqui. No Tijuco e em Vila Rica, eu me encarrego de fazer as notícias chegarem. Mas prestes atenção, nada de alarme! Deves te conduzir com muito sigilo, pois o assunto é deveras muito grave – eu continuei.

— As paredes têm mesmo ouvidos, como Vossa Senhoria sempre costuma dizer... Então, é hora da fartura? – ele perguntou esfregando as mãos.

— Pra comprar e fazer escambo de diamantes, com toda certeza, meu filho! Temos informações muito valiosas do que deve acontecer em breve e que ninguém ainda sabe, nem mesmo o governador e quiçá o vice-rei na Bahia. A cassação das *datas* concedidas e o monopólio régio da extração dos diamantes são instruções muito graves, que vão tumultuar as minas. Então, deves voltar ligeiro a São Salvador para diligenciar o que vos determinarei... Careço apenas de um dia para reexaminar e pesar as pedras do lote que enviarei a Dom Antônio Rodrigues; e certifique-se de que o tal Tomás Ferreira é mesmo homem de confiança! Amanhã, passamos a limpo os cadernos e então tu voltas com os teus homens para Salvador – eu determinei.

— Já tenho a limpo todos os vossos negócios na Bahia, meu senhor...

— Sim, sim, Chico, eu sei muito bem de teu zelo com as contas! Conheço muitíssimo o teu cuidado com os números e a escrituração dos negócios na Bahia e no estrangeiro. Vamos apenas bater os teus com os meus *livros de razão* – eu retruquei, levantando-me de um pulo e ordenando que ele me seguisse até o porão.

XV
O SEGREDO DOS DIAMANTES

O meu destino sempre foi traçado por linhas tortas, com as bênçãos de Deus Nosso Senhor! Por linhas enviesadas, deixei o noviciado à beira da ordenação, mas pude aprender como poucos os ofícios de caixeiro e contador no Colégio dos Jesuítas da Bahia. Pelas mãos do meu senhor Nunes Viana, vim parar nas minas, primeiro como seu contador e depois como sócio, e tomei gosto pelas artes do comércio de ouro.

E foi pelas linhas tortas do destino que cheguei finalmente ao negócio dos diamantes no Serro Frio – ou *Ivituruí* na língua dos gentios –, após Nunes Viana ser caçado e expulso definitivamente das minas pelo governador Dom Pedro de Almeida e Portugal, o tirano Conde de Assumar.

Desamparado, comecei a desfazer das mercadorias do armazém que tinha com o meu senhor na Vila de Sabará ainda sem saber qual rumo seguir. Apesar da saudade da Bahia, o lucrativo comércio de ouro havia me encantado e eu estava decidido a montar praça em qualquer outro lugar onde as minhas ligações com ele não fossem tão conhecidas, como em Sabará.

Inicialmente, cogitei mudar para Ouro Preto, mas aí chegaram más novas da bárbara repressão do Conde de Assumar à "Sedição de Vila Rica" e do triste fim do *tratante* natural do Reino Filipe dos Santos...

Já afamado em todo o mundo como cabeça da Potosí brasílica, Ouro Preto seria cada vez mais alvo da ganância da Coroa portuguesa e da Inqusição, eu pensei, descartando a mudança. E estava certo: em 1721, Vila Rica ganharia foros de cabeça da novíssima Capitania das Minas Gerais, separada da de São Paulo pelo rei Dom João V.

Apesar disso, duas outras cartas régias aliviaram os mineiros naquele ano. Temeroso de novos motins e sedições, o rei *freirático* adiara a instalação das casas de fundição de ouro – o que só ocorreria três anos depois – e decidira convocar o famigerado conde de volta a Portugal.

Segundo se dizia, Dom João V desaprovara o atrevimento do governador em mandar esquartejar um súdito natural do Reino sem justo julgamento ou a sua permissão. Já outros afirmavam que a razão principal fora a denúncia que chegara os ouvidos do rei de que o Conde de Assumar amealhara uma fortuna pessoal de mais de cem mil moedas de ouro durante o serviço régio nas minas!

Seja como for, fato é que o Conde de Assumar retornou rico para Lisboa imediatamente após a posse de Dom Lourenço de Almeida na governança da nova capitania em Vila Rica. Era o mês de agosto de 1721 e eu já estava de mudança para o arraial batizado de Tijuco – que quer dizer lama em *Nhengatu* –, seguindo os passos de muitos sabarenses que partiram para o Serro Frio atraídos pelas notícias da riqueza das novas minas descobertas.

Vim para o Serro Frio sem passar pela Vila do Príncipe, que é hoje cabeça da comarca recém-criada, marchando de Sabará com a minha tropa pelo caminho da Bahia até o Arraial de Santo Antônio da Estrada, agora apelidado de Padre Curvelo em deferência ao clérigo rebelde amigo do meu antigo senhor no motim do sertão contra o leilão dos *direitos de passagem* do gado.

Dali, seguimos por picadas até o rio Paraúna, que deságua no das Velhas, atravessando-o em canoas e cruzando depois a Serra Geral sob um frio invernal que fazia tremer os ossos. Na travessia da tortuosa serra, perdi uma bela mula picada por cobra e eu mesmo quase morri de frio, tosse e febres delirantes, sendo carregado em rede por boa parte da jornada.

Apesar dos percalços, a estrada era pouco conhecida e oferecia a vantagem de não ser patrulhada. Por isso, eu a escolhi, já que a minha tropa vinha carregada do estoque de mercadorias que sobrara do armazém de Sabará e de todos os cabedais que acumulara.

Assim, depois de muito penar, cheguei ao Tijuco pelo alto da Serra do Santo Antônio, de cujo cume logo eu avistei a serrania irmã de São Francisco e, ao longe, o pico do Itambé, que guiou a bandeira do sargento-mor Antônio Soares Ferreira na conquista do Serro Frio.

Para o rio Grande, que corta o fundo do vale entre as duas serras, corriam córregos e ribeiros, como Tijuco e Piruruca, onde algumas das infinitas minas de ouro do Serro Frio haviam se revelado.

Ainda convalescente, lembro que avistei o vale num fim de tarde e me animei com a beleza do lugar, quando vislumbrei a serrania de São Francisco iluminada pelos raios avermelhados do sol que morria, em contraste com o lusco-fusco sobre a Serra de Santo Antônio, por onde a diminuta povoação do Tijuco serpenteava preguiçosamente morro acima.

Era 15 de agosto, dia de celebração da Assunção aos Céus de Nossa Senhora Virgem Maria, e quando pousei no arraial no início da noite, a singela Capela de Santo Antônio estava tomada de fiéis. No largo principal, o da Cavalhada, mandei então descarregar as mercadorias e instalei venda, aferindo bons lucros nos dias seguintes enquanto a plebe se esbaldava nas tendas de quitandas e de água ardente e arriscava a sorte nas mesas de jogos e folguedos com cavalos.

Antes que as mercadorias esgotassem, despachei Chico Paredes de volta a São Salvador com ordens para armar uma tropa bem sortida de carregações e providenciei morada e loja na ladeira mais movimentada do arraial, a do Burgalhau, que margeia o ribeiro do Tijuco, e por onde transitam viajantes da estrada pública da Vila do Príncipe.

Em 1721, o segredo dos diamantes ainda não se revelara por inteiro e o arraial crescia vertiginosamente graças à abundância de ouro. Acima do largo da Cavalhada, os *tapanhunos* forros já edificavam sua capela em invocação a Nossa Senhora do Rosário dos Homens Pretos, de curiosa torre única, e novos arruamentos, como do Bonfim e da Direita, recebiam bem-feitas moradas cobertas de telhas, casas de ferreiros, lojas de secos e molhados, alfaiatarias, sapatarias, boticas, tavernas e *alcouces*.

O ouro era tanto, gabavam-se os moradores do Tijuco, que o lusitano Manuel Alves de Mendonça voltara para o Reino com uma arroba extraída em uma única cata no ribeiro Piruruca. Outros exaltavam que, no mesmo ribeiro, homens do sargento-mor Antônio Soares tiraram uma folha de ouro que pesou 910 gramas e eu mesmo tive prova da fartura sobre a minha balança: uma belíssima folheta de 495 gramas!

Assim, enquanto me enfronhava nos negócios no Tijuco, as linhas tortas do destino me levaram aos diamantes... Ao deparar certa noite com a gritaria de homens em torno de uma mesa de jogos em uma taverna do Bonfim, recordo que estarreci ao mirar à luz das velas e lamparinas o brilho intenso de pequeninas pedras brancas que serviam como tentos.

Fascinado pela visão das magníficas pedras, duvidei que fossem meros cristais, como me disseram, mas dissimulei, assistindo a partida de *trunfo* admirando-as de soslaio. Ao final da partida, dirigi-me discretamente a um dos jogadores, regateando uma mão cheia de tentos por apenas duas *oitavas* de ouro!

Em casa, pesei e analisei cada uma delas até o dia raiar e embora ainda não fosse muito entendido nas pedras preciosas do reino mineral, atestei que pela dureza e brilho elas não poderiam ser cristais. Mas se não eram cristais, o que seriam?

De uns gentios da nação dos *Puris,* ouvi que as pedrinhas brancas nada mais eram do que as cinzas calcinadas de uma frondosa árvore sagrada, que chamavam de *Acaiaca.* Adorada pelos gentios, o cedro havia sido incendiado pelos *perós* invasores, em uma artimanha para expulsá-los da paragem hoje batizada de Tijuco.

Segundo os *Puris,* após o incêndio sucedeu-se um grande dilúvio e fortes ventanias que espalharam as cinzas calcinadas da *Acaiaca* sobre os leitos dos ribeiros, que semearia a discórdia e a guerra entre os próprios *perós*...

Já os mineiros com os quais conversei, confirmaram que as pedras brilhantes emergiam mesmo nas bateias em quase todas as catas de ouro e que o senhor Francisco Machado da Silva teria sido o primeiro a repará-las nas suas lavras de São Pedro no rio Pinheiros e no Mosquito. Isso, nos idos de 1714, pouco mais, pouco menos...

O sargento-mor lusitano Bernardo da Fonseca Lobo também as extraía nas lavras dos Morrinhos e do rio Caeté-mirim desde o ano que cheguei ao Tijuco, usando-as como presentes e tentos. E outros mineiros logo o imitariam, fazendo, das pedras mais formosas, mimos e tentos para jogos de *trunfo* e *renegada.*

Nos relatos que colhi, chamou-me a atenção o interesse pelas pedras de um capitão de milícias que servira no arraial, de nome João de Almeida Vasconcelos, que garantia proteção aos mineiros em troca de lotes dos supostos cristais. E estranhei também os relatos da ganância pelos inusitados tentos de um frei italiano que visitara o Tijuco, chamado Eloy Torres, e do *tratante* Felipe de Santiago, da Bahia, que o acompanhava.

Fora isso, eu nada mais consegui apurar sobre as tais pedrinhas, e resolvi então enviar amostras para o meu agente Chico Paredes em São Salvador, para que averiguasse com os ourives da praça do que se tratavam; naturalmente ordenando que ele guardasse sigilo da procedência das pedras.

Informei meu agente também das andanças do frei e do *tratante* pelo arraial, pedindo que assuntasse sobre eles junto aos nossos amigos na Bahia e, enquanto não tinha respostas, continuei nas lidas da mercancia e do comércio de ouro no Tijuco, sem deixar de adquirir os tentos mais bonitos que via nas mesas de jogos durante as minhas andanças pelas tavernas e *alcouces*.

Quando em 1726 o sargento-mor Bernardo da Fonseca começou a alardear que as pedrinhas brancas só podiam ser valiosas, dado o interesse que o governador Dom Lourenço de Almeida manifestara por elas, há dois anos eu já sabia que as cinzas calcinadas da *Acaiaca* eram diamantes, conforme atestado dos ourives de São Salvador.

Chico Paredes desvendara também que frei Eloy Torres fora missionário em Goa das Índias, possessão portuguesa famosa pelas suas minas de diamantes, e, por isso, ao ver as pedrinhas nas mesas de jogos, logo percebeu que se tratavam dos valiosos brilhantes até então só encontrados no Oriente, Chico relatou, acrescentando que a boa nova já era pública entre muitos principais da Bahia.

Esperto, meu agente esmiuçou ainda o engenhoso trato que o missionário dava aos lotes que Felipe Santiago buscava regularmente no Tijuco: quando as naus da carreira das Índias aportavam em São Salvador, ele os despachava escondidos para o Reino, de forma a que, se fossem descobertos na alfândega de Lisboa, passassem por diamantes provenientes das minas de Goa!

Com ajuda da rede secreta além-mar de homens de negócios amigos de Nunes Viana que já conhecia, eu rapidamente copiei a engrenagem ardilosa forjada pelo frei Eloy para fazer os meus próprios tratos no estrangeiro; o que acabaria por me levar à famosa praça de diamantes de Amsterdã e ao banqueiro Antônio Rodrigues Pereira.

Registro, no entanto, que muitos moradores do Serro Frio já estavam cientes da boa nova, sobretudo depois que o falastrão lusitano Bernardo da Fonseca voltou de Vila Rica espalhando aos quatro ventos o interesse do governador Dom Lourenço de Almeida pelos tentos com que ele o presenteara.

Sabe-se hoje que o próprio ouvidor da comarca, Antônio Rodrigues da Banha, já estava envolvido no negócio dos diamantes. Em troca de seus préstimos na ouvidoria na Vila do Príncipe, ele era conhecido por não dispensar bons mimos, primeiro em *oitavas* de ouro, depois em pedrinhas!

Como era de se esperar, a avidez do ouvidor logo semeou a desconfiança entre os mineiros, mas Rodrigues da Banha não dava o braço a torcer: aos que indagavam sobre a natureza das pedras brancas, sacava laudos de ourives lisboetas juramentando que não passavam de cristais e que só serviam para tentos de jogos.

As notícias da terra prometida dos diamantes, porém, já corriam mundo. Preocupados com a queda de preços, mercadores cristãos-novos de Amsterdã, Londres e Antuérpia haviam feito chegar aos ouvidos do rei e da Corte em Lisboa as informações de uma *derrama* de diamantes na Europa, provavelmente procedentes da sua possessão brasílica.

Do lado de cá do oceano, novas levas de mineiros e de moradores de outras capitanias já marchavam também para o Serro Frio atraídos pelas notícias da descoberta de fabulosas minas de diamantes e o segredo se esvaia como água pelos dedos.

O próprio sargento-mor Bernardo da Fonseca arvorara-se à condição de primeiro descobridor, pelo que pleiteava ao governador Dom Lourenço a concessão pela Coroa dos prêmios de capitão-mor e tabelião vitalício da Vila do Príncipe, além de três hábitos de cavaleiro da Ordem de Cristo.

General que servira em Goa das Índias como frei Eloy Torres, o governador com certeza soube que as pedrinhas brancas eram preciosas desde que o sargento-mor lusitano o presenteara com um lote em 1726. Mas envolvido no negócio secreto dos diamantes – dizem que em conluio com o ouvidor Rodrigues da Banha –, ele desconversou o quanto pode o pedido de *manifesto* de Bernardo da Fonseca, até que chegaram as notícias do burburinho na Corte.

Temendo o escândalo, que poderia lhe custar a cabeça, apesar da proteção do poderoso irmão patriarca da Igreja Católica em Portugal, Dom Lourenço viu-se então obrigado a prestar contas da descoberta a Dom João V, enviando-lhe um seleto lote de amostras junto com a carta oficial de *manifesto* em 1729.

E em seguida seria a vez do sargento-mor falastrão embarcar para a terra natal, para pleitear as *mercês* pretendidas diretamente ao rei *freirático*, visto que Dom Lourenço fizera vistas grossas e desconversara o seu pedido de *manifesto* de primeiríssimo descobridor.

Sei de tudo isso de longe, pois desde 1726 mudei com baús e cuias para o Arraial do Inhaí, bem próximo às lavras de diamantes que se descobriam ao longo do rio Caeté-mirim e de outros tributários do Jequitinhonha, e a meio caminho da Bahia.

Mas posso garantir que é verdade tudo isso que escrevo... Afinal, estou sempre bem informado pelas cartas do régulo Inácio de Souza, do Chico Paredes e de cristãos-novos e mercadores amigos, como o banqueiro Antônio Pereira. Além disso, conto com a eficiente espia do Firmino, o cozinheiro da viagem de 1702 que hoje me serve como agente da loja do Burgalhau e que quase toda semana me municia com correio das novas no Tijuco.

***

Nas lavras que se espalhavam pelo rio do Caeté-mirim, admirei-me com a rapidez com o que os mineiros iam aprendendo a lide das misteriosas pedrinhas brancas. Como anotei, até a descoberta dos diamantes no Serro Frio, apenas se sabia das minas de Goa do Oriente; daí a ignorância dos mineiros sobre a sua natureza e melhor forma de lavrar.

Mas logo eles constataram que, tal e qual o ouro, o diamante é feito por Deus de material pesado e, por isso, se aninha nos depósitos de cascalho abaixo do leito arenoso dos ribeiros. Por meio de sondas, um mineiro treinado sabe dizer onde tem cascalho grosso promissor e aí cada qual pega o seu almocafre, picão, alavanca, enxada ou picareta para chegar até ele, retirá-lo e depois transportá-lo em *carumbés* e bateias para as margens.

No terreiro da lavra nos tabuleiros que os ribeiros formam, os negros limpam o cascalho grosso de areias, pedregulhos e pedras maiores com suas mãos e espátulas, até sobrar um material mais denso, ao qual se dá o nome de *esmeril*. Guardado dia e noite por vigilantes armados, o *esmeril* fica então à espera do dia da lavagem, quando voltará ao leito do ribeiro para ser bateado por escravos peritos de boa visão.

No dia sagrado da lavagem, a vigilância se redobra mais ainda! Para cada grupo de negros vestidos apenas de tangas e imersos até os joelhos nas águas frias dos ribeiros, atentos feitores vigiam o movimento circular das bateias lavando o *esmeril* até que reste apenas o material mais pesado e limpo, que é batizado de *pião*.

Ao sinal do feitor, o escravo que concluiu a lavagem deixa o ribeiro, emborcando o *pião* bateado sobre o terreiro. Se a cata *bamburra*, o diamante está ali junto com o ouro na crista do monte de *pião* e até um leigo é capaz de distingui-lo, pois a sua cor metálica brilha e é deveras inconfundível...

Mas logo se viu que esse meio de lavagem semelhante ao do ouro deixava passar boas pedras, além de ser muito moroso. E como a indústria do homem não tem mesmo fim para as invencionices, agora se criou o *terno*, um jogo de peneiros de arame de três tamanhos, nos quais se refina o *esmeril*.

Com o *terno*, os escravos peritos lavam o *esmeril* nas águas na ordem do peneiro grosso para o mais fino, cujos *cortes*, que sobram depois das três lavagens, são colocados no terreiro sobre três mesas de madeira separadas.

Na mesa do *corte* do peneiro mais grosso, um sortudo pode deparar-se com pedras maiores – às quais se dá o nome de *catatau* ou *búzio* –, mas estas são raríssimas. Já nas mesas dos outros dois *cortes*, apuram-se os diamantes menores, que são batizados de *finquetes* ou *avoadores*.

Uma pedra *catatau* ou *búzio* de boa água, perfeita, é chamada de *estrela* e as defeituosas de *bisbornas*. Tanto o diamante *catatau* quanto o *finquete* pode ter diversas formas. Ao que tem muitas facetas brilhantes, parecendo até que foram lapidados, dá-se o nome de *lambreado*. Por sua vez, a pedra em forma de munição de arma de fogo tem o nome de *bala* e as que lembram as pirâmides do Egito são chamadas de *pingos d'água*.

Assim, pelos tamanhos, pesos e qualidades, que eu logo aprendi a medir com a precisão inglesa de minhas balanças e lentes de aumento e a sabedoria dos peritos, os diamantes podem ser classificados em diversas categorias, sendo a primeiríssima a do *catatau* ou *búzio* de boa água – a *estrela* rara de grosso valor.

Pelo código dos mineiros, aquele que bamburra com um diamante *catatau estrela* ou um *lambreado* de bom peso deve premiar o escravo que o encontrou, concedendo-lhe ali mesmo a alforria. Se as pedras não forem tão boas, mas a partida de *finquetes e avoadores* ou até *bisbornas* bem sortida, a recompensa vai da alforria ao crédito para a liberdade futura.

Devido à raridade dos diamantes *catataus estrelas* e *lambreados*, reitero, porém, que são poucos os premiados com a alforria, prevalecendo créditos que quase sempre se perdem em razão da alta mortandade de negros trabalhando sob as águas frígidas dos ribeiros.

Talvez por isso seja tão frequente a delinquência da escravaria nas minas. Na cata do ouro, por exemplo, é costume dos negros escondê-lo sob os *pixains*. Outro costume é o de acoitar o ouro em pó nos pêlos dos animais de carga, recolhendo-o furtivamente em gamelas ao lavar os bichos ou os cabelos no final do dia de trabalho.

Já na cata dos diamantes, há escravos que escondem as pedrinhas no ouvido, no nariz e na boca e até mesmo há quem as engula para apurá-las com as espátulas depois de defecar...

Para coibir os furtos, os senhores deram de introduzir novos instrumentos de controle e castigo. Hoje, é comum deparar-se com *tapanhunos* apuradores bateando com os rostos escondidos sob *máscaras de flandres*, de folhas de zinco perfuradas, com as quais é impossível esconder o diamante na boca, no nariz ou nos ouvidos.

E além dos suplícios da palmatória e dos açoites com chicotes e *bacalhaus*, é comum também encontrar fileiras de negros suspeitos marcados a ferro quente e presos ao *vira-mundo*, com os punhos e tornozelos acorrentados nos terreiros das lavras ao relento, por horas e até dias a fio.

Apesar disso, escravos *ladinos* destemidos logram enganar a vigilância dos feitores e conseguem desencaminhar com facilidade os furtos das lavras, por meio das negras de tabuleiro que lá vão vender bebidas, quitutes e toda sorte de mantimentos quase todos os dias.

Outros negros têm a sorte de bamburrar nas catas aos domingos, quando alguns senhores permitem que fiquem com os frutos do dia sagrado, e aí eles ajuntam cabedais para comprar a alforria. Assim, seja pelo furto ou *bamburra,* não são poucos os *tapanhunos* que vão viver escondidos pelas grimpas das serras minerando por conta própria, pois afinal não há mesmo patrulha que chegue para dar conta dos descaminhos na imensidão do continente da Comarca do Serro do Frio.

Como a vida na mercancia me ensinou e já escrevi, a índole dos homens independe de defeitos de cor ou de sangue e desde que moro no Arraial do Inhaí – e lá se vão cinco anos –, tenho entre estes *tapanhunos* alforriados ou fugitivos os meus mais honestos fornecedores e clientes, dos quais compro ou atesto pesos e qualidades tanto do ouro quanto dos diamantes.

A esses saberes eu devo a minha prosperidade no negócio das pedras desde que as linhas tortas do destino me trouxeram ao Serro Frio e rogo ao Deus Altíssimo a Sua graça para que a colheita continue benfazeja, apesar dos tumultos anunciados pelo banqueiro de Amsterdã...

XVI
SEGUNDA CARTA

"Amigo, que Deus proteja Vossa Senhoria.

Enquanto escrevo esta carta, mui certamente nossos irmãos, cristãos-novos das capitanias da Bahia e das Minas Gerais, já foram mortificados no auto-de-fé desse mês de outubro de 1729, depois de alongado suplício nas masmorras da negra casa do Santo Ofício da Inquisição de Lisboa no Rossio. São conhecidos nossos e creio que Vossa Senhoria já estava ciente das prisões.

Como sabeis muito bem, onde há riqueza e homens de negócios laborando e comerciando, a Inquisição de Portugal estende tentáculos de polvo tão somente para confiscar bens e fazendas, como bem disse o mui sábio e saudoso padre Antônio Vieira. Pelo que informam nossos espias em Lisboa, ao todo 11 cristãos-novos dessas terras da Bahia e das Minas terão sido sentenciados até o final desse ano pelo tribunal, com penas de prisão perpétua, uso do hábito penitencial sambenito, o saco maldito, e sequestro de bens, apenas por seguirem a Lei de Moisés.

Da Bahia, são eles os senhores Antônio Lopes da Costa, com penas de cárcere, uso do sambenito, e confisco de bens; David de Miranda, com penas de cárcere e hábito penitencial perpétuo, sem clemência, e apreensão de bens; Diogo de Ávila, com cárcere, hábito penitencial perpétuo e confisco; José da Costa, cárcere, sambenito e penhora de bens; Jerônimo Rodrigues, cárcere e hábito penitencial, ao arbítrio dos inquisidores, com confisco de bens; e a senhora Ana Gomes Coutinho, também penalizada com o cárcere, hábito penitencial perpétuo e sequestro de bens.

Das Minas Gerais, são eles os homens de negócios Diogo Nunes, sentenciado pelos juízes com a abjuração em forma e penitências espirituais, Diogo Nunes Henriques, com cárcere, hábito penitencial perpétuo e confisco, e Manuel Nunes da Paz, com cárcere, hábito penitencial, e apreensão de bens; o dizimeiro José da Cruz Henriques, com cárcere, sambenito e confisco; e o tendeiro Manoel da Costa Espadilha, com cárcere, hábito penitencial e sequestro de bens.

Além desses 11 baienses e mineiros, o físico médico com moradas no Rio de Janeiro e em Lisboa, de nome João Tomás de Castro, foi sentenciado com o confisco de suas fazendas e deverá arder na fogueira de outro auto-de-fé, marcado para o dia 29 de outubro, pois foi relaxado à justiça secular. Os nossos espias no estaus no Rossio informam também que foi expedido mandado de prisão para um moçoilo dessas minas, de nome Francisco Corrêa, que creio ser filho do médico Diogo Corrêa do Valle, que atende aos pobres na Comarca de Vila Rica.

Veio o açúcar, agora o ouro e os diamantes. Se a ganância da Coroa portuguesa já é nossa conhecida de muitos e muitos séculos, que dirá a da Inquisição. Por isso, todos os nossos informantes na Corte e no próprio Tribunal do Santo Ofício confirmam o que previmos e eu vos previno com toda amargura: as perseguições aos cristão-novos nessas minas de ouro e diamantes só estão começando e serão cada vez maiores nos anos vindouros.

Peço a Vossa Senhoria encarecidamente que alerte a todos os irmãos cristãos-novos e aos seus parentes nessas terras sobre os perigos que correm. Aqui na nossa Jerusalém, eu e os conselheiros da judiaria estamos prontos para amparar com o que estiver ao nosso alcance.

Que Deus o abençoe, concedendo paz e segurança.

O portador desta carta foi instruído a destruí-la, em caso de quaisquer ameaças.

Amsterdã da Holanda, aos 16 dias do mês de outubro de 1729, escrita, assinada e selada por

Antônio Rodrigues Pereira".

Antes de ler a segunda correspondência, confirmei que tinha também lacres intactos, gravado com o sinete do mercador, e assinatura verdadeira. Mas se a primeira carta não surpreendeu, confesso que estremeci quando li a segunda.

Enquanto o Chico ainda estava no Inhaí, tentei dissimular a minha inquietação, concentrando-me na contagem e pesagem do lote de pedras a despachar para o senhor Antônio Pereira na Holanda. Mas depois de acoitarmos juntos os diamantes nos canos de bambu, selando-os com cera de abelha, e confrontarmos nossos *livros de razão*, desabafei.

Sem disfarçar a minha tristeza, contei ao meu agente o miserável destino da senhora Ana Gomes, a quem ofertara, por seu intermédio, todos os préstimos em 1727, logo que soube da prisão do marido Gaspar Henriques, um *marrano* baiense com quem fazia mercancias.

Em meu nome, Chico oferecera a Dona Ana apoio para fugir, mas a senhora agradeceu, alegando não carecer... Pelo visto, os seus cabedais não foram suficientes para saciar o apetite diabólico dos *familiares* da Inquisição na Bahia ou então a senhora se fiou demais na proteção de alguém que não correspondeu e mascou...

Lamentando o triste destino da esposa de Gaspar Henriques, continuei a toada com o meu agente, confidenciando os nomes e as penas dos outros onze cristãos-novos citados na carta de Dom Antônio. Contei também sobre a sua advertência de que a perseguição da Inquisição aos *homens de nação* das minas vai crescer ainda mais e todo cuidado será pouco...

— Como pediu o banqueiro de Amsterdã, urge alertar os amigos. Chico, tu ficas encarregado de avisar os da Bahia... E não te esqueça do Antônio Fernandes Pereira e do Francisco Ferreira da Fonseca nas Minas Novas dos Fanados do Araçuaí. Se puderes, quebre o caminho e vá ter com os dois na volta para São Salvador. Mas faça tudo isso com muita discrição, meu filho. Confio em ti – afirmei, fitando-o com o olhar aflito.

— Sim, sinhô Álvaro! Farei o que ordenas com muito gosto e sem perda de tempo. Juro pela Virgem Santíssima – Chico respondeu compenetrado.

— Muito bem, sei que posso contar com os teus préstimos! De minha parte, encarrego dos amigos moradores dessas minas. Estou seriamente preocupado com o doutor Diogo Corrêa, a quem remeterei carta imediatamente avisando sobre a ordem de prisão do filho Francisco. Que Deus Nosso Senhor Jesus Cristo esteja conosco e proteja a todos...

— Amém! – Chico exclamou, fazendo o sinal da cruz, e eu o acompanhei.

Entreguei a ele correspondências para o banqueiro Antônio Pereira e para o Álvaro Filho... Ao meu único rebento, manifestei com toda ênfase que não carecia que viesse às minas, advertindo-o da lonjura dos caminhos da Bahia e dos incômodos e perigos que os viajantes padecem na jornada.

— Mas se o Álvaro bater o pé e quiser vir mesmo, que suba com uma escolta muito bem armada, mesmo que ele não concorde, Chico! Diga ao meu filho que é ordem expressa, a cumprir sem pestanejar, como está escrito na missiva que tu levas. E vem junto, se ele insistir em desacatar a minha ordem! – eu determinei.

Na manhã seguinte, o agente pegou a estrada depois de receber as minhas bênçãos e, ao vê-lo partir, o coração apertou... Mais uma vez, quedava novamente só nestes confins que escolhi como morada, mas graças a Deus sabia que o aperto logo iria passar com dois poderosos remédios para os males da solidão: a leitura e a escrita.

Após a sesta, reli cuidadosamente a segunda carta do banqueiro de Amsterdã e, se tivesse forças, iria eu próprio a Vila Rica alertar ao médico amigo sobre os perigos que ameaçam a sua casa e ao filho Chico Corrêa.

Como a velhice não mais permite, ordenei que o Isidoro se preparasse para seguir para o Tijuco, de onde o meu agente Firmino fará chegar com segurança a minha carta às mãos do doutor Diogo.

Para que não pairasse quaisquer dúvidas sobre a gravidade das más novas, copiei inteira a segunda correspondência que recebi do senhor Antônio Pereira, acrescentando que pelas vastidões dos caminhos da Bahia seria possível a fuga segura do seu filho para outras partes do continente brasílico.

Sem meias palavras, ousei também alertar o próprio médico, lembrando-o de que as suspeitas de que é judeu por dentro e *rabi* é de fama pública tanto no Reino quanto em Vila Rica. Por isso, aconselhei-o a acautelar-se em seus ofícios de fé e *esnoga* e a evadir também, para o que ofereci os meus préstimos.

Altivo como sei que é, temo que o doutor Diogo Corrêa não acolha os meus conselhos e tenha o mesmo destino dos irmãos cristãos-novos que o banqueiro de Amsterdã relatou. Mas ao suplício das torturas nos cárceres da Inquisição, à humilhação de perambular agrilhoado até o *auto-de-fé* e à morte na fogueira, pergunto: não é mais justo o caminho do êxodo, como escolheu o profeta Moisés ao guiar os judeus na fuga do cativeiro no Egito?

Ou então o da sedução, como revela o exemplo da bela rainha Ester, cujos encantos fizeram com que o rei Xerxes suspendesse o extermínio de irmãs e irmãos judeus refugiados na Pérsia?

***

Como cria do Colégio dos Jesuítas, fui batizado e crismado e sou fiel à Igreja Católica, Apostólica e Romana. Creio em Jesus Cristo Crucificado, que nasceu da imaculada pureza da Virgem Maria, e é o Messias Salvador de todos os homens.

Creio também na Santíssima Trindade e em todos os santos, vou à missa sempre que tem sacerdote na capela do Inhaí e cumpro muito mais do que exige a *desobriga,* que é o dever que todo bom cristão tem de se confessar e comungar pelo menos uma vez ao ano.

Respeito os domingos sagrados, mas me asseio e visto roupas limpas também nos *sabás* dos judeus, como faço, aliás, todos os dias da semana. Guardo os jejuns prescritos pela Santa Madre Igreja, sobretudo na Quaresma, mas não como carne de peixe de couro porque não gosto, e nem de porco, porque faz mal ao estômago e às tripas.

À banha do porco *marrano,* capado e abatido gordo, em que é costume ordinário das gentes cozinharem ou fritarem os alimentos, eu prefiro o azeite do Reino, que só me faz bem à saúde... Portanto, faço isso por costume e gosto e sem maldade alguma contra a fé católica.

Confesso que conheço algumas palavras da mistura do hebraico com o castelhano e o português, o chamado *ladino,* mas não sei quais são as orações, rezas e liturgias certas da Lei de Moisés, exceto as que ouvi do senhor Miguel Valladolid e do lusitano Pedro de Rates Henequim, como a oração dos mortos, o "kadish".

Mas não vejo nenhuma heresia nisso também, pois em matéria de religião o que me guia o juízo é o ensinamento do mestre

Antônio Vieira, segundo o qual Deus Altíssimo concedeu a todos os homens o livre arbítrio da consciência.

Sendo assim, não creio que cometo crime de fé algum por meus costumes alimentares, por conviver com cristãos-novos que judaízam ou por ter ciência, mesmo que diminuta, das suas crenças, como tampouco sou herege por ter convivido com *mandingueiros* e pagãos.

Ao revelar que nem sempre houve guerra de cristãos contra judeus, a leitura de livros antigos muito contribuiu para tranquilizar o meu espírito e aproveito para anotar aqui o que aprendi, dando voz à razão.

Fato é que os judeus vagam pelo mundo desde os tempos mais antigos, tendo chegado à península ibérica após a destruição pelos romanos do último Templo de Jerusalém no ano 70 da era de Nosso Senhor Jesus Cristo. À nova pátria, deram então o nome *Sephãradi* – daí a alcunha de *serfaditas* com que são denominados pelos cristãos hoje...

Apesar de obrigados a viverem apartados nas vilas e cidades cristãs, os judeus puderam professar a sua fé. Desde que realizados nas *judiarias*, o culto ao seu Deus-Único era tolerado em sinagogas, bem com os estudos nas escolas de "Talmude" e a associação em congregações judias; e isso mesmo depois de o Concílio de Niceia os condenar pela morte de Jesus Cristo.

Nem durante a conquista da península ibérica pelos mouros infiéis, os judeus seriam impedidos de professar a sua fé. Embora tenham convertido igrejas em mesquitas e imposto o seu livro sagrado, o "Alcorão", como a verdadeira palavra de Deus nos territórios conquistados a partir de 711, os seguidores do profeta Maomé consentiriam que os *sefarditas* – e até os cristãos – continuassem orando ao seu Deus.

Apenas a partir do primeiro século dos anos mil, essa convivência começaria a desandar definitivamente, tanto pelas campanhas de reconquista da península ibérica armadas por reis cristãos, quanto pelas cruzadas convocadas pela Igreja de Roma contra o domínio mulçumano em Jerusalém e na Terra Santa.

Em 1139, o conde de Portucale, Dom Afonso Henriques de Borgonha, seria aclamado rei de Portugal após expulsar os mouros infiéis. E à medida que as guerras de reconquista se espraiaram também pela Espanha, a convivência de cristãos e judeus deteriorou-se a um termo sem volta...

Os *sefarditas* seriam então proibidos de exercer funções públicas e obrigados a usar distintivos ultrajantes nas vestes, como a *Estrela de Davi*, pairando sempre no ar as ameaças de massacres, como os ocorridos na Espanha e em Portugal, e até mesmo contra os próprios cristãos, a exemplo dos cátaros na França.

Mesmo assim, os judeus podiam ainda professar a sua fé nas suas *judiarias*, até que em 1492 os reis Dom Fernando, de Aragão, e Dona Isabel, de Castela, tomaram a última fortaleza moura de Granada e unificaram a Espanha em um só reino cristão, decretando a expulsão dos judeus.

Autorizados pelo papa a instalar e nomear o conselho-geral do Santo Ofício, Dom Fernando e Dona Isabel encontrariam no primeiro inquisidor Tomás de Torquemada o precursor mais implacável e sanguinário da perseguição aos judeus, como ensinou o velho amigo *Fuinha*.

Sempre escoltado por 50 nobres e 250 soldados armados, Torquemada, cujo nome faz ainda hoje tremer qualquer *marrano*, abriu as portas do inferno em imensas fogueiras nas praças das principais vilas castelhanas, onde arderam milhares de *sefarditas*, bem como bruxas, hereges e suspeitos de adoração ao anticristo.

À crueldade na guerra às heresias, Torquemada aliava voraz cobiça, registraram os próprios cristãos-velhos. Segundo contam os manuscritos, o chefe da "La Suprema" – alcunha que a Santa Inquisição logo recebeu na Espanha – teria deixado aos seus herdeiros um fabuloso tesouro em palácios, ouro, prata e pedras preciosas, riquezas essas confiscadas dos judeus.

Perseguidos por Torquemada e expulsos pelos reis católicos, restava aos *sefarditas* cruzar as fronteiras da Espanha, e milhares escolheram Portugal como destino, onde o rei Dom Manuel I era tido como soberano generoso, por admitir conselheiros e sábios judeus em sua Corte.

Mas a convivência pouco mais duraria também no Reino lusitano, pois Dom Manuel quis desposar a filha viúva dos reis espanhóis, Dona Maria de Aragão, na esperança de celebrar uma aliança de paz com o Reino rival. Católicos fervorosos, Dom Fernando e Dona Isabel concordaram, mas somente se o rei português aceitasse incluir no contrato de matrimônio uma cláusula obrigando-o a expulsar os judeus também de Portugal.

Contrato assinado e núpcias celebradas, Dom Manuel cumpriu traiçoeiramente a sua parte, ordenando, em um decreto, a expulsão dos *sefarditas* do Reino, e em outro, concedendo permissão para que aqueles que se convertessem à fé católica pudessem permanecer em seus domínios.

Porém, quando os judeus fiéis à sua fé tentaram deixar Portugal, encontraram o porto de Lisboa interditado pelo rei. E ali mesmo, às margens do rio Tejo, milhares de judeus portugueses e espanhóis seriam então impedidos de partir e obrigados a converte-se à força, pelo batismo em massa ministrado por padres que recitavam cânticos e aspergiam água benta.

Assim, batizados em pé, os judeus passaram a receber a nominação XN Cristão-Novo, que denuncia a mácula do sangue infecto até a quinta geração, mesmo daqueles que haviam se convertido sinceramente à verdadeira fé cristã.

Nos decretos de 1497, Dom Manuel não poupou sequer os filhos menores de 14 anos. Apartados dos pais judeus, muitos meninos e meninas foram entregues a famílias cristãs para serem educados na boa fé ou levados para longe, para as possessões portuguesas de São Tomé e do Príncipe, na costa da África.

Instituída a diferença de sangue entre cristãos-novos e velhos, a ela se somaria a inveja crescente e o ódio da plebe rude pelos judeus, atiçado pela pregação raivosa dos clérigos católicos, sobretudo dominicanos. E assim *judiarias*, sinagogas e moradas de cristãos-novos, de judeus conversos ou clandestinos, seriam arrasadas e incendiadas, como ocorreu em Lisboa em 1506.

Mas apenas em 1536, sob o reinado de Dom João III, filho de Dom Manuel, o Tribunal do Santo Ofício seria finalmente entronizado por inteiro em Portugal. E coube ao primeiro inquisidor Dom Diogo da Silva lavrar a *carta monitória* da Inquisição portuguesa, em que ele relacionou atitudes e práticas heréticas e apóstatas – a mesma carta, aliás, afixada pelo inquisidor Heitor Furtado nas igrejas durante a visitação do Santo Ofício à Bahia.

No rol das heresias contra a fé cristã listadas por Dom Diogo, o judaísmo veio em primeiro lugar, seguindo-se o maometismo e o paganismo. Com as cismas de Lutero e Calvino, logo luteranos e calvinistas entraram na lista dos heréticos e que incluía ainda sodomitas machos que depositam as sementes no vaso traseiro de outros homens, fêmeas que cruzam entre si, bruxos e feiticeiras.

Contra bígamos e padres despudorados que solicitam os serviços sexuais de damas ou pobres órfãos, moços ou moças, nos confessionários e com quem intentam o *monstrum horribilem*, o vício dos clérigos, a *carta monitória* de Dom Diogo reservou também castigos. Mas as penas imputadas aos bígamos, clérigos solicitadores ou sodomitas nem de longe chegam aos pés das reservadas aos cristãos-novos.

Então, buriladas as suas leis e instalado o seu *estaus*, a Inquisição de Portugal realizaria o primeiro *auto-de-fé* em 1540.

Graças a Jesus Cristo Nosso Senhor, nunca assisti e tremo só de pensar num *auto-de-fé* que, segundo os *marranos* que já assistiram, trata-se de espetáculo até mais vil e escandaloso do que os dos estádios romanos, onde os homens eram obrigados a digladiar até a morte e os cristãos eram devorados vivos pelas feras, para deleite da plebe...

No dia marcado para o *auto-de-fé*, Lisboa se engalana como nos dias das mais esplendorosas festas. O cortejo começa em frente ao palácio da Inquisição no Rossio e de lá vai serpenteando pelas ruas e vielas até o terreiro do Paço, junto ao rio Tejo. Pelo caminho, ele vai arrastando mais e mais gentes, muitas armadas de pedras, paus, ovos e frutas podres, que lançam sem dó sobre os pobres condenados.

À frente do cortejo, vão os frades dominicanos, empunhando bandeiras e estandartes do Santo Ofício, seguidos primeiro pelos réus contra os quais os inquisidores não conseguiram ajuntar provas robustas e que, por isso, foram aliviados das penas maiores. Esses vão vestidos de preto, com velas acesas nas mãos.

Depois, seguem os condenados às penas maiores, todos amarrados por cordas grossas, na ordem da gravidade das culpas. Esses vão paramentados com os hábitos penitenciais *sambenitos* e os chapéus cônicos, também com velas acesas nas mãos, e descalços... Atrás deles, marcham os soldados da guarda do tribunal.

Os condenados à morte vêm a seguir. Caminham acompanhados pelos *familiares* da Inquisição, pelos confessores jesuítas e homens carregando *efígies* – as estátuas toscas de madeira ou os bonecos de pano que representam os mortos ou os que conseguiram fugir – e os caixões com os ossos dos condenados já falecidos, para serem também queimados – como, aliás, ocorreu com os restos mortais da matriarca dos Antunes do Matoim, Dona Ana Rodrigues.

Por fim, fecha o cortejo a tropa de *familiares,* os juízes e membros do tribunal, o inquisidor-geral, o séquito de fidalgos da Corte o e até o rei e a rainha; todos luxuosamente paramentados.

Na praça tomada pela plebe, o *auto-de-fé* tem início logo após a chegada do cortejo, proferindo um dominicano, postado sobre o púlpito elevado, sermões que exaltam as virtudes da verdadeira fé cristã e da Santa Inquisição e os males das heresias. Depois disso, é feita a leitura das sentenças. E durante essa eternidade, os condenados ficam de pé sobre um tablado, virados para o púlpito, onde os inquisidores permanecem sentados solenemente sob dosséis, cada um coberto com panos da cor da sua ordem religiosa...

Finalmente, os condenados arrependidos, que se reconciliaram com a Santa Madre Igreja, fazem a *abjuração* e a renúncia pública de suas heresias e apostasias, como fizeram minhas tias-avós Leonor e Beatriz Antunes.

Já aqueles que receberam a pena maior são relaxados e entregues ali mesmo à justiça dos homens, ao *braço secular,* pois a igreja proíbe que os clérigos sujem as mãos com o sangue dos hereges.

O penitenciado que não abjurar, mas preferir morrer na Lei de Cristo, tem o pescoço encilhado em um colar de ferro atado a um poste, que se aperta com um parafuso. Assim, antes do seu corpo ser queimado, ele falece enforcado no *garrote.*

Quanto aos hereges que insistem em suas heresias, estes são amarrados em postes altos, em cujos pés se distribuíram lenhas, galhos e palhas. Ali, os pobres homens são assados vivos nas fogueiras bafejadas pelos ventos que vêm do mar pela boca do rio Tejo, como ocorreu com o jesuíta Manuel Lopes de Carvalho, sobre o qual já escrevi.

Se as chamas não transformam o corpo em cinzas, as carnes e os ossos que restaram são picados em pedaços pelos carrascos e novamente lançados nas fogueiras, até que não reste pedaço algum que possa servir como relíquia para adoração.

Antes desse grande final, porém, muitos condenados já chegaram ali alquebrados pelas tormentas nos cárceres. Não tenho provas, mas pelo que já li e ouvi estou certo que quase todos acabam por confessar quaisquer heresias sob o suplício da tortura no *potro,* quando os pulsos e calcanhares são amarrados a um estrado de ripas, onde se esmaga os membros tencionando as cordas com manivelas, até dilacerar as carnes.

Caso não tenha sido no *potro,* as confissões podem ter saído sob a tortura do *polé,* que é quando se levanta o réu por roldanas, com as mãos amarradas para trás e pesos dependurados nos pés, e o deixa cair, sem que os pés encostem o chão. Ou pode ter sido ainda no suplício da *toca,* que é a que se mete a água por um funil nas goelas ou nas narinas do preso, até sufocá-lo.

Outro suplício terrível é o do *fogo,* que é besuntar os pés do pobre coitado com banha de porco ou manteiga, expondo-os às chamas de uma lamparina, sem deixar queimar, até que o homem confesse.

Mas seja qual for a tortura, o que as leis da Igreja de Roma vedam é que o sentenciado chegue ao dia do *auto-de-fé* com as marcas visíveis do suplício no corpo ou então endoidecido. Por isso, as sessões de tortura são sempre acompanhadas por um médico ou barbeiro, que julga quando é hora de parar...

Não se trata, portanto, de nenhuma compaixão cristã: o que a Inquisição prescreve é que os coitados sejam apresentados inteiros à plebe ensandecida, para que a sua humilhação seja suprema, que Deus me livre!

XVII
SÚCUBOS E ÍNCUBOS DEMÔNIOS

Como sempre acontece desde que mudei para o continente das minas de ouro há vinte anos, a minha saúde desaba em resfriados e achaques nos meses frios, que vão de maio a agosto, e durante a invernada de chuvas, de novembro a março.

À medida que a idade avança, os males do velho corpo tornam-se ainda mais doídos e fechei o bom ano de 1730 da era de Nosso Senhor Jesus Cristo tossindo sem parar, com suores noturnos e dores, e amofinado sobre o catre, mas felizmente sempre acudido pela Maria com suas canjas de galinha e caldos fortificantes, apesar do pouco apetite.

Mas quando veio um veranico de janeiro e a minha saúde prometia revigorar, o destino trágico da casa do velho amigo Diogo Corrêa do Valle derrubou-me outra vez. Segundo correio enviado do Tijuco pelo agente Firmino, o doutor Diogo fora detido por um *familiar* da Inquisição em Vila Rica e levado agrilhoado para o Rio de Janeiro, de onde seria despachado para o *estaus* em Lisboa.

Graças a Deus, o filho Francisco Corrêa, que tinha um mandado de prisão expedido pela Inquisição, não foi encontrado pelo *familiar*, mas outro filho do médico, Luís Miguel Corrêa, fora preso junto com o pai.

Ao deparar com o nome do Luís na carta de Firmino, não acreditei! Conhecido como rato de missa e pelo desejo de ordenar-se sacerdote a qualquer custo, o moço havia entrado, inclusive, com o pedido no Arcebispado do Rio de Janeiro e aguardava resposta para ingressar no Colégio dos Jesuítas.

— Se a Inquisição chegou ao ponto de agarrar um cristão fervoroso e insuspeito como o Luís, o que será de nós pobres pecadores? – eu murmurei, entregando-me ao desalento.

Mal refeito da tristeza pelo sinistro do doutor Diogo e do seu filho corola, más novas chegaram da Bahia dias depois. Por uma tropa que seguia para o Tijuco, Chico Paredes enviou-me carta em que informava que o meu filho Álvaro Lopes fora irredutível e viria mesmo ao Inhaí!

Em outro parágrafo, o meu agente relatava que o mercador Miguel de Mendonça Valladolid estava com os dias contados em Lisboa. Segundo ele, o senhor Miguel mantivera-se firme na recusa em negar a fé judaica e a "Cabala" e, por isso, estava irremediavelmente condenado às fogueiras da Inquisição.

Inconformado com o destino do antigo sócio que se encontrava encarcerado na negra casa do Rossio desde fins de 1729, Nunes Viana ainda tentava salvar o amigo usando de suas influências na Corte, mas estava perdendo as esperanças, Chico escreveu.

Se estivesse ao meu alcance, não teria dúvidas em recomendar ao senhor Miguel de Valladolid que confessasse até mesmo heresias que não tenha praticado! Afinal, se é para se livrar do Santo Ofício e preservar cabedais, até as mentiras podem ser perdoadas. Se teria sido assim com o meu avô Nuno Fernandes e as suas irmãs Leonor e Beatriz, porque não poderia ser com ele?

Seja como for, o fato é que as más novas de Vila Rica e de São Salvador confirmavam o que o banqueiro Antônio Rodrigues Pereira advertira: os tentáculos do Santo Ofício da Inquisição se voltaram para as riquezas da Potosí brasílica e todo o cuidado passou a ser pouco...

Temeroso de que as *devassas* da Inquisição nas vidas do mercador baiense e do médico de Vila Rica me alcançassem, eu determinei que Isidoro providenciasse escolta armada e partisse às pressas para a Bahia com ordens ao Chico Paredes para que viesse ao Inhaí imediatamente, mas sem o meu filho; que ele arranjasse um motivo qualquer para convencer o moço Álvaro a adiar a viagem!

— Estejas em São Salvador antes da Semana Santa, sem falta, Isidoro! E pegas o caminho de volta com o Chico antes da sexta-feira da Paixão, mas lembra-te: sem o Álvaro Filho! E que estejam aqui no Inhaí antes da missa de Corpus Christi! – eu ordenei, levantando-me do catre sob o olhar de censura da Maria.

Mandei também correio para o Tijuco, ordenando a vinda do Firmino ao Inhaí, e, embora estivesse exaurido pelos incômodos da saúde perrengue e do medo, comecei então a repassar lentamente as escritas e *livros de razão* que a Maria trouxera do porão, nos quais pude confirmar, mais uma vez, que 1730 fora mesmo um ano de muita prosperidade para os mineiros!

Como previra o banqueiro de Amsterdã, o rei Dom João V deixou aos cuidados do governador Dom Lourenço de Almeida as primeiras providências para a ordenação da extração dos diamantes e para a cobrança dos *quintos*, mas elas tardaram...

Assim, enquanto o *freirático* promovia *te-déuns* em Portugal e alardeava ao papa, aos reis e aos Céus a descoberta de mais uma Potosí no continente brasílico, agora de diamantes, os mineiros puderam lavrar os leitos dos rios livremente.

Apenas em julho de 1730 chegou à Vila do Príncipe e ao Arraial do Tijuco um primeiro *bando* do governador, que impunha a cobrança do *quinto* do diamante igual ao do ouro: cinco mil *réis* para cada *tapanhuno* empregado nas lavras.

Pelo *bando*, o novo ouvidor-geral da Comarca do Serro Frio, Antônio Ferreira do Vale e Melo, ficava encarregado da superintendência de todas as terras diamantinas, cabendo a ele anular as *datas* de mineração de ouro concedidas anteriormente e a reparti-las outra vez, agora em lotes menores, de apenas duas e meia *braças.*[1]

Porém, a cada nova área de mineração de diamantes que fosse descoberta nos cursos d'água o ouvidor-geral deveria reservar antes a melhor *data* para a Coroa, com 30 *braças, "porque primeiro que tudo está El-Rei nosso senhor"*, determinava o *bando,* cuja cópia fiel o Firmino transcreveu.

Além disso, Dom Lourenço mandava derrubar e queimar todas as vendas que ficassem a menos de duas *léguas* das lavras e proibiu o comércio de diamantes por escravos, sob pena de os compradores delinquentes, tanto brancos quanto alforriados ou mestiços, serem presos e deportados, além de terem os seus bens confiscados.

Por fim, o governador reiterava as ordens do rei *freirático* de expulsão dos frades que não estivessem a serviço de Deus e da Igreja de Roma nas minas diamantinas.

Em sertões tão dilatados do Serro Frio, como os do Inhaí e do rio Jequitinhonha abaixo, o *bando* de Dom Lourenço só chegou quando a estação de chuvas já começava. Assim, os mineiros puderam se fartar a valer na cata das pedrinhas preciosas antes que as lavras fossem interditadas pela cheia dos rios e pelo novo *bando* do governador.

Por isso, pude guardar nos esconderijos do porão o que me coube da prosperidade que a temporada de diamantes do ano de 1730 legou! E que agora urge que desencaminhe do Serro Frio e das minas antes que a Inquisição me alcance e que os tumultos se assanhem com a chegada de novas ordenações do Conselho

---

1 *Medida de extensão equivalente a 2,2 metros.*

Ultramarino, cuja iminência o banqueiro de Amsterdã também me adiantou...

Mas se não bastassem tantos infortúnios, outro de grandes proporções bateria à minha porta em 17 de março de 1731, dia de São Patrício. Em um assalto fulminante, milicianos desbarataram a fábrica clandestina de barras e moedas de ouro da Boa Vista do Paraopeba e prenderam o régulo de Vila Rica, Inácio Ferreira de Souza, conforme relatos do seu criado e afilhado Manuel Filipe, o único que conseguira escapar do cerco.

Escalavrado, sujo e faminto, Manuel Filipe chegara ao Arraial do Inhaí antes de o dia raiar e Isidoro e a Maria logo o acoitaram, mesmo sem me consultar. Quando acordei, a bondosa negra estava junto do meu catre, desculpando-se pela ousadia.

— É que o moço tá de dar pena, meu sinhô! Diz que tudo no Paraopeba se perdeu e que passou uns dez dias se escondendo pelos matos, comendo só frutas e tanajuras... – Maria justificou.

— Mas fizestes muito bem, mulher! Agora, ajude-me a levantar, pois quero estar com o moço imediatamente – eu ordenei, surpreendendo-a.

Com dificuldades, levantei-me do *enxergão* macio de palha de milho pousado sobre o catre e segui amparado pela negra até a cozinha, vestido apenas com o camisolão de dormir. Lá, mal dei a bênção ao moço Manuel Filipe, ansioso por saber em detalhes o que se passara na fábrica da Boa Vista do Paraopeba.

— Desculpe ter batido à vossa porta, sinhô Álvaro... Mas é que eu não podia fugir para Ouro Preto de jeito nenhum! Lá, até as pedras sabem do meu juramento ao padrinho Dom Inácio de Souza... Então, vim até o sinhô... Perdão! – justificou o moço, enquanto devorava um reforçado desjejum de feijão, angu e paçoca de carne seca que a Maria providenciara.

— Não precisa se desculpar! Fizestes muito bem e tu podes contar sempre com o meu socorro nessas horas. Mas vamos ao que interessa! Falas logo sobre o desastre da fábrica – eu cobrei.

— Tudo se passou muito de repente, sinhô Álvaro... Era madrugada do dia 7 de março e só sei que acordei atordoado com a gritaria dos homens! Ao correr para a porta do dormitório, vi em meio à névoa não sei quantos capitães-do-mato e milicianos dando cerco às oficinas, ao paiol, à senzala, aos dormitórios e à casa-forte de Dom Inácio. Não sei como, os facínoras tinham varado as trilhas em meio às serranias e aos açudes e penetrado as estacadas, sem que as sentinelas dessem conta do assalto do alto das guaritas...

— Com certeza, foram guiados por alguém que conhecia muito bem a paragem... – eu murmurei.

— É o que eu penso, meu sinhô! E souberam também se aproveitar da névoa, que sempre cobre as altas serranias da Boa Vista do Paraopeba nas madrugadas, para esgueirar-se até a fábrica sem serem vistos... Um dos ferreiros de Dom Inácio, Antônio de Souza, até tentou reagir, improvisando trincheira e disparando tiros com alguns dos seus... Mas a reposta dos milicianos veio em saraivadas de tiros e logo todos senhores, oficiais mecânicos, sentinelas, frades e escravos estavam rendidos – o moço relatou desolado.

— E o senhor Inácio...

— Tentou fugir! Dom Inácio conseguiu furar o cerco à casa-forte e escafedeu para a capela da fábrica. Então, ouvi um capitão gritando o nome do ouvidor, que saiu correndo no encalço do meu senhor à frente de um enxame de milicianos...

— E tu não acudiste, homem de Deus?

— Até que tentei, embrenhando-me no mato atrás da capela, onde há um túnel que dá sob a mesa do altar, pelo qual sabia que Dom Inácio tentaria fugir. Mas a capela estava toda cercada e eu estava sozinho, apenas com uma faca na mão! Então, tive de permanecer amoitado, esperando e torcendo por um descuido qualquer dos milicianos, até que ouvi os gritos do ouvidor de Sabará dando voz de prisão ao meu senhor dentro da capela...

— Ouvidor do Sabará? Tens certeza? Não foi o de Vila Rica?

— Sim, o ouvidor-geral da Vila de Sabará, de nome Diogo Cotrim! Ouvi bem o nome do maldito... Além disso, conheço os capitães de Ouro Preto e não vi nenhum deles comandando os milicianos...

— Benza Deus! Sendo obra do ouvidor do Sabará, o desastre é mais grave do que eu poderia imaginar! Quer dizer que a protelação do *manifesto* dos diamantes ao rei *freirático* enfraqueceu mesmo Dom Lourenço na Corte e talvez ele sequer soubesse que a fábrica seria desbaratada... – eu pensei alto, continuando a perguntar:

— Tu disseste que eram mais de cem homens trabalhando na fábrica? Todos foram presos mesmo? Quantos foram mortos?

— Não sei dizer se houve mortes, mas pelo que pude ver do meio do mato, quem estava lá foi preso, dos senhores e oficiais aos escravos... Além de Dom Inácio, vi agrilhoados em correntes os senhores Miguel de Torres, Damião Gomes e José de Souza Salgado, os ferreiros Antônio de Souza, João Gonçalves e Antônio Pereira, os fundidores João Pacheco e João Lourenço, o cirurgião Francisco Tinoco, frei Fernando de Jesus...

— Ave Maria! Mas e o sócio do Inácio, o Francisco Borges de Carvalho?

— Não estava na Boa Vista... Desentendeu com o meu senhor na partilha de um lote de barras de ouro no início do ano... O sinhô não sabia?

— Claro que não, moço! Como eu poderia saber disso aqui nos confins do Inhaí?

— Desculpe Dom Álvaro... Mas a coisa ficou feia entre eles e um sobrinho desaforado do senhor Francisco, que servia como aprendiz na casa de fundição, afrontou Dom Inácio. O Caetano, que era o nome do tal sobrinho, acabou justiçado...

— Justiçado?

— Sim, sinhô! O tal do Caetano quis evadir da Boa Vista com um lote de barras de ouro, que dizia que pertencia ao tio. O meu senhor proibiu, ordenando que o moço aguardasse... Que o senhor seu tio Francisco Borges estaria em breve na fábrica para o acerto de contas entre eles... Mas o insolente bateu o pé, disse que ia embora de qualquer jeito, e acabou preso por Dom Inácio. Então, um dia o Caetano se aproveitou de um descuido da vigilância e fugiu, mas logo foi capturado. Por isso, só restou ao meu senhor mandar cumprir o regulamento da fábrica, que ordena a forca para os crimes de traição e fuga – Manuel Filipe relatou friamente.

— Deus do céu! Enforcado? O Inácio cutucou a onça com a vara curta...

— Mas o insolente merecia a forca, meu sinhô!

— Pois sim... Mas que o Inácio cutucou a onça, isso cutucou... Não duvido nem um pouco se não foi o Francisco Borges que guiou o ouvidor no assalto à fábrica...

— É... Pode ter sido, sinhô Álvaro! Mas não vi o maldito na noite do desastre...

— E tu sabes me dizer o que o ouvidor amealhou de confiscos? Barras de ouro, moedas, armas, munição, *livros de razão* da fábrica, cartas... – eu perguntei preocupado.

— Tava escondido no mato... Não deu pra ver direito, não... Mas acredito que foi muita coisa, sinhô Álvaro... Só na oficina de fundição tinha onze barras prontas e mais de três arrobas de ouro em pó ainda por fundir... Outras tantas barras e caixas de moedas estavam acoitadas nos cofres da casa-forte de Dom Inácio, junto com os livros, correspondências e os diamantes do senhor...

— As pedras que remeti? Não pode ser! – eu reagi alarmado.

— Sim, mas uma pequena parte delas apenas, pois Dom Inácio já tinha despachado um lote na frota de Lisboa... Eu mesmo levei as pedras do sinhô pro padre emissário no Rio de Janeiro... O outro lote de diamantes estava guardado na casa-forte...

— Minha Nossa Senhora! Estou perdido! E como eu, todos os mercadores que negociaram com o Inácio estão com a espada na garganta... Que desastre, meu Deus! – eu constatei aparvalhado, custando a me manter sentado no banco.

— Pois é, sinhô Álvaro... Mas que essa é a verdade inteira, isso é! E foi tão somente pela graça de Deus Nosso Senhor que consegui me safar daquela madrugada no inferno... – Manuel Filipe murmurou, fazendo o sinal da Santa Cruz, e continuou:

— Quando vi que estava tudo perdido, debandei pelo mato fechado serra abaixo até as margens do rio Paraopeba, onde me escondi dentro da canoa que Dom Inácio amoitava para o caso de fuga corrida. Então, esperei o dia passar e a noite chegar e comecei a descer o rio quando o sol se punha... Foram uns quatro dias remando no escuro, até que resolvi afundar a canoa e embrenhei pelos matos na direção Leste. Por sorte, encontrei a estrada do caminho da Bahia e rodeei o Arraial do Padre Curvelo, pegando as trilhas que já conhecia, até passar pelo Tijuco e dar no Inhaí. Foram dez dias de muita fome e grandes padecimentos...

— Mas tu chegaste são e salvo, graças ao Nosso Deus Misericordioso! Agora, estás seguro, pelo menos por enquanto, mas não põe os pés fora de casa... Que fiques escondido aqui! É uma ordem! E aproveitas para descansar... Maria vai providenciar o teu asseio e muda de roupa limpa... Vá com ela... Mais tarde trataremos do que fazer – eu ordenei.

***

Ora em pesadelos, ora em alucinações ou ambos juntos e misturados, eu enfrentei com galhardia, dias e noites, os *súcubos* e *íncubos* demônios que enfeitiçavam o meu sono febril e tentavam roubar a minha alma e a minha vida. Em um deles, a Inquisição encarnara-se em um polvo horrendo de sete cabeças e incontáveis tentáculos que vasculhavam os recônditos do porão atrás dos meus tesouros escondidos.

Com vozes de trovão, as sete cabeças ordenavam em uníssono que eu revelasse os esconderijos e confessasse as minhas heresias e corrupções, sufocando-me com os seus tentáculos pegajosos até eu perder o fôlego e acordar sem ar, tossindo e escarrando fios de sangue.

Em outros pesadelos delirantes, ora eu chorava copiosamente enjaulado com a matriarca dos Antunes do Matoim, Dona Ana Rodrigues, no convés de uma nau cargueira que nos levava para as masmorras do Tribunal do Santo Ofício em Lisboa, ora me deliciava de prazer nos braços de Joana das Dores, a única mulher com a qual vivi de portas adentro em toda minha vida e que finalmente havia reencontrado.

Quando os pesadelos e delírios cediam, aproveitava os raros momentos de lucidez para me inteirar do que acontecia no arraial e pedia pena e papel para colocar em dia esse precioso manuscrito...

— Sinhô... Graças ao bom Deus, o sinhô não tem mais porque se amofinar pelo desastre da fábrica da Boa Vista do Paraopeba. Nem patrulha miliciana e nem rumores do ocorrido chegaram ao Inhaí... Nem à Vila do Príncipe ou ao Tijuco. Parece até que a fábrica nem existiu... O sinhô tá a salvo! – exclamou o moço Miguel Filipe, ao ver-me lúcido em uma manhã. Ao lado da Maria e do Firmino, ele me velava dia e noite ao pé do catre.

— O que tá afligindo o povo do Serro Frio agora é um novo *bando* do governador... Os rumores que vem de Vila Rica dão conta que Dom Lourenço de Almeida tem ordens do rei para interditar as lavras diamantinas e para despejar todos os mineiros, sob pena de prisão, açoites e degredo. Dizem que tá um Deus nos acuda no Tijuco – emendou Firmino, olhando-me consternado.

— Pois sim... Os tentáculos do polvo podem tardar, mas não faltarão – eu filosofei enigmático, perguntando ofegante por novas do Isidoro e do Chico Paredes.

— A missa de Corpus Christi não tarda e o Chico não é homem de falhar, não, meu sinhô. Tá vindo da Bahia precavido com as ordens do sinhô, para que ele e o Isidoro estejam convosco no Inhaí antes do dia de celebração do corpo e do sangue de Nosso Senhor Jesus Cristo – Firmino tentou tranquilizar-me.

— Que Deus te ouça – eu respondi com a voz fraca, ordenando que ficassem em silêncio para que eu pudesse retomar a minha escrita.

Apesar da carta do banqueiro Antônio Pereira alertar que os ministros do Conselho Ultramarino já estudavam a interdição das lavras diamantinas, para preservar os preços das pedras nas praças de Amsterdã e da Europa, escrevo que não acredito que Dom Lourenço iria ordená-la por inteiro agora, pois acima de tudo rezam os seus interesses particulares.

Além disso, as lavras de diamantes se dilataram tanto pelos sertões do Serro Frio que não haverá patrulha suficiente de milicianos para desalojá-las de imediato...

Reitero que não sou dado às artes da adivinhação, mas antevejo que o governador barganhará com os mineiros a continuidade das lavras em troca da elevação extorsiva da taxa de captação por *bateia* de escravo empregado, pelo menos enquanto estiver na governadoria da Capitania das Minas Gerais.

Com isso, Dom Lourenço tentará contentar, de um lado, a ganância do rei *freirático* e da Real Fazenda por mais *quintos,* e, de outro, a si e aos mineiros, esses últimos com menor quinhão, naturalmente.

Mas seja o que for que virá, só me resta agora esperar que o Chico Paredes e o Isidoro estejam no Inhaí antes da missa de Corpus Christi... E a implorar à Maria, ao Firmino e ao Manuel Filipe para que se revezem junto meu leito e não me deixem ser levado pelos *súcubos* e *íncubos* que insistem em roubar a minha alma e a minha vida...

XVIII
POST MORTEM

Quando arribei no Arraial de Inhaí em junho de 1731, o senhor Álvaro Lopes resistia bravamente aos demônios que atormentavam a sua mente febril. Encontrei-o devastado pela *peste branca,* debatendo-se ferozmente entre pesadelos e delírios... Vez ou outra, a lucidez parecia vencer os demônios e ele abria os olhos vermelhos convulsionados pela febre, balbuciando palavras que soavam ora como lamentos, ora como confidências.

Ao me reconhecer em um desses momentos de lucidez, ele reagiu assustado, ralhando com o seu agente Chico Paredes, que o velava ao meu lado, e a quem proibira que me escoltasse da Cidade da Bahia até a sua morada.

Pacientemente, procurei acalmá-lo, jurando que a responsabilidade fora toda minha; que eu havia usado da dupla autoridade de filho único e sacerdote recém-ordenado para demover o pobre homem da interdição que ele ordenara.

Parecendo então conformar-se, o senhor meu pai concedeu-nos a bênção e passou a lamentar os desastres e incômodos que o atormentavam, bem como a sussurrar providências...

Durante três dias e três noites, eu tudo fiz para diminuir o seu sofrimento e peço perdão a Deus Misericordioso por ter permitido que lhe fossem ministradas até as mandingas da velha negra Maria da Mina. Mas nem as rezas, as poções da botica do doutor

Diogo Corrêa do Valle e emplastos misteriosos que ela ministrava tiveram qualquer serventia, e a respiração do senhor Álvaro Lopes foi se extinguindo aos poucos entre tosses e escarros sanguinolentos, até que Nosso Senhor Deus do Céu o chamou.

Pouco antes do passamento, mal consegui entender as suas confissões, tão fracos eram os sussurros. Então, ungi-o nos olhos, boca, nariz e orelhas com o óleo sagrado dos enfermos da extrema-unção; e dei-lhe a Santa Cruz de Cristo a beijar.

Em seguida, rezei o "Pai Nosso", implorando a Deus Altíssimo para que recebesse no Céu aquela alma pecadora. E tão logo ele se foi e o calor do corpo devastado pela tísica deu lugar ao frio da morte, eu o banhei com a ajuda da Maria e do Isidoro e o vesti com suas melhores roupas, enquanto ouvia os toques fúnebres do sino da Capela de Santana anunciar o passamento.

Dom Álvaro Lopes, como todos o chamavam no arraial, foi pranteado em desespero pelos seus fiéis agentes Firmino e Chico Paredes e pelos dois negros, que o serviram durante boa parte da vida, e que acompanharam o seu suplício desde que caíra enfermo. Comadres carpideiras e uns poucos mineiros que vieram de lavras próximas do rio Caeté-mirim também assistiram ao velório no salão da morada, cujo piso de tábuas fora coberto por folhas de árvores de espinhos, flores, cravo e canela.

Segundo Maria, o senhor ordenara que nada faltasse à mesa em seu velório, e foi o que aconteceu. Assim, enquanto cuidava das orações e terços engalanado com a muda limpa de hábito de jesuíta que trouxera de São Salvador, as comadres serviam toda sorte de quitandas e de bebidas, e a gula insana perdurou até as matinas do dia seguinte post mortem, quando finalmente pude conduzir o féretro para o cemitério da capela.

Na singela sacristia adocicada pela fumaça de incensos e velas, eu me cobri com os paramentos litúrgicos de damasco roxo que a sacristã me ofereceu e conduzi os serviços fúnebres na ausência do capelão, que estava nas lavras, orando e recomendando ao Nosso Deus-Pai o perdão à alma impura do senhor meu pai mais uma vez.

Após a missa de corpo presente, os restos mortais foram enfim levados para o sepultamento no pequeno cemitério da capela, enquanto Maria e Firmino, em prantos tresloucados, teimavam em se juntar ao seu senhorio sob a terra sagrada...

Durante os seis meses de *nojo* que se seguiram ao passamento, acabei permanecendo no Inhaí, dividido entre as inesperadas tarefas que recaíram sobre os meus ombros como filho único e o espanto com o tamanho dos negócios daquele pai que desconhecia.

Como homem de Deus, aprendi a desdenhar das coisas terrenas, mas não podia me furtar às obrigações de herdeiro e administrador do testamento juramentado por ele na provedoria da Ouvidoria Geral da Comarca do Serro Frio em Vila do Príncipe. Assim, vi-me obrigado a destrinchar a barafunda dos seus negócios, para o que contei com a cooperação consternada dos agentes e negros depois dos sete dias de luto fechado.

Ainda com os olhos marejados, Isidoro revelou-me os esconderijos do porão onde o senhorio acoitava fabulosos tesouros em ouro e diamantes nas paredes de pedra, bem como a prataria e os preciosos estojos de penas e tinteiros e de lentes de aumento, bem como os jogos de balanças inglesas que tanto o orgulhavam, ele contou emocionado.

Fiquei deveras aparvalhado com o tamanho da riqueza que o meu pai acumulara quando Chico Paredes passou a apresentar os números dos *livros de razão* e cadernos acoitados no porão. Meticulosamente, o agente foi destrinchando de cada um os muitos haveres e poucos deveres do seu senhor junto a mineiros da Comarca do Serro Frio e *grossos* mercadores do Tijuco, Vila Rica, São Salvador e até do estrangeiro.

Pelas contas, apenas na casa de um cristão-novo usurário de Amsterdã – o herege Antônio Rodrigues Pereira –, o senhor meu pai tinha em cartas de créditos o equivalente a seis mil quilates de diamantes! Segundo Chico, ele mantinha negócios com o judeu desde 1726, tendo desencaminhado para as Províncias Unidas dos Países Baixos três lotes de pedras, que rendiam polpudos juros anuais sob a guarda do banqueiro.

Na Capitania das Minas Gerais, os *livros de razão* revelavam que o mercador Inácio Ferreira de Souza era o seu maior devedor. Álvaro Lopes desencaminhara recentemente para o régulo de Vila Rica dois lotes de diamantes, pelos quais nada ainda recebera.

Mas Chico Paredes aconselhou-me toda cautela na cobrança desses haveres, visto que o homem fora preso por fintar o rei em uma fábrica clandestina de moedas e barras de ouro e os seus bens haviam sido confiscados, como atestou o ex-criado Manuel Filipe, que o meu pai acoitara em sua casa.

Outros cadernos apontavam uma infinidade de grandes e pequenos haveres, sobretudo em mercadorias e vendas fiadas nas praças de São Salvador e do Tijuco, além do Inhaí, e a cada um que o Chico traduzia, crescia a minha surpresa com o tesouro sobre o qual passava a ter todos os direitos.

Em meio às contas, dei pouca atenção a um grosso maço de papéis encadernado em couro *marroquim* verde, cuidadosamente escondido no guarda-livros do porão, onde contei nada menos do que 114 obras – algumas proibidas pela nossa Santa Madre Igreja – e dezenas de outros manuscritos. Chico não soube me dizer do que se tratava, mas Isidoro contou que o senhor dedicara-se quase todos os dias àquela escrita nos últimos anos...

Apesar disso, posterguei a leitura do manuscrito para quando tivesse tempo; o que muito lamentei quando finalmente comecei a fazê-la já às vésperas do retorno para São Salvador!

Em uma caligrafia primorosa como a de um escrivão, o senhor meu pai se revelava por inteiro, dando sentido aos lamentos, ordens, confidências e confissões que sussurrou nos meus ouvidos no leito de morte.

Abandonado pela minha mãe e entregue por ele aos cuidados dos padres do Colégio dos Meninos de Jesus da Bahia desde tenra idade, eu desconhecia aquele homem que a escrita desvendava. Assim, entreguei-me fascinado à leitura do manuscrito secreto, indo e voltando, indo e voltando durante toda a jornada de volta a Salvador; e cada vez mais estarrecido com a descoberta da nódoa do sangue impuro de cristão-novo e de *falso branco* que eu também carregava.

Confesso que no início pouco compreendia as dissimulações, temores, perseguições, tiranias, guerras e corrupções que ele narrava ou os descaminhos que admitiu também praticar, e muito estranhava as suas simpatias e benevolências para com hereges, infiéis, cristãos-novos *marranos* ou simplesmente malfeitores e corruptores das leis da Igreja e do Reino.

Aos poucos, porém, fui enxergando os traços heréticos de um controverso discípulo do padre Antônio Vieira nas linhas proibidas, às quais ponho agora o ponto final.

Em junho de 1731, enquanto o senhor meu pai agonizava no Inhaí, o *marrano* Miguel de Mendonça Valladolid teimava em não abjurar as heresias do judaísmo até finar em um *auto-de-fé* em Lisboa, relatou-me o senhor Manuel Nunes Viana, a quem fora noticiar o passamento de Álvaro Lopes logo após apear em São Salvador.

Desolado pela dupla perda do ex-sócio e do ex-contador e caixeiro, o antigo senhor do meu pai chorou como menino e eu o confortei. Na Sala de Oratório de sua bela morada na cidade alta, rezamos juntos pela salvação eterna das duas almas pecadoras.

Treze meses depois, seria a vez de outro conhecido do meu pai, o médico Diogo Corrêa de Vila Rica, encontrar nas fogueiras do Santo Ofício o mesmo destino do rico *homem de nação* da Bahia.

Marrano de fama pública, o doutor também se recusara a abjurar as heresias judaicas, mas estranhamente o seu filho Luís Miguel Corrêa, cuja vocação pelo serviço ao Nosso Senhor Jesus Cristo era atestada até pelos clérigos da Arquidiocese do Rio de Janeiro, acabou consumido pelo fogo no mesmo *auto-de-fé*.

Como ao pai e ao filho, as fogueiras do *auto-de-fé* de julho de 1732 consumiriam ainda o *tratante* Domingos Nunes, a quem o senhor meu pai também alertara sobre o cerco da Santa Inquisição aos *marranos* da Capitania das Minas Gerais.

Do *braço secular* da Santa Inquisição se safaram dois outros cristãos-novos alertados por ele. Por abjurarem a Lei de Moisés e se reconciliarem com a verdadeira fé cristã, Antônio Fernandes Pereira e Francisco Ferreira da Fonseca foram condenados ao cárcere e ao uso do hábito penitencial perpétuo, além de terem confiscados os seus bens nas Minas Novas do Araçuaí.

Havia prometido ao meu pai averiguar também o destino do herege lusitano Pedro de Rates Henequim. Porém, do amigo "profeta" que voltara ao Reino para concluir as suas teses heréticas e anunciá-las ao rei e ao papa, só consegui descobrir que o seu nome não constava entre os investigados ou processados pelos tribunais da Santa Inquisição em Lisboa, Évora ou Coimbra...

Embarcado a ferros para Portugal, o régulo Inácio de Souza Ferreira, principal da fábrica clandestina de barras e moedas de ouro da Boa Vista do Paraopeba, conseguiu se safar da morte natural na forca pelo crime de lesa majestade. Embora os seus bens tenham sido confiscados pela Coroa, ele tinha cabedais guardados no estrangeiro, com os quais teria comprado do rei Dom João V a conversão da pena maior para a de degredo nas galés...

Da mesma forma que o régulo de Vila Rica, os seus sócios na fábrica, os oficiais mecânicos e fundidores tiveram as penas de morte convertidas em degredos, prisões, multas e confiscos.

Em contraponto, nenhum dos credores – eu inclusive – teve sucesso na cobrança dos haveres com Dom Inácio de Souza, cuja fábrica proibida foi arrasada e as terras da Boa Vista salgadas pelo ouvidor-geral de Sabará.

Sucessor de Dom Lourenço de Almeida no governo da Capitania das Minas Gerais em 1732, Dom André de Melo e Castro, o Conde de Galveias, destinaria à Real Fazenda cada *real* apurado nos leilões de venda dos bens confiscados dos malfeitores da fábrica clandestina.

Como o senhor meu pai previra, o governador Dom Lourenço não interditou as lavras diamantinas até o último dia da sua governança, mas elevou a taxa de captação de cinco mil para 20 mil *réis* por *bateia* de escravo empregado na extração. Com isso, ele contemplou realmente não só os interesses do rei, mas os seus próprios.

Apenas em 1734 as lavras diamantinas seriam finalmente interditadas, atendendo aos apelos de mercadores das praças da Europa que temiam a queda de preços provocada pela derrama de diamantes do Serro Frio, conforme previra o banqueiro de Amsterdã em carta ao meu pai.

Apesar dos descaminhos que praticou, Dom Lourenço de Almeida retornou a Lisboa como um dos fidalgos mais ricos do Reino, onde teria desembarcado com cem mil moedas de ouro, que não declarou na alfândega, e com alguns milhares de diamantes acoitados nas vestes dos seus pajens e criados...

Conta-se a boca pequena que quando o indagam sobre a origem da imensa fortuna, o ex-governador irmão do patriarca da Igreja de Lisboa responde candidamente: "*tinha muito a comprar, pouco a dar, nada a emprestar*".

Por fim, concluo o manuscrito do senhor Álvaro Lopes transcrevendo as suas últimas vontades lavradas em testamento, às quais cumpri fielmente:

"Aos dois dias do mês de outubro, digo, de novembro de mil setecentos e vinte e oito nessa casa de morada do senhor Álvaro Lopes, natural de Matoim, termo do recôncavo da Baia de Todos os Santos da Capitania da Bahia, em saúde e em perfeito juízo e conhecimento, porém, temendo a morte, comunicou a todas as criaturas e não sabendo a hora da morte em que Deus Todo-Poderoso o chamará e desejando clara e livremente dispor de seus bens e cabedais e evitar assim qualquer desordem ou prejuízo que possa sobreviver a todos ou alguns dos seus agregados e escravos, pediu e rogou a mim, Francisco José de Sales, que lavrasse a seu rojo este testamento, o qual faço na seguinte forma e maneira:

Em primeiro lugar, o senhorio encomenda e entrega a sua alma à Santíssima Trindade que a Nosso Senhor Jesus Cristo e os mais Santos e Santas da Corte do Céu guarda, a quem invoca e clama por seus advogados, protestando na Santa Sé e Lei que confina a Igreja Católica Romana nossa mãe e a quem espera morrer e salvar-se como verdadeiro e útil.

Declara que é filho bastardo do mestre de açúcar Nuno Fernandes, cujos restos estão enterrados no cemitério da Igreja do Matoim, e de Ana Rodrigues, que não conheceu. Batizou e crismou na igreja do Colégio dos Jesuítas da Bahia e declara que teve apenas um filho macho, a saber, Álvaro Lopes Filho, a quem nomeia e institui, conforme as leis da justiça, detentor dos direitos universais sobre todos os seus bens e administrador deste testamento.

Que o seu corpo seja sepultado na capela ou matriz onde acontecer o seu falecimento, declarando, porém, que acontecendo este no Arraial do Inhaí, quer que seja sepultado o corpo no cemitério da Capela de Sant'Ana e não estando esta acabada ou havendo outro algum impedimento, que seja levado para a Igreja de Santo Antônio do Arraial do Tijuco.

Acompanharão o seu corpo à sepultura o capelão e todos os mais sacerdotes que acharem no lugar do seu falecimento e os mesmos dirão missa de corpo presente por sua alma e não podendo fazer o dito ofício no dia próprio do seu falecimento, digo, do seu enterramento, por ser ocupado com alguma festa ou solenidade, será este no dia terceiro ou primeiro que houver desimpedido.

Quer em missas por sua alma oitocentos mil réis na Capela de Sant'Ana do Arraial do Inhaí, na Igreja de Santo Antônio do Arraial do Tijuco e nas igrejas da Ordem dos Jesuítas e da Ordem de São Francisco na Cidade da Bahia e mais esmolas que se pratique por costume no distrito da freguesia onde o seu falecimento for e no tempo mais breve que pode ser dado a esmola que aí se praticar. Quer que todos os seus bens fiquem para o dito filho macho sendo as disposições deste testamento cumpridas por ele ou por seu procurador nomeado.

Ao dito filho Álvaro Lopes Filho, interno no Colégio dos Jesuítas da Bahia, deixa os bens e as rendas dos cabedais em ouro e diamantes depositados em mãos do mercador Antônio Rodrigues Pereira na cidade de Amsterdã, nos Países Baixos, extraída das rendas cinco por cento para esmolas para os meninos pobres da escola portuguesa daquela cidade. Ao mesmo dito filho deixa os demais cabedais de ouro e diamantes guardados em seu poder no tempo do seu falecimento e os créditos com os mineiros e mercadores de Vila Rica, do Arraial do Tijuco e da Cidade da Bahia, nos conformes dos cadernos e livros de razão dos seus tratos, e recibos.

Declara que alforria, no dia do seu falecimento, os escravos Isidoro da Guiné e Maria da Mina e que é de sua vontade a doação aos mesmos da casa de morada do Arraial do Inhaí de porta fechada e das roças no sítio do rio de Inhascica no dito distrito, para assistir ao futuro deles, como tem feito até o presente.

Ao agente no Arraial do Tijuco, de nome Firmino Simão, deixa a loja e mercadorias inventariadas no tempo do seu falecimento e a casa de morada no local chamado Burgalhau do dito arraial e ao mercador Chico Paredes, seu agente na Cidade da Bahia, deixa morada e loja do sobrado nas Portas do Carmo e mercadorias inventariadas no tempo do seu passamento.

Declara ainda que todos livros e manuscritos, que todos instrumentos de escrever e de pesar e ver o ouro e os diamantes e que todas as suas indumentárias pertencem ao seu legítimo filho, da mesma forma que a louça de seu uso tanto da Índia como do Reino, seis colheres e seis facas de prata e os copos de vidro que tudo terá os seus testamenteiros em cuidado logo que falecer, a fim de que não haja descaminho.

Outrossim, declara que os animais de cargas, os arreios, todos os outros bens e tudo mais que houver no tempo de seu falecimento pertencem também ao seu único filho, que deles poderá dispor como melhor convier.

Mais não declarou, e eu, Francisco José de Sales, no meu dito ofício de autoridade judicial, declaro que fiz este instrumento de aprovação em que assinam o dito testador Álvaro Lopes com os testemunhos que presente estavam, o sargento-mor Manuel Batista Landim, o capitão Custódio Vieira Costa e o padre João Mendonça, e assinei em público em testemunho da verdade.

Registre na Vila do Príncipe pelo ouvidor-geral corregedor e provedor da Comarca do Serro Frio".

NOTA HISTÓRICA

Os fatos, personagens principais e lugares que encadeiam o romance que você acabou de ler são reais, embora Álvaro Lopes seja fruto da imaginação do autor. Como o mercador de "sangue impuro", o pai Nunes Fernandes, o filho Álvaro, os escravos Isidoro e Maria, os agentes Chico Paredes e Firmino, o banqueiro Antônio Rodrigues Pereira, o vaqueiro Gaspar e os amigos Pedro *Fuinha* e Álvaro *Boca de Ovo* são personagens fictícios.

Na corrida às minas de ouro no alvorecer do Século 18, o lusitano Manuel Nunes Viana enriqueceu e teve, de fato, papel decisivo na disputa entre paulistas, *emboabas* e representantes da Coroa portuguesa pelo domínio sobre o território recém-ocupado.

Do mesmo modo, o régulo de Vila Rica, Inácio de Souza, é personagem real e a sua fábrica clandestina de fundição e cunhagem de moedas de ouro situava-se em uma serra não por coincidência denominada Serra da Moeda e que hoje dá nome ao município de Moeda, nas proximidades de Belo Horizonte.

Perseguida na primeira visitação do Santo Ofício da Inquisição ao Brasil em 1591, a família Antunes do Engenho do Matoim tem sido objeto de pesquisa e estudo desde que o historiador Capistrano de Abreu encontrou e publicou o livro *Confissões da Bahia* no início do século passado.

A obra reporta as denunciações e confissões colhidas pelo inquisidor-visitador Heitor Furtado e fundamenta a narrativa de Álvaro

Lopes sobre a Inquisição na Bahia. Entre os livros mais recentes também consultados pelo autor para tecer a trama do romance, destaca-se *Macabéias da Colônia*, de Ângelo Adriano Faria de Assis.

São também reais outros cristãos-novos citados, cujo rol de culpas tem como fonte principal o livro *Inquisição: prisioneiros do Brasil, Séculos XVI a XIX*, da historiadora Anita Novinsky. Em anos de pesquisas nos arquivos brasileiros e no Arquivo Nacional da Torre do Tombo, em Lisboa, Novinsky encontrou os nomes de pelo menos 1.076 homens e mulheres presos pela Inquisição no Brasil durante o período colonial.

Assim, são reais, foram presos pelos *familiares* da Inquisição na colônia e embarcados "a ferros" para Portugal os cristãos-novos Diogo Corrêa do Valle, Gaspar Henriques, Antônio Lopes da Costa, Miguel de Mendonça Valladolid, David de Miranda, Diogo de Ávila, José da Costa, Ana Gomes Coutinho, Diogo Nunes Henriques e João Tomás de Castro, entre outros citados.

Em Lisboa, o médico de Ouro Preto, Diogo Corrêa do Valle, foi relaxado ao *braço secular* em um *auto-de-fé* em Lisboa, juntamente com o filho Luiz Miguel Corrêa, em julho de 1732. Como o médico, o "profeta" Pedro de Rates Henequim também foi queimado nas fogueiras da Inquisição em um *auto-de-fé* em junho de 1744.

Como Diogo Corrêa e Pedro de Rates, cristãos-novos e "hereges" estiveram entre os primeiros aventureiros da corrida às minas de ouro e diamantes no Século 18, cujas riquezas logo atrairiam os "tentáculos" da Inquisição portuguesa.

E os números falam por si só: a primeira metade daquele século concentrou nada menos do que 51,58% do total de prisões efetuadas durante o período colonial, com o ápice das "ordens de prisão" ocorrendo na década de 1730, segundo a pesquisa de Anita Novinsky.

Travessias inquisitórias das Minas Gerais aos cárceres do Santo Ofício, organizado por Júnia Ferreira Furtado e Maria Leônia Chaves de Resende, e *A Inquisição em Minas Gerais no Século XVIII*, de Neusa Fernandes, são outros livros consultados pelo autor que ilustram também magnificamente a sanha inquisitorial nas minas de ouro ao longo dos 18.

A fuga dos cristãos-novos da Espanha e de Portugal para a Holanda é bem documentada pela historiografia e, se o banqueiro Antônio Rodrigues Pereira não existiu, é fato que judeus *sefarditas* refugiados em Amsterdã, Antuérpia e Londres tiveram papel proeminente no comércio dos diamantes da América portuguesa, o primeiro enclave diamantífero descoberto pelos europeus no Ocidente.

Embora a viagem de Álvaro Lopes da Bahia para as minas de ouro em 1702 seja obra da imaginação, a descrição do roteiro teve como base vivências do autor e o primoroso livro *Cultura e opulência do Brasil por suas drogas e minas*, escrito na Bahia na primeira década do Século 18 pelo padre italiano João Antônio Andreoni, que o assinou sob o pseudônimo André João Antonil.

Impresso em Lisboa em 1711, a obra do jesuíta João Andreoni foi queimada por ordem régia naquele ano, sob a justificativa de que revelaria às nações estrangeiras um segredo de Estado: os caminhos para as minas de ouro recém-descobertas. Menos de dez exemplares escaparam da fogueira, mas felizmente um deles seria encontrado e reeditado na íntegra em 1837.

Nos nomes dos lugares, o autor manteve-se fiel aos usados no alvorecer do Século 18. Vila Rica se formou, por exemplo, a partir do ajuntamento de núcleos de mineração onde se encontrou ouro preto, nome que batiza a cidade mineira. Por sua vez, Tiradentes foi primeiro Arraial da Ponta do Morro e depois Vila de São José Del-Rei, como Diamantina foi antes Arraial do Tijuco.

Porém, a descrição dos lugares dá apenas uma ideia do que teriam sido, visto que as informações sobre os núcleos urbanos dos primórdios da corrida de ouro e dos diamantes e da ocupação do Vale do São Francisco são bastante precárias e pouca coisa foi documentada, com raras exceções, o que levou o autor a recorrer a certas licenças, como no caso da Capela de Sant'Ana do Inhaí.

Com certeza, junto com o povoado, cujas notícias sobre a sua existência remontam a 1716, surgiu um primeiro templo, mas a capela atual com certeza foi construída depois, em meados dos 18.

Na descrição de outros lugares, como os engenhos do recôncavo baiano, o autor manteve-se fiel às informações de época disponíveis e ao que viu. Reportadas por Gabriel Soares de Souza em seu livro *Tratado Descritivo do Brasil em 1587*, algumas das belas edificações do Engenho da Freguesia, por exemplo, felizmente resistiram ao tempo e testemunham a punjança do ciclo da cana-de-açucar, embora tenham sofrido diversas intervenções desde a sua construção na segunda metade do século 16. Desde 1971, o antigo engenho situado no município de Candeias passou a abrigar o Museu do Recôncavo Wanderley Pinto, que encontra-se fechado há mais de vinte anos.

Porém, do Engenho do Matoim restaram apenas ruínas das edificações tombadas em 1943 pelo Instituto do Patrimônio Histórico e Artístico Nacional (IPHAN). Em 1977, quatro anos após a área em que está localizado em Candeias ter sido desapropriada pelo Governo da Bahia para a construção de um complexo industrial, a casa-grande foi destruída por um incêndio e as ruínas encontram-se abandonadas em meio a um denso matagal às margens da Baía de Aratu. A área pertence à multinacional Dow Química.

A cronologia das expedições de busca das riquezas minerais do sertão e dos *manifestos* de descoberta, relatada por Álvaro

Lopes, reflete, em alguns casos, impressões, opiniões e opções do autor, visto que dificilmente se saberá, por exemplo, quem primeiro descobriu e oficializou a descoberta do ouro ou dos diamantes da "Potosí brasílica".

De todo modo, o livro abraça o partido dos que destacam a importância de bandeirantes não paulistas na busca das riquezas minerais, sobretudo baianos e capixabas, embora os moradores das "vilas serra acima" de São Paulo tenham sido incontestavelmente os primeiros exploradores das minas de ouro em larga escala.

Já para as técnicas de extração e de classificação dos diamantes, o autor recorreu a descrições posteriores à descoberta das "pedrinhas brancas" nos cursos d'água do Serro Frio, reportadas por Aires da Mata Machado Filho no livro "Arraial do Tijuco, Cidade de Diamantina", de 1945.

Por sua vez, o testamento de Álvaro Lopes no último capítulo do livro baseia-se também em um documento posterior, registrado na Vila do Príncipe, atual cidade do Serro, em fins do Século 18: o testamento de Francisca da Silva, a famosa Chica da Silva.

Na narrativa dos acontecimentos políticos, dos conflitos e das artimanhas que os enredaram, o autor fez também opções quando o registro dos fatos é obscuro e tomou a liberdade de arbitrar datas em alguns casos, como na cronologia da guerra dos *emboabas* e do breve governo de Manuel Nunes Viana.

Embora obra de ficção, *Terra Prometida* lastreia-se, portanto, em fatos e personagens históricos. Além dos livros citados, artigos, teses e reportagens de publicações especializadas, como da infelizmente extinta *Revista de História da Biblioteca Nacional* (RHBN), forneceram também valiosas informações ao autor para o desenho de cenários e da evolução dos acontecimentos narrados pelo mercador de "sangue impuro" Álvaro Lopes.

Alameda nas redes sociais:

Site: www.alamedaeditorial.com.br
Facebook.com/alamedaeditorial/
Twitter.com/editoraalameda
Instagram.com/editora_alameda/

Esta obra foi impressa em São Paulo na primavera de 2020. No texto foi utilizada a fonte Minion Pro Regular em corpo 10,25 e entrelinha de 15 pontos.